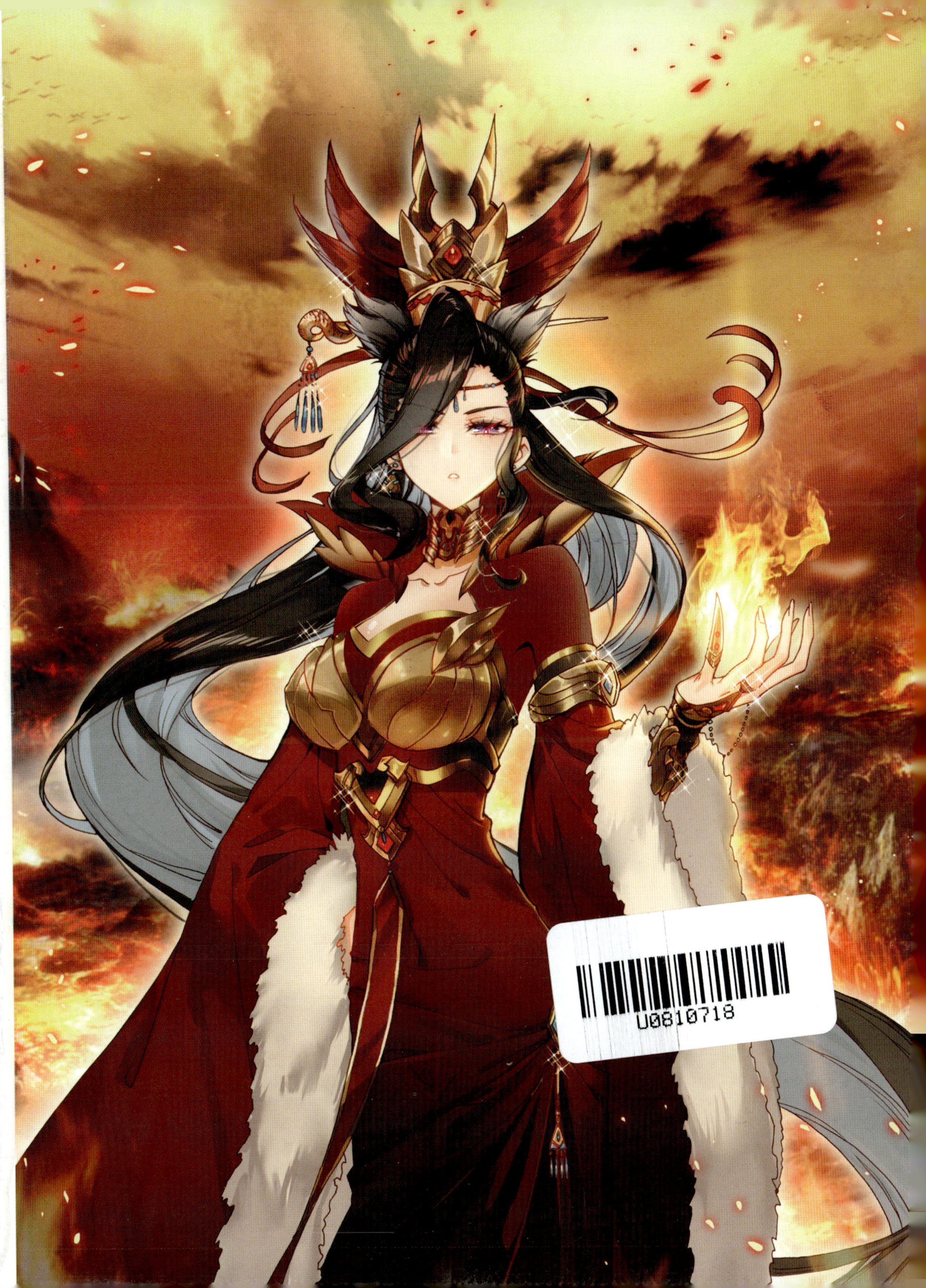

异人崛起

8

辰东 著

ARSTIME 时代出版
时代出版传媒股份有限公司
安徽文艺出版社

图书在版编目（CIP）数据

异人崛起. 8 / 辰东著. -- 合肥 : 安徽文艺出版社, 2019.9

ISBN 978-7-5396-6621-1

Ⅰ. ①异… Ⅱ. ①辰… Ⅲ. ①长篇小说－中国－当代 Ⅳ. ①I247.5

中国版本图书馆CIP数据核字(2019)第045221号

YIREN JUEQI 8

异人崛起8

辰东 著

出 版 人：段晓静

责任编辑：周 康 周 丽 装帧设计：田星宇

出版发行：时代出版传媒股份有限公司 www.press-mart.com

安徽文艺出版社 www.awpub.com

地 址：合肥市翡翠路1118号 邮政编码：230071

营 销 部：(0551)63533889

印 制：湖南天闻新华印务有限公司 (0731)88387856

开本：710×1010 1/16 印张：18 字数：300千字

版次：2019年9月第1版 2019年9月第1次印刷

定价：32.00元

异人崛起 8

CONTENTS

/目　录/

CONTENTS

目 录

第177章

百强星球

刚做出回应，楚风立刻醒悟，他被林诺依“设计”了，被诓出部分真相。因为，在此之前，他并不知道眉心有一点殷红印记的年轻男子叫韩飞。

楚风回头，看向清艳的前女友，心情复杂。她还真是一如既往的聪敏，趁他盯着金卵出神时，直接给他来了个“偷袭”，让他稍微疏忽就露馅了。

林诺依秀发飘散着，面孔完美，此时面露异色，并没有再问下去。

楚风转过头，没有去解释与掩饰，彼此都是聪明人，多说也无用。他看向空间深处，里面光芒点点，看起来非常祥和。

在楚风的身边，人们都非常兴奋，楚风开启了“封禅之地”，他们竟有幸跟着进来，这实在超出他们的想象。众人手持兵器，做好了争夺机缘的准备，一时间有点乱。

“你对我没那么信任了。”过了片刻，林诺依才开口。

她没有看楚风，也望向空间深处，白皙而富有弹性的脸像是羊脂玉石般带着温润的光泽，个子很高，亭亭玉立。

“怎么会？”楚风说道。

“大家都在等你想办法，你该不会想坑人吧？”这时，姜洛神来了，在旁边说道。

事实上，不少人望了过来。他们还真担心，这里只有楚风懂场域，万一他在这里谋划一番，说不定还真能坑害一群人。

楚风很淡定，不过说实话，他还真想将看不顺眼的人给困在这里。

现在看来，这一群人显然十分了解他过去的事，一直防备着他。

“什么话，我是那样的人吗？我会干那种事？”

让他无语的是，一些人竟下意识地点头。当然，他们马上意识到自己太不给楚风面子了，醒悟后都干笑着，一致说相信楚风。

楚风干咳了一声，再次开始研究场域。而后，他很惊喜地告诉众人，这地方很安全，前方没有场域，可以放心深入。

听到这种话，众人不但没有迈步，反而全都倒退，并且都很紧张地看着楚风，玉虚宫之主、八景宫之主这样的人更是险些掉头就走。

“你们什么意思，不是说我值得信赖吗，怎么倒退了？”楚风提高了声音。真是可恼，难得他好心告知他们实情，结果没人相信，也就太极老宗师例外。

楚风用行动来表示自己说的是实话，迈开脚步向前走去，盯着前方，但是没有理会那颗金卵。因为，他运用火眼金睛看出了古怪，那金卵是个空壳，里面的生物早就出生了，只是又将壳拼凑起来，组成了浑圆的卵。

见他迈步，众人一同跟随，相信只要跟着他就没什么大问题。

“嗖”的一声，当众人一起迈步向前走去时，一道金光快速地冲了出去，超乎所有人的想象，有生物要逃遁。

“追，拦住它，那可能是真龙幼崽！”楚风大叫。

他暗呼失算，原以为金卵中的生物很多年前就出生了，现在看来根本不是那么一回事，或许它在天地复苏后才出生，没多久。

众人眼睛都红了，一起往回跑，想要追赶那生物。但是，那生物太快，跃上鹅卵石小路，化成一道流光就闯向迷雾中。

所有人都急得捶胸顿足。

“这是什么东西？”就在这时，悬在虚空中的鹅卵石小路上传来惊叫声，有人被那生物撞到，险些跌落下去。

“拦住它，那可能是真龙幼崽！”众人大喜，没想到还有人在鹅卵石小路上，竟落后这么远？

“爷爷，小心！”少女的惊呼声响起。

“鬼东西，哪里逃！”

在紫旌山被烧的那个老道士居然带着他那叛逆的孙女悄然跟在后面，也来到了这里。人们看到，老道士双手发光，正在抓那生物，少女则正在哇哇大叫。

“砰”的一声，那里金光炸开，破碎的鳞片与羽毛飞舞，老道士险些一头栽落下去。

“好恐怖，幸亏是我老人家坐镇在此，换一个人来就必死无疑了。不对，它哪里去了，逃了吗？”老道士怪叫着，在这里踅摸，而后急了。

事实上，所有人都心一沉，那生物不见了。

只有楚风面露异色，他运用火眼金睛看得真切，那只是一团鳞片与羽毛，在迷雾中撞上老道士后解体，并不是真正的生物。

他知道，这空间中有一个生物想逃走，希望来个金蝉脱壳，先以“壳”探路，让人以为它逃走了。楚风估摸着，那生物还在，从它想逃跑来看，它的实力不见得有多强。

老道士诅咒着，愤愤地走了过来。

“楚哥哥！”少女看到楚风后，大眼扑闪，袅娜而来，引得老道士越发不满，向楚风直瞪眼。

“既有羽毛，又有鳞片，那是什么生物？”一群人狐疑，向老道士请教。

当然，不少人对老道士十分忌惮，问话时小心翼翼。这绝对是一个恐怖高手，在紫旌山时，太阴黑火与太阳火精两种火焰燃烧，别人几乎都化成了灰烬，他硬是活着出来了。

“我哪里知道，没看清楚，但肯定是神兽幼崽。”老道士在那里生闷气，感觉十分遗憾。

他一直跟在众人后面混进“封禅之地”，想要谋取机缘，哪里料到刚才一个疏忽，竟放走了天大的机缘。那要真是神兽幼崽，简直不可想象，它一旦成长起来，足以横扫一整颗星球。

此时，楚风向那颗金卵走去，其他人见状也都摩拳擦掌，老道士第一个动了，冲过去一把抱住金卵。

“咔嚓”一声，金卵直接破碎，果然如楚风所看透的那般，里面是空的，什么都没有。

“那里面的生物逃了。”楚风淡定地说道。

人们叹息，以为就是刚才遁走的神兽幼崽。

“这是什么树？”众人都围了过来。在破碎的金卵周围有许多金色小树，可惜触之即碎。

“神树，为这颗金卵提供能量，耗尽精粹，现在都破碎了。”老道士神色难看，尤其是看到自己的孙女跟楚风有说有笑，更是想收拾楚风一顿。

“前辈，你来了正好，现在有楚风精通场域，又有你这样的高手坐镇，我们万无一失了。”有人提醒他，别真收拾楚风一顿，毕竟还要靠楚风破解场域呢。

楚风此时认真寻觅着，让太极老宗师堵住出口。他相信那生物还在！很快，他就发现了异常，某片区域中有小型场域，可遮掩气息。

“嗖嗖嗖！”

楚风祭出一些磁石，将那片区域封了，又在那里走了一圈，隐约间感应到了什么，心中有数，如果没有意外的话，那生物就在里面。

但是，他没有动手，只是又在那里扔下一些刻有符文的玉石，彻底将那里给封住了，以免那生物逃走。

如果真是神兽幼崽，他现在给捉出来，肯定会出大事。哪怕今日能得到，以后也会被各方惦记，域外生物降临后，也肯定会第一时间找上他。

众人不了解，还以为他跟以前一样，在那里布下小型场域试探，想找到可靠的道路呢。

楚风装模作样，不断刻写符文，扔出磁石和玉石。而后，他一挥手，道：“前进吧，这里很安全。”

说罢，他当先迈步。

这里郁郁葱葱，树叶都在发光，就连杂草都如碧玉雕刻而成，带着光辉。但很可惜，除去刚才碎了的那些金色小树，这里没有其他异树。

“别着急，我预感到‘封禅之地’有大机缘，就在前方深处。”楚风说道。

这片空间整体闪烁着淡金色光辉，显得很神圣。前行没有多久，一股磅礴的气息便扑面而来，所有人都神色一动，预感到应该是抵达了了不得的地方。

果然，穿过一片荆棘丛后，众人感受到前方的波动惊天动地，像是有一片星海在起伏，又像是有一颗又一颗星球在坠落。

这是怎么回事？许多王级强者战栗不已。

终于，在前方的白雾散开后，他们看到前方出现了一座巨大的祭坛，宛若一座城池般矗立在那里。与此同时，上古先民的祭祀音像是跨越时空，从远古大地传来。

祭坛雄伟，气势磅礴。祭坛上的五色玉石供桌流光溢彩，灿烂的光芒如同水波般在那里流转。

“有祭品！”众人心惊。只见祭坛上，那五色玉石供桌非常大，上面摆满了瑞光闪闪的祭品，一看就是神圣之物。那是祭天时所奉上的祭品吗？

没有人敢妄动，因为祭坛的威势太大。

“那些祭品都是非同寻常的东西啊。”老道士嘿嘿直笑。

许多人心惊肉跳，感觉精神都在战栗，忍不住想要跪拜。

楚风则出神地盯着五色玉石供桌上的祭品，总感觉那里有东西与他体内的“磨盘”共鸣，竟让他有了饥饿的感觉。他面露异色，无比希冀！

此时，天空中的云雾散开，露出令人震撼的一幕，让所有人都发呆。

祭坛上方的高空中有很多星球，连成一线，色彩斑斓。仔细点数，总共有一百颗星球，有的红艳艳，有的绿油油，有的紫莹莹……那一百颗星球看着只有磨盘那么大，但全都气息恐怖，像是能压碎宇宙。

“百强星球！”老道士惊呼起来。

老道士的惊呼声虽然不高，却让不少人瞠目结舌，双耳嗡嗡作响，像是有大钟在耳边轰鸣。

“哇，哪颗是我们的母星？”面孔稚嫩而绝美的少女在那里怪叫着。

这里的大多数人不知道所谓的百强星球，只有极少数人听闻过。

此时，许多人变了脸色，不管以前是否知道，现在听到后都浮想联翩，盯着天宇上方。

那一百颗星球散发的气息十分恐怖，它们悬挂在天宇上，是某种象征吗？还是说，这是一条又一条路，可以通过它们抵达那百强星球？

众人思维活跃，想到了很多。

“噗！”

突然，有人闷哼出声，竟然咯血，而后忍不住踉跄倒退，个别人甚至直接一头栽倒在地上。

这一切都是他们仰望那一百颗星球所致。

“这是祭天之地，谁敢不敬？这样审视诸天，当心肉体瓦解，心神崩溃。”老道士提醒道。

人们听闻，心头战栗。这样一个所在还真是让人敬畏，连抬头望天都不行？

所谓的诸天，所谓的祭天对象，难道就是指那能量强度极高的一百颗星球？这真是让人浮想联翩！

许多人脸色发白，仅是仰望片刻，便像是面对神魔，精神受到了压制。

“难道这里连着域外，可以遥望星海中的神魔？”有人面带怀疑之色问道。

楚风也在抬头看天，却没有受到冲击，因为关键时刻，他体内的“磨盘”吸收了从天空中垂落的丝丝星光。在这白日间，色彩斑斓的一百颗星球发出的光辉洒下来时并不明显，却可以被他感知到。

“有意思！”楚风心头微动，再次悄然凝视那一百颗星球。

“嗯？星球上有人？”他讶异道。在一些星球上，他看到骑士端坐在神兽上，露出朦胧的轮廓，摄人心魄。

他意识到，刚才仰望星球时，不仅有丝丝星光落下，也有这种人的气息弥散下来，压制诸王。

随后，他又在一颗星球上看到一名女子，虽然也只露出轮廓，但给人风姿绝代之感，像是可以傲视宇宙星海，震慑古今未来。

其他人也有所感应，有些人再次抬头，也看到了星球上的人。不过，他们很快又低下头，因为他们的心神遭到震慑，精神都要崩溃了。

“那是什么人？他们怎么会在星球上？”不少人战栗，想要叩首。

“百强星球各自最强的生物屹立在那里，映照诸天，受各域膜拜。”老道士开口。

这种话语像是有魔力，令所有人都思潮起伏。百强星球各自的最强者？而且可以映照诸天？

随后，人们看向巨大的祭坛，想到封禅，一时间心中波澜起伏，震撼无比。所谓祭天，难道是祭拜他们？

“这是……真实的一百颗星球吗？”有人颤声问道。

“怎么可能，都说了，百强星球，最强生物，映照诸天。”老道士叹道。

“为什么会这样？”就是楚风都忍不住向他请教。

“因为好处太大啊，诸天共祭，万域同拜，你们看到祭坛上的祭品了吗？那会让强者恒强，甚至更强！”

众人凝视着祭坛上的五色玉石供桌，上面的祭品光辉流转，显然都是神圣物品。

“我们离他们有多远？境界相差多少？”有人开口问道。

“嗬！”老道士摇头，笑容有点勉强，感触很深，道，“别妄想了，他们的徒子徒孙都能纵横星域，号令各大世界，跟他们比，你怎么敢提？”

“相差……这么远！”许多人感觉非常失望。

“无法超越吗？”姜洛神问道。

“如果有人达到那个高度，自然可以进入百强星球，取一人而代之，到时候也能够映照诸天，受万域共拜，享海量祭品，好处无尽啊！”老道士神色复杂，盯着天穹上那一百颗星球。

这一刻，人们的神色都十分复杂，有希冀，有失落，有憧憬，也有绝望。他们意识到，自己如果前往百强星球，以目前的实力来说还很渺小，并且，别说这辈子比不上那可以映照诸天，得享星海万域生物共祭的强者，就是千百世也追赶不上。

可以想象，那都是十分恐怖的生物，任何一个出来都能压制各域，震慑高手如林的强大族群。或许，神魔对他们来说都算不得什么！

那种生物，任何一个都应该已成圣做祖，是历代激战后留下来的至强者，是在历史长河中经过检验的无敌者，历经辉煌！从某种意义上来说，那简直就是从各个时代走来，最终崛起并超群的百强生物。

“那些生物与你们不会有交集，因为差得太远。不过，他们都有各自的道统，你们在进化的路上，以后如果足够强，能走出这颗星球，或许跟那些道统的小辈弟子有机会相遇，但是，估计见到后真要发生冲突也只能跑路。”老道士的话还真伤人自尊，让一群人都无言以对，相差这么远吗？

“我们的目标是崛起，不说一定取而代之，但努力追赶，总有一天差距会变小的。”有一个年轻人说道，为自己鼓劲。

老道士很慈祥，道：“努力进化一百年，你便能看到那些道统年轻一代的背影，再接再厉。”

众人无语，这老家伙就不能不打击人吗？

老道士看向楚风，见他在走神，道：“小子，听说你身体出了问题。你在那里胡思乱想什么？”

楚风瞥了老道士一眼，道：“我在想，那百强星球可映照诸天的生物是否都还单身？”

这次轮到老道士发呆了，他看着楚风，用手指着楚风道：“你真是什么话都敢说，就不怕此地映照诸天的生物对付你吗？”

“多少年都没有献祭了，显然这里的祭坛已废弃，谁还来这里映照？你都敢乱说，我有什么不敢的？”楚风说道。

老道士指了指楚风，没敢多说，因为他抬头看到那一百颗色彩斑斓的星球映照于此，有所忌惮。

其他人也很谨慎，都不再提这件事。

有人问道：“难道百强星球映照诸天的生物就代表古今的百强生物吗？”

“也不见得，有的大星球的第二名、第三名也极其恐怖，不可揣度。”老道士说道。

众人惊诧不已，域外让他们向往，也让他们恐惧。

老道士不提这方面的话题了，心有顾忌。

此时，人们都看向那座像山一般高大的祭坛，凝视着五色玉石供桌上的祭品，都在打祭品的主意！那可是昔日献祭之物，没有被映照诸天的生物取走，还留在那里！

“有点古怪，难道是祭天失败？”老道士目光灼灼，自言自语。那可是这个世界上的顶级祭品，怎能不让人眼红？

那祭坛很高，雄伟如城池，上面的祭品看不真切，有禽王忍不住想飞到高空中去观察。

“噗！”

结果，它才跃上半空数米高就惨叫起来，被压制得一头栽落下来，大口咯血。

老道士告诫道："别乱动，先民献祭所在地是一个古老而神圣的地方，岂容鸟雀惊空？要保持肃穆、庄严！"

人们很是敬畏，站在地上向上看。祭品很多，都被光芒笼罩着，刺得人双目都有些疼痛。而且，祭品摆在器皿中，被遮挡住一部分，人们很难完全看清楚。

"那是什么？"有人惊异地问道。在祭坛上有一块碑，像是记录着什么。

在这么神圣庄严之地，居然有一块碑和供桌放在一起，让人不得不怀疑。

"碑上记录了这颗星球曾经的名次！"老道士认真观看，面露惊容，道。

其他人也都遥望着碑上的文字，碑上的文字太古老，像是甲骨文，却又与甲骨文有些区别，几乎没人看得懂。

在场的人除了老道士，也只有被烧残了的老妪目光灼灼，心潮起伏，她也能看懂碑上的文字，因为她也来自域外。

"各个时期的名次居然都有详细记载，还真是不简单！"老道士慨叹道。

碑上的文字记述了这颗星球的兴衰，非常了不得。

"这颗星球最辉煌时排名有多高？"人们面露希冀之色，都想知道这颗星球曾经的状况。

第178章

祭品

老道士略微停顿，而后说出了一个让人惊叹的名次——第十一位！说完，他沉默了，表情无比凝重。

这样的名次绝对表明了地星曾经的辉煌，让所有人都震惊万分。

楚风早已从黄牛口中了解到地星昔日非同寻常，曾排在百强星球内，但这一刻还是很吃惊。

事实上，黄牛也不知道具体名次，只是猜测在数十名内，其依据源自前人手札中的一鳞半爪。

老道士也是如此，早就知道地星排名很高，却没有想到高至这个层次，远超他的预料！

曾经的第十一强星球，极尽绚烂！

毫无疑问，不知道多少年以前，这里有至强者，可以映照诸天，俯视星海，威震万界。但是，最终一切都烟消云散，这里不复强盛，彻底没落。

不过，哪怕这一名次只代表曾经的辉煌，在场的人也都激动不已，有些人甚至欢呼起来。

地星曾经那么强盛，有能映照诸天的强者，需要各界献祭，那是何等的璀璨与恐怖！哪怕现在已经没落，成为废土，但是所有人都相信，地星上一定留有了不得的东西，想一想就让人兴奋。

不说那些名山大川以及那些等待复苏的古树，就是那悠久岁月中埋藏在地下的各种古洞府，一旦开启就足以让人疯狂。

此外，曾经的第十一强星球，那个映照诸天的至强者留下的道统和进化之法会何等惊人！他的传承应该就在这颗星球上！

人们想到这些可能时，全都热血沸腾，充满期待，内心悸动。

刚才，他们被老道士打击得不轻，都很沮丧，认为出身于地星，的确难以与域外天骄争雄。至于有朝一日成圣做祖，跟那一百颗星球上显现的生物比肩，那就更不用想了，简直是痴人说梦。

可现在他们多了一股底气，曾经在宇宙星海中排在第十一位的古地怎会简单？他们算是至强星球的后裔！

显然，他们的祖辈曾经极尽辉煌，傲视诸天万域。这片土地过去曾被诸天万域的无数族群共祭，绚烂至极！

同时，众人也明白了为什么域外生物都要想办法降临到这颗星球。这颗星球曾经排在第十一位，有太多了不得的东西，值得他们争抢。

许多人振奋不已，觉得他们以后的成就说不定会异常傲人。随着万物复苏，谁都难以说清会有哪些机缘出现。惊人的古树也许会成片复苏，埋于岁月尘埃中的古洞府也许会逐一开启，若是绝世道统再现，那更是不可想象！

然而，在一些人激动、欢呼时，也有人在沉思，神色凝重。他们思考问题的角度完全不同。

比如老道士，他说完排名后就没有出声，一直沉默着，神色凝重至极。

比如林诺依，她十分聪敏，第一时间便想到了很多，心中明白了不少事。

“难怪啊。”就是那少女也是一副恍然大悟的样子。

还有被人用软榻抬着的老妪，也是目光灼灼，暗自点了点头。

至于楚风，感受到地星曾经的辉煌时，也不禁轻叹，他也非常人，顷刻间便想到了很多。

排在第十一位啊！这个排名太惊人，远超黄牛所说的排在数十名内。

黄牛曾说过，诸天宇宙中，十大星球自古恒定，从来就没有变过！

这意味着什么？十大星球太强了，远超其他星球的人的想象。

还有，这么多年了，就真的没有其他星球可以挑战十大星球的地位吗？这或许不太可能。

但是，十大星球就是没有变过！这当中或许饱含着血腥，在那绚烂辉煌中，也有血溅星空的场景。

地星曾经排在第十一位，那是何等炫目，结果突然间没落，之后更是成为废土，这实在可怕。

在场的不乏敏锐之人，一些王级强者冷静下来，也渐渐神色凝重。

仅从一个名次就能洞悉很多事，可以说，地星曾经无比辉煌，但之后经历了很可怕的事。

许多人皱眉，问老道士地星后来排在多少位，想进一步了解后面的状况。

“一段灿烂岁月后，名次从第十一位直接跌落到第九万七千四百五十二位！”老道士沉声道。

所有人都张了张嘴，一脸愕然之色。地星曾经如日中天，竟然突然间跌落到第九万多名，这未免太恐怖。

“然后呢，再后面能排到多少名？”有人小声问道。

“然后？没有然后了！”老道士告诉众人，宇宙中前十万星球的排名才会有记载，超出十万名便不会有记载。

也就是说，地星跌落到第九万多名之后，便进一步跌落，早已没资格参与排名，如今都不知道跌落到哪里去了！

此时，所有人都安静了，想到了很多。从无上荣耀，到化作废土，那可是直接跌落的，没有经过缓慢滑坡，这意味着什么？

所有人都不寒而栗，那段岁月一定伴随着大恐怖、大黑暗、大血腥！

地星曾经的进化文明应该十分先进，却在短期内沦为废土，这何等恐怖！

在一些能量强度高的大星球看来，地星或许早已算是荒芜之地，各族群退化，万物为灰尘蒙覆。

“灭顶之灾！”所有人的脑海中都不禁浮现出这么几个字，地星曾经有过十分可怕的灾祸，所有族群都被打到退化。

一些禽王和兽王咬牙切齿，它们曾经了解到的一鳞半爪很可笑，深层次的原因竟涉及整颗星球！它们祖上退化，血脉受到压制，或许跟那一场灾祸的残忍手段有关，这让它们不寒而栗。

楚风也在思忖，想到了很多。地星哪怕已经化为废土，也保留了神圣古树等，看来绝不简单。这片山川下甚至还可能存在古老而无上的传承洞府！

当年那一场灾祸过后，这些东西没有全部被带走，如今引得域外生物降临，足以说明问题。

“看来排在第十一位很不简单，虽然之后很凄惨，但是最后关头也有自保的手段。”

这颗星球最终没有覆灭，还留下了传承，还有血脉后裔，仔细想下去，会让人生出很多念头。

“我都忍不住了，想遨游宇宙中，逐一领教那些神子、圣女的手段，一颗又一颗星球征战过去，与神秘的十大星球的生物决战。”楚风自言自语。他的确想走出这颗星球，尤其是猜到曾经的事，更是心绪激荡，热血沸腾。

楚风抬头望天，发现那十大星球与众不同，被混沌雾遮挡着，显得十分模糊，上面没有任何强者的轮廓！

“这意味着超俗吗？”楚风凝视着那十颗星球，道。

“碑上还有最后一段文字，你们想听吗？”老道士开口。

众人自然想听，一致点头，请他告知。

“上古年间，地星没落，名次跌落到第九万多名后，先民曾在这里祭天，隆重献祭，却没有得到诸天回应，这颗星球被拒绝、被遗弃了。”碑上的古文晦涩难懂，老道士用很直白的话语翻译过来，众人听闻后皆沉默下来。

映照诸天的强者都不理会这颗星球了，此地被彻底抛弃，这可真是惊人！

“该死！那现在他们的后人为什么要过来，看到此地复苏想夺好处？”

“当时，那些映照诸天的强者该不会被施加了压力吧？”

人们议论纷纷，有些愤慨。

老道士和少女都有些尴尬，觉得十分无辜，相对来说，那老妪倒是相当淡定，面不改色。

“往事已矣！”不久，老道士一声叹息，将所有人都拉回了现实。

昔日旧事已经过去，再怎么沉陷其中，愤慨万分，又有什么用呢？如今，踏上进化之路，努力崛起才是根本！

“想那些做什么？以后域外生物来了，努力抓住就是。”楚风的一句话让所有人都面面相觑，这里顿时安静了。

众人没敢回应，看了一眼老道士和老妪，都觉得有点不安，因为众人想到这两人可能就是从域外来的。

那少女翻着大大的白眼，瞪了楚风一眼，但很快又妖娆妩媚起来，道：“楚哥哥，你来抓我啊，我肯定不逃。”

这种话气得老道士脸都黑了，直接就要过去收拾楚风。

“止步，这里场域遍地，我要是被你刺激，万一激动起来，导致这里场域复苏，成为毁灭之地，你可别后悔。”

老道士听到楚风这么说，脸越发黑了。

众人赶紧相劝。

少女更是扯住老道士的袖子，大声威胁他，再敢不顾及她的面子，对楚风出手，她保准跟他绝交。

“你个小孽障！”老道士气得不轻。

众人想笑，却不敢笑。

很快，人们的思绪再次被拉了回来，众人凝视着祭坛上的祭品，无不心头火热，恨不得冲上去抢个干净。

他们已经得悉，这些顶级祭品是地星排在第九万多名时祭天用的，而那些映照诸天的强者却没有收取。

这些东西太具有诱惑力了，天知道他们一旦拥有，能取得怎样的成就。

这时，有人终于看清了巨大的五色玉石供桌上的一些物品，有符文密布的金色印章，还有九个排列在一起的青铜鼎。无须细想也知道，那一定是了不得的器物。

人们倒吸了一口凉气，那九个青铜鼎该不会是传说中的九鼎吧？那可是代表着江河社稷，天下归一。

很快，又有人看清了一些器皿中的物品，一个玉盘中有几颗硕大的蟠桃，被朦胧的云雾笼罩着，至今依旧鲜红，没有腐烂。这都过去多少年了，它们看起来还是那么新鲜！

就连老道士都动心了，道：“那该不会是昆林山的蟠桃吧？地星没落后，结不出几颗蟠桃了。那可是进化者眼中的瑰宝，了不得啊！”

接着，又有人看到了另一个器皿中的物品，像是几个白瓷娃娃，栩栩如生。

“别告诉我那是人参果！”有王级生物忍不住怪叫起来。

祭品琳琅满目，十分丰盛！

即便如此，当年祭天还是失败了，自那个时代开始，地星被遗弃！

所有人都在想办法，想要登上那山岳般雄伟的祭坛，取走祭品。那种东西随便一种都很了不得，要是能取到，就能迅猛进化！

这座祭坛在人们看来，简直是无上宝藏，实在太吸引人，让人热血沸腾！

此时，楚风体内的“磨盘”在颤动着，像是跟某种东西产生了共鸣，无比渴望着什么。

“我或许能够得到祭坛上的某种祭品！”楚风有一种强烈的预感。

楚风心动，很想登上祭坛，但是他知道没那么简单，这地方的威势太大了，哪怕是他这种级别的进化者稍微接近也有一种沉闷与将要窒息的感觉。

整座祭坛十分雄伟，如同一座古代城池矗立在前方，上面的五色玉石供桌上各种祭品大放光彩。

这时有人大吼，贸然向前，临近祭坛后，直接沿着祭坛的石阶向上闯，结果竟被压制得嘴角流血，身体战栗。

“砰！”

之后，那人滚落下来，身体簌簌发抖，脸色惨白。

“我来！”又有人迈开大步，想要登上祭坛。

看着祭坛上的东西，谁能不动心？就是菩提基因那个通体散发着淡金色光芒的老僧千迦都已心动。

千迦都如此，其他人就更不用说了。这里的诱惑太大！祭坛上的东西对于进化者来说，可是瑰宝。尤其是那鲜红而晶莹的蟠桃，哪怕过去很多年了，依旧在器皿中散发着赤色光芒。

相传，在上古年间，地星还没有没落的时候，每隔一段时间，进化者就会开蟠桃盛会，享用这种天地奇珍。

这种果树有一年开一次花的，也有十年百年开一次花的，甚至还有三千年开一次花的。当然，那传闻中的母树干枯很多年了，或许只有在地星最繁盛的年代，它才生机勃勃，硕果累累。

“蟠桃啊，那可是传说中古代神仙才能享用的东西。”有人叹道，眼中满是火热之色，奈何登不上祭坛，只能干看着。

“楚兄弟，你有办法吗？你可是这个世界上目前最强大的场域研究者，也只有你才能带领我们上去。”有人看着楚风，面露希冀之色，道。

楚风摇头，耐心解释道：“真没办法，这地方不仅是场域的问题，更主要是存在一种威慑天地的‘势’，压制诸位强者。”

他告诉众人，这里目前没有什么威力很大的场域，按理说，所有人都可以登上祭坛，享用祭品。只是，祭坛最上方是接近神灵之地，存在着某种惊人的“势”，十分恐怖。

“嗖嗖嗖！”

就这么片刻间，一些人行动了！他们并非不相信楚风，而是得到命令，负责探路，不得已才向上攀登。

各大势力来的人马可不少，都不止一个王级强者，有些人现在负责探路。可惜，这些人接近祭坛后，全部受阻，沿着石阶向上时像是背负山岳而行，身体都被压得佝偻了，满头汗水。最后，他们全都闷哼出声，有人踉跄着倒退，有人咯血，还有人滚落下来。

楚风有些话没有说，这种“势”可以不算场域，也可以视为场域，只是它不是在磁石上刻写符文所致的。这种“势”直接引导山川之力，凝聚地脉与名山之气，沟通天地之场，从而形成更为复杂的“场能”。这种“势”可以破解，但需要场域大师出手，也可以不破解，选择硬抗。它没有什么变化，没有雷电、风、火等，就只是全面压制接近的生物。

“楚兄弟，真没办法吗？”有财团的人问道。眼看着那些祭品不是很远，却不可得，他们很不甘心。

楚风摇头道：“我道行浅，现在肯定撼动不了这座祭坛。”

“他说得不错，这里全凭个人实力，谁能得造化，只能看自身的机缘。”老道士说道。

“都闪开！”就在这时，那被烧残了的老妪突然离开软榻，腾空而起，扑向祭坛石阶处。

“嗖嗖嗖！”

她动作极快，并不是凌空而行，而是以双手触地，快速向上攀去。

连她都坐不住了，冒险出手，想要夺取祭坛上的祭品。她看到祭坛上玉质器皿中的异果雪白晶莹，像极了人参果，心中激动。那是非凡的东西！她觉得，如果服食那异果，她会实力大进，说不定还可以断体再生！

老妪实力超凡，谁都没有想到，她都被烧残了，居然还能如履平地，快速向上攀登。

“哧！”

关键时刻，她掌心发光，祭出一件奇异的器物。这是一架玉梯，不足巴掌长，可是在发光，催发出符文，沿着祭坛的石阶向上蔓延，像是在铺路，十分诡异。

“这是什么东西？”众人都惊住了。

老妪沿着玉梯催发出的符文一路向上，竟然在石阶上飞快前行。她居然能上去？一群人眼睛都红了！

“通天梯！”老道士怪叫。

楚风心中一动，他从海底石刻上了解过，有场域大师能够造出这种东西，化名山地势为己用，无论在多险峻的山上都能如履平地。达到这个层次的场域研究者是非常可怕的。

“可惜，还只是雏形。”老道士低语。

显然，老妪也是拼了，动用这种东西闯名山，实在惊人。

楚风皱眉，上一次在紫旌山时，老妪肯定没带这件器物，不然多半不会那么凄惨。他暗暗观察，思忖老妪能否借助通天梯跨过他布下的场域。

“咔嚓！”

突然，老妪手中的通天梯龟裂，而后，它发出的光辉散去，老妪一声闷哼，从祭坛上摔落下来。像是有一股巨大的力量砸在她的身上，压制得她坠落下来，“砰”的一声栽倒在祭坛脚下。

她手中的通天梯毁掉了，她也登不上去。

楚风暗自点头，心中有数，这通天梯只是粗糙的入门制品，他稍微研究一下，布下一些场域，就能压制住。

“该道爷我了！”老道士微笑道，而后向前迈步，“嗖”的一声蹿上祭坛的石阶，向上闯去。

他先凭借自身的力量快速奔跑，直到受到一股巨大的力量压制，才从袍袖中取出一件物品。这是一座石拱小桥，只有一尺多长。光华弥散开来，石拱小桥催发出的符文也向上蔓延，载着他前行。

楚风骇然，这依旧是场域研究者的作品，以通灵宝玉、磁晶等为材料制作出来，名为跨界桥。它的作用与通天梯的作用差不多！

可惜，这种物品传说中的成品太难制作，无论是老妪的通天梯，还是老道士的跨界桥，都只是雏形，与成品差得太远。

“域外的人宝物可真不少，就是为攻打名山大川准备的。”一些人惊异不已。

“爷爷加油！”少女在下方喊道，为老道士打气。

不得不说，老道士实力高强，一口气冲了上去，即将登上祭坛时，他甩开袍袖，对着祭坛上的祭品远远地出手，带起一阵罡风。

“当！”

祭坛上离老道士最近的一个青铜鼎被触动，发出金属颤音，接着一股强大的力量化作涟漪扩散开来。

“砰”的一声，老道士手中的跨界桥破裂，他一声怪叫，狼狈不堪地滚落下来，但没有受伤。

众人骇然，就在那金属颤音响起的刹那，许多人的神魂都在悸动，一些王级强者甚至瑟瑟发抖，险些瘫软在地上。

“好恐怖！”所有人都大吃一惊，那只是九个青铜鼎中的一个而已，释放出的力量就这么不凡，这些祭品实在太恐怖了。

“唉，如果是当年，这祭坛上的东西都是我的！”老道士唉声叹气，没辙了。

所有人都百爪挠心，只能眼睁睁地看着祭坛上的诸多神物，没有办法接近。

一些人再次找上楚风，让他想办法。

“我来试一试，一会儿你们帮忙。”楚风站在祭坛前，不断琢磨，而后开始在磁石上刻写符文。

他是在小心地试探，而不是真正地动手。真要是能破解祭坛最上方存在的“势”，他绝不会现在动手，他没有义务带着群王登上去，自己登就可以了。

不久后，他让一群王级强者相助，将一些刻写好的排列有序的磁石同时抛向半空，在天空中形成场域。

“轰！”

效果惊人，那场域形成后，引发祭坛轰鸣，此地的“势”因此而爆发开来。天空中，那些磁石全都炸碎，化成齑粉。

祭坛轰鸣时，五色玉石供桌上的物品不稳了，有的滚落下桌面。

“哎哟，好办法，有东西落下来了，继续！”人们先是发呆，而后惊喜，觉得这样做很有可能会让一些祭品滚落到地上。

楚风再试，让人从不同方位向半空投掷磁石，瞬间又形成场域。结果，祭坛最上方存在的“势”再次爆发，所有磁石爆炸。

一些人见状，举起巨石抛掷过去，但是根本无用，巨石还没有临近就被挡回去了，而祭坛纹丝不动。

只有场域能让祭坛最上方存在的“势”爆发。

楚风心里怦怦直跳，因为在此过程中，他体内原本就不安稳的“磨盘”疯狂转动起来，像是在呼唤什么东西下来。他有点后悔了，觉得不该随便出手，如果众目睽睽之下，他真从祭坛上弄下来什么瑰宝，估计所有人都会眼红。

“轰！”

然而，怕什么来什么，他体内的“磨盘”太古怪了，竟在不知不觉间形成一股吸引力，将祭坛上的某种东西给引下来了。就这么片刻间，那东西坠落下来！

“那是……”人们目瞪口呆。

第179章

沐浴龙血

好大一只碗从天而降，朝着下方砸来。

这是一只非常大的石碗，里面像是有血液，血液乌黑，在下坠过程中晃动，有的溅了出来，在虚空中直冒黑烟。而且，石碗中居然传来狗叫声，场面十分惊人。

一群人反应迅速，刚开始都还想着冲上前去争抢，结果看到这一幕后，都一窝蜂地向后逃。

这么一大碗黑黝黝的血液，而且传出犬吠声，实在太诡异了，谁都不愿意碰。

“带我一起走！”楚风怪叫。这是他体内的“磨盘”引来的东西，两者间有莫名的吸引力，此时，他居然动弹不得了。

但是，这群人都很没义气，别说那些财团的人，就是那个喊他“楚哥哥”的少女也逃之夭夭了。

太极老宗师倒是想出手，但是离得太远了。他之前听从楚风的，守在入口那里，以免那只神兽幼崽逃掉。他是随后赶到的，没有挨着楚风。

关键时刻，同样离得较远的林诺依出手，她掷出一块岩石，正好打在那只石碗上。“当”的一声，那石碗虽然摇动，但是方向未变，依旧笔直坠落，向着楚风而去。

碗口那里，狗叫声不绝，黑色血液四溅，实在古怪透顶。

楚风惨叫起来！他体内的“磨盘”认准石碗了，两者之间互相吸引。

此时，他暗中动用精神能量，想要将石碗搬运到一边去，却做不到。这到底是什么破碗，竟让他肉体与精神所具备的超凡能力都失效了？

“砰”的一声，大大的石碗砸在楚风身上，让他眼冒金星，而且，黑色血液四溅，淋了他一身，狗叫声也响个不停。

“真是诡异！”楚风真想破口大骂，太倒霉了，居然没有办法躲避，被淋了一身血。

这片地带黑雾弥漫，狗血四溅，隐约间像是有黑狗在跑来跑去，叫个不停。

楚风感觉十分古怪，因为，那只石碗砸中他时就碎了，有莫名的东西向他的体内钻。很快，他震惊不已，明白了那是什么。

黑色物质！向他体内钻的东西跟他体内的“磨盘”是同一种东西，对于金身罗汉级进化者来说，是神圣大药，好处太大了，可是，对于低层次的进化者来说，是致命毒药。

这种物质一般藏于宇宙深处的无人地带，古今罕有，就是妖圣都很难寻到。而且，这种物质一般被石皮包裹着，望不穿，看不透。

那石碗就是特殊的石皮，其内部藏有黑色物质，现在石碗破碎，那黑色物质涌出，一股脑地向楚风体内钻去。

楚风终于明白为什么他体内的“磨盘”会与那石碗产生共鸣了，它们是同源的物质！

黑血冒烟，狗叫声响个不停。

没有人注意到，在黑色血液四溅时，石碗中有浓厚的黑色物质冒出，如云烟般进入楚风的体内。

众人只看到那里一片狼藉，黑色血液落地后不断冒烟，黑雾滚滚，同时犬吠声也没有停下。

“楚哥哥，你没事吧？你也太倒霉了！”少女水汪汪的大眼睛扑闪着，脸上露出同情之色。可是，刚才她跑得比谁都快，离得远远的，没去营救楚风。

楚风一副悲愤的样子，遮掩住内心的震惊。他实在是没有料到，浓厚的黑色物质会钻进他的躯体中。不过，黑色物质现在对他来说不是致命的毒药，相反会促进他进化。他体内的“磨盘”正在快速旋转，拼命地吸收这种黑色物质。

他算是看出来了，他体内的黑色物质原本不多，现在则足够了。事实上，这种黑色物质要寻找的话异常艰难，走遍数颗星球都不见得能遇到，这祭坛上却有，是一种祭品。

虽然被淋了一身黑色血液，但是楚风却暗自庆幸。这东西对他体内的“磨盘”来说，简直是大补之物。

楚风明白了，此前“磨盘”成形后不动，被如同胎膜般的东西包裹着，可能是因为缺少养料。现在，问题得到了圆满解决！

此时，他用精神力观察体内，注意到黑色物质被吸收后，有一半自动化作银色物质，这非常惊人。要知道，按照黄牛所说，这种变异稀奇罕见，只在十大星球中有过传说。而现在，他体内的“磨盘”竟可以轻易将黑色物质转化成银色物质。

到了最后，黑色物质如云烟般全部被他体内的“磨盘”吸收了。须知，这种东西介于物质与能量之间，而现在简直纯物质化了！

到了这一刻，楚风有一种满足感。

一层雾出现，将“磨盘”包裹起来，“磨盘”再次变得朦胧，弥散出丝丝宛若仙气般的东西。他知道，“磨盘”需要的养料补足了，将更进一步。

他停止用精神力观察体内，开始关注外表，他可真是凄惨、狼狈啊，满身黑血，全身上下湿淋淋的。在外人看来，他站在那里一动不动，像是被砸蒙了。

“楚兄弟，你没事吧？”有人问道。

姜洛神、太极老宗师、林诺依等一些人向前走来，有些无语地看着他。

“我能有什么事？沐浴龙血，天降福气，你们不懂，这是天大的造化！”楚风一本正经地道。

众人无语。

然而，这个时候有一人却怪叫起来，正是老道士，他神色略显激动，拉着他的孙女就朝着楚风冲去。

“见者有份，送我一些黑血！”他居然这么大叫，转眼就到了楚风近前，伸手向楚风身上摸去。

那少女怪叫着，花容失色，奋力挣扎，想要逃走：“啊，救命呀！死老头，你放开我，好恶心啊！”

“你不懂，这是万年黑血，极其珍贵，好处多多，不然怎么可能会被当作祭品？”老道士抓着她不放，边说边向她稚嫩的脸上抹了一把黑血。

“哎呀！”少女惨叫。

什么情况？所有人都看傻眼了，神色古怪。

“这可是从石头中孕育出来的血，诞生万年的血液才会发出动物比如狗、猫、豹的叫声，十万年以上的会发出龙吟声。说了你们也不懂！”老道士边说边动作迅疾地从楚风湿漉漉的衣服上沾黑血，向自己身上抹，也向少女身上抹。

众人目瞪口呆，这是真的吗？不过看老道士也不像是骗人的样子，他没有必要这么恶心自己吧？毕竟，他可是在身上抹了好多啊。

众人默不作声地看着，唯有老道士的孙女惨叫不已，又踢又咬，死也不肯配合。

“难道真是那种血？”就在这时，那被烧残了的老妪面露异色，“嗖”的一声冲了过去，也开始夺血。同时，她示意林诺依跟她学。

一群人都无语。

“嗖嗖嗖——”

接着，一大批人冲了过去，他们看到域外的人都这么做了，也毫不犹豫地开始一起行动。

“啊！”楚风大叫。他原本看起来就够凄惨的了，现在还被人连摸带拽，成什么样子了。

“不用那么多，沾上一些就可以了，太多也没用。”老道士好心提醒道，同时拉着自己的孙女冲出人群。

“死老头你太坏了，我虽然喜欢楚哥哥，但也不想沾他身上的那种黑血啊。”少女凄凄惨惨地喊道。

楚风此刻正被人争抢呢，连一些老家伙都过来了，他真是觉得莫名其妙。

等安静下来后，人们身上差不多都涂抹上了一些黑血，就是林诺依、姜洛神也不例外。

“老道士，你不会在忽悠我们吧？”到了这时，有人忽然警醒，这也太古怪了。

“别急，马上就有变化了。可以说，道爷我提醒你们都得到了造化，就看你们是否有福气消受。”老道士很淡定地道。

楚风最先发生变化。他的身上突然腾起阵阵黑色光芒，整个身体都被黑色光芒笼罩，而后身体变得晶莹起来。

所有人都吓了一大跳，还真是有变化了！这是怎么回事？人们吃惊地看着楚风，他身上光芒点点，若非那光芒是黑色的，他简直像是要羽化飞仙般。不要说他的身体，就是他的头发都被一层黑色光芒覆盖了。

人们都惊异地注视着楚风，想看他究竟会有怎样的变化。

楚风自己都很吃惊，他的身体暖洋洋的，黑血化成有灵气的黑色光芒，从毛孔进入他的身体中。

他起初没有阻止，任黑色光芒流转，进入自己的身体中，感觉很舒畅。然而，就在这时，他体内的“磨盘”开始转动，速度并不快，甚至可以说缓慢，而且是在被一层雾包裹的情况下转动起来的。

一刹那，黑色光芒全部被逼出体外，“磨盘”霸道无比。

“嗯？这是怎么回事？”楚风面露异色，刹那间谨慎起来。

这“磨盘”驱除糟粕，留下精粹，称得上神妙，按照黄牛所说，这种东西是至关重要的器物，关乎自身道果。可是，它排斥有灵气的黑色光芒，直接将其驱散了。

楚风虽然没有转头，但是以神觉关注老道士，发现这老家伙脸上的嘲弄之色一闪而过，像是在看戏。楚风哑然，这老家伙果然是在忽悠人，这所谓的诞生于奇石中的黑色血液不见得是好东西。

就在这时，老道士身上也开始发出黑色光芒。

“哎哟，轮到我了！”老道士怪叫着，同时快速取出一根古朴的小木棍，他全身绚烂，将黑色光芒向着小木棍逼去。

楚风一看就知道坏了，这才是真正的用法，这老家伙居然骗他，误导他用身体吸收黑色光芒。不过，有“磨盘”在体内，他根本就不怕。

老道士冲着少女喊道：“孙女，傻愣着干吗，赶紧动手！这种黑血是有灵气的神物，混合自身的血气后可以用来温养兵器，使之通灵，甚至养出神祇，别浪费掉！”

这个黑心眼的老道士！这一刻别说楚风了，就是其他人也都想骂他，太缺德了，那黑血分明是温养兵器用的，他却误导所有人。

“啊，爷爷你太坏了，你怎么能这样坑人？楚哥哥会出事吗？他将黑色光芒吸收进体内了！”少女倒还有良心，数落与埋怨自己的爷爷。

“没事，这东西进入体内也无妨，可以将他身体的某些部位温养出兵器特性！”老道士“嘿嘿”笑道。他边说边将黑色光芒全部注入他的那根小木棍中，让它光芒大盛，宛若有了生命。

此时，少女的身体也开始发光，黑色光芒点点，在她体表浮现，混合着血气。

“快点，你该不会真想把自己的身体温养成兵器吧？这东西虽好，但有些后遗症！”老道士焦急地催促道。

“死老道！”楚风骂道。这老道士太不是东西，居然害他。

“小子，你曾经在紫旌山放火烧道爷我，这是给你一个教训。”老道士怪笑道。

他再次催促自己的孙女：“快点，再晚一步的话，若是这黑色光芒凝滞在你身上，以后身体会出问题，比如身体内会传出狗叫声！”

这一刻，所有人都被吓住了，一个个脸色发白，现场顿时鸡飞狗跳，所有人都在慌忙寻找兵器。身体内传出犬吠声，那场面真是不敢想象。

少女平日天不怕，地不怕，现在却吓得花容失色，小脸煞白。她快速取出一个银白铃铛，将黑色光芒逼进去。

一群人手忙脚乱，这是机缘，但是慢一步的话会引发不可想象的后果。

有些人偷眼看楚风，有同情的，更有幸灾乐祸的。

“没事，别怕。”老道士安慰众人，道，“这东西能让你们的身体坚韧如兵器，散发出有灵气的光辉，强大到一定层次，可以身为兵。体内出现一点噪音也无所谓。”

“混账老道啊！”这时，有人大叫。因为他身上没有兵器，黑色光芒真要是凝滞在身上，以后体内传出狗叫声，那可真是悲惨。

林诺依即便平日那么冷艳，现在也在快速行动，不能淡定了。

楚风很从容，因为他知道这是什么东西了。各大财团曾经送给他一些关于场域的残本，其中有几张枯黄的纸上提及，这是一种秘液，诞生于石头中，并不是老道士所说的什么血液，更不可能是黑狗血！这是天材地宝的一种，神秘莫测，拥有强大的灵气，能让兵器通灵，甚至孕育出兵器内部的神祇，使兵器产生自主意识。

在石头中诞生一万载以上的秘液，会发出各种动物的叫声，而超过十万载的，便能发出龙吟声、凤鸣声等！当然，也不是年代越久越好，因为超过一定的年限，那秘液就会干枯，里面的精华就会彻底流失。

那秘液混入身体中和混入兵器中没区别，可以将身体某些部位养出兵器灵气。

场域研究者涉猎太广了，搜索天下奇珍，就是他们的本职工作之一。所以，有关场域研究的残本中会提及这些奇异物质。

楚风体内有“磨盘”在，那秘液入侵不了，他慢吞吞地动着，将黑色光芒全部注入那柄赤色飞剑中。

他没展露王级能量，如今在众人眼中，他只是一个处于觉醒境界的进化者。

秘液虽好，但是他没有考虑将其注入金刚琢，他觉得秘液还不足以匹配金刚琢，因为“磨盘”看不上，想来温养赤色飞剑倒是足够了。

“如果有发出龙吟声的秘液，倒是可以考虑用来温养金刚琢。”楚风自言自语。

此时，所有人都集中精神温养兵器，根本顾不上其他，连老道士也不例外，正在非常专注地用黑色光芒温养他那根小木棍。因为，这关系甚大，他不敢分心，有灵气的兵器对进化者来说太重要了！

楚风瞥了老道士一眼，快速动用磁石，刻写符文，悄然在自己周围布下养兵场域，将破碗和洒在地上的秘液都圈在内。

而后，楚风放低姿态，来到老道士近前，言辞诚恳，说自己以前不对，请他一定要帮忙去掉黑色光芒的隐患。

老道士正忙，不想被他干扰，便随口应道：“没事，体内偶尔传出噪音，算不了什么，相反会让你实力增强。道爷我虽然心眼不大，但本性不坏，不会坑你。”

“死老道，这还不坑人？”这是楚风心里的话，但是他表面上放缓语气，一副很恭维的样子，硬拉着老道士来到破碗那里。

“道爷这边请，地上还有黑血，给你这根烧火棍增加灵气，你慢慢温养，争取让它成为金箍棒。”

“这是打龙棍好不好，一边去！”老道士急匆匆地敷衍楚风，挥手让他走开，并告诉他自己回头帮他想办法。

楚风很“识相”，退出去一段距离，围着老道士绕圈，一副欲言又止的样子。

事实上，他不太放心，暗中不断在磁石上刻写符文，将磁石置于周围乱石间。

现在，他在这片区域布下了八重养兵场域！他依据场域残本的记载，知道养兵场域能养兵器，也能养人，他现在就是在“养老道”呢。

“再来点催化符文吧！”楚风嘀咕着。他怕养兵场域效果不佳，便又刻写了一些催化符文，以提升养兵场域的效果。

随后，这片区域安静了，众人都在专心温养兵器，没有人敢分神。

楚风也平静下来，不紧不慢地摆弄赤色飞剑。他身上的黑色光芒都注入赤色飞剑中了，身体上没有留下一点，至于进入体内的，都被“磨盘”赶出来了！

接着，他走到足够远处，又开始布置养兵场域，直接布置了十重。布置好后，他便将赤色飞剑扔了进去。半个时辰后，赤色飞剑灵气大增，赤红而灿烂。

楚风讶异，那秘液并未改变赤色飞剑的颜色，都被其吸收了。隐约间，赤色飞剑轻轻颤动着，似乎要飞起来了。他知道温养完成了，便走过去将赤色飞剑捡起。

楚风没有动用驭剑术，毕竟他给人的印象是废掉了，已跌落下王级领域，现在只是一个处于觉醒境界的进化者。

他用手指捏着赤色飞剑挥动时，赤色飞剑发生了奇异的变化，剑体赤光大盛，而且传出阵阵狗叫声。

楚风惊讶，道：“以后可以叫‘赤色飞狗’了。”

“哈哈——”就在这时，老道士大笑起来，手持那根小木棍，手舞足蹈，因为他温养小木棍已大功告成。

“汪汪汪——”

他抡动小木棍，压得虚空都仿佛颤抖起来，而且，那小木棍自身居然发出犬吠声。

“太有灵气了，温养上几年，专属于这小木棍的神祇说不定就会诞生！”老道士十分高兴地说道，“这么快就成功了，效果好得出奇！”

此时，楚风已走到老道士附近，听到老道士的话，不禁撇嘴，暗自想着，都给你布下八重养兵场域了，连你一块都给养了，效果能不好吗？

楚风没话找话，麻痹老道士，不想他走出那片区域。

“哎哟，该死，这是怎么回事？”老道士大叫起来。他不再温养兵器，心收回来之后，敏锐地感觉到自身不对劲。此时，他身上有黑色光芒，而且很有规律地化作条纹。

楚风布下的养兵场域早已将地上的秘液化作黑色光芒，无声地进入老道士的身体，将他的身体当作兵器般来温养。

老道士大惊失色，慌忙集中精神，运转自身能量，想要阻止这一切。

“气死我了！”他怒吼着。因为，那黑色光芒进入身体中后，需要在一定时间内逼出去，不然就很难清除。

老道士气急败坏，动用秘法，想方设法驱除黑色光芒，最终有些效果，很多条纹暗淡，甚至消散，但某些部位还是留下了烙印。

“道爷，你身上很多部位散发黑色光芒，真是太有灵气了！”楚风幸灾乐祸地开口道。

老道士急了，想尽办法，却始终难以完全驱除那黑色光芒，之后，他的身体猛然发光，并且传出狗叫声。

“惨了！”老道士脸色都变了，快要发狂了。最后，他盘坐下来，动用禁忌秘法再次尝试驱除黑色光芒。但是，他知道希望不大了！

“赶紧走！”楚风对太极老宗师低语。

太极老宗师一直很淡定，因为他压根就没抢过那秘液。

“离开‘封禅之地’？”太极老宗师问道。

“趁此机会，看看能不能抓住那只神兽幼崽。”楚风说道。同时，他也准备跑路了，老道士一旦冷静下来，多半会发现周围的养兵场域，估计到时会跟他拼命。

楚风趁老道士盘坐下来，撒腿狂奔，进入发光的荆棘丛后，祭出赤色飞剑试了试。

“汪汪汪——”

狗叫声很大，那柄赤色飞剑在半空中风驰电掣，像要咬人似的！

楚风目瞪口呆，赤色飞剑威力大增，绝对很恐怖！

第180章

神兽幼崽

楚风看着赤色飞剑，知道赤色飞剑的威力远超过去，它释放出惊人的能量，有可怕的灵气，能自动吸收游离在虚空中的能量。

但是，这东西太怪了，交战时一顿狗叫，会吓到敌人，还是会引起哄笑呢?

“以后难道真要叫你‘赤色飞狗’？”楚风嘀咕着，而后与太极老宗师一起继续撒腿狂奔。

来到金卵破碎处，他停了下来，跑到被他布置过场域的地带，仔细看了又看，确定场域没有遭到破坏。

“还是先走吧，回头再来抓神兽幼崽。”楚风琢磨着，怕老道士追上来跟他拼命。

但在离去前，他又在这里布置了一番，加固场域，怕疑似被困在这里的生物逃掉。

“走！”布置完后，楚风急匆匆地跟太极老宗师一起继续狂奔。

至于祭坛上的东西，他没心思去动了，现在他真没有办法上去，能将那只石碗弄下来也是“磨盘”的功劳。

祭坛前，老道士闭目盘坐着，浑身都在冒紫气，实力惊人，让不远处的老妪都心惊不已。

他神色庄严，安静无声，身体绚烂，如同一个老神仙。然而，他体内被压制的狗叫声还是不时传来，让一些人面面相觑，神色古怪。之后，他倏地睁开眼睛，气得大叫起来，因为他驱除不了身上的黑色光芒。

老道士起身后，黑着脸走来走去，但已经想不到办法了。突然，他瞪大眼睛，因为他在附近看到了藏在乱石间的磁石，而且不少。

“小兔崽子，道爷我跟你没完！”老道士当时就急眼了，哪里还有什么仙风道骨？

“人呢？那小子逃了？坑你家道爷啊！”老道士气得不行，手指头都哆嗦了。他原本想给楚风一点颜色看看的，结果反被楚风暗算，让他怎么接受得了？

“孙女，走，我们去追他！”老道士抓住他孙女的手腕，一路狂追，可谓风驰电掣。

少女见老道士一副悲愤的样子，也不好违逆他，便跟着他一块跑。

然而，当老道士运转能量狂奔时，他的身体内传出了犬吠声，而且随着他加快速度，能量迅猛流转，狗叫声变得更大了。

一群人瞠目结舌，看着他远去。

这时，少女开口道：“爷爷，咱别这样跑了，我总觉得在被狗追着咬，心惊肉跳啊。”

“小孽障，你想气死我吗？”老道士气得脸色发黑。

“谁叫你先害别人的，遭报应了吧？我听闻这种东西跟场域研究者有关，你得求楚哥哥用场域符文帮你解决这个问题。”

“我求他？我非打死他不可！”老道士狂奔，身体内传出的狗叫声越来越大，气得他更想找楚风拼命了。

看着老道士消失，众人面面相觑。

“这老道士看着出尘脱俗，但实在太缺德，现在遭报应了，哈哈！”一群人都大笑起来，意识到楚风多半没中招，不然怎么会心虚地跑路，而且跑路前还算计了老道士。显然，他了解这种秘液。

他们笑过后，在这里徘徊了一段时间，最终都无奈地退走了。懂得场域的楚风不在，他们不敢乱闯。

现在，所有人都意识到，楚风的价值太高了，跟他合作，开启各座名山的神秘空间，收获绝对惊人。

有些财团的人犹豫着，回去后是不是要让沉眠的生物也就是所谓的财团底蕴苏醒？

最终，肽山安静了，众人沿着原路退出，倒也顺利，没有走错路径。

一些人不断回头，心中难以平静。这地方会不会成为楚风的“自留地”？“封禅之地”祭坛上的祭品太惊人，足以让人眼红，随着楚风场域造诣的提升，该不会都被他取到手中吧？

这一日，老道士从肽山上狂奔下去，纵横八百里，一路上狗叫声不绝于耳，许多人以为他被狗追着咬呢。

沿途，他多次停下来打探消息，想追到楚风。

路上不少人躲着他，道：“道爷，你别过来，我怎么听到你好像被狗追着咬呢，别过来！”

“道爷，别连累我！奇怪，那狗呢？”

老道士听到这种话，怒道：“你们会不会说话啊？都给我闭嘴，是道爷我在追击一个混账小子呢！”

其实，楚风没走远，还在肽山上，不过他布置了场域，将自己和太极老宗师给藏了起来。

很长时间后，楚风估计人都走得差不多了，这才动身，准备再进入那片折叠空间，去抓捕神兽幼崽。

他没让太极老宗师跟他一起进入那片折叠空间，怕有什么变故。

“前辈，你守在外面，那东西要是狼狈逃窜出来，你就出手截住它，如果它的气息很恐怖，你便躲起来，别冒险！”

如果那只神兽幼崽不是很厉害，楚风一人足矣，如果它真的非常恐怖，有神魔之力，哪怕加上太极老宗师也没用。

迷雾弥漫，鹅卵石小路悬在虚空中，楚风只身一人从容走了进去。

“那究竟是什么生物，一颗金卵，有鳞片，也有羽毛，还真是古怪。”楚风再次来到这里后，捡起金卵的壳看了又看，狐疑道。

倏地，楚风抬头，因为，他感觉到附近有人，就在林地中，此刻正走出来。同时，那几人也看到了他。

一个年轻人面带笑意，道：“来，你们快看一看，这是谁回来了，我们的场域大师又悄然回来了。”

这个年轻人叫朱明，是新加入玉虚宫的天才。他留着一头短发，穿着很宽松的运动衣，一身现代服饰，手里却提着一件冷兵器——一杆银色长矛。

显然，朱明见到楚风感觉很意外，也很欣喜，如同见到猎物一般。

楚风也觉得很意外，他知道这个人是一个新晋王者，投效了玉虚宫，不久前还和玉虚宫之主走在一起。没有想到，其他人都从肽山退走了，他与另外几人竟留了下来。

“楚风，你胆子可真不小，一个人就敢回来。”朱明面露轻蔑之色，道，“你出自玉虚宫，不如我将你请回去吧！”

他觉得自己今日可以立下大功，将楚风抓住，送回玉虚宫。

“嘿，真有意思，楚风，你竟一个人回来了，看来这里有神物可取啊。”另外一人开口。他名叫刘桐，二十五六岁的样子，眼中带着紫色光华，散发出惊人的气息。

刘桐投效八景宫，也属于新崛起的王级强者。

“楚风，要不你跟我去八景宫？”刘桐脸上带着淡淡的笑意，他认为这是难得的抓走楚风的好机会。

不说楚风与玉虚宫、八景宫的恩怨，单是现在他成了场域研究者，抓住他就足以讨好两大宫主了。

“你们想掳走我？”楚风终于开口。

“你这样理解未尝不可。”刘桐懒洋洋地说道。

“在这之前，你还是带我们继续寻找机缘吧。是不是可以登上那祭坛啊？好好表现！”朱明也再次发话，目光灼灼。

楚风哑然失笑，这些人还真当他废掉了，随意就能压制？他冷冷地道：“你们口气真是不小，敢威胁、恫吓我。”

朱明哈哈大笑，道：“你真以为自己还是过去的楚魔王啊？时代变了，天地再次剧变，我们成为王级强者，而你却废掉了。”

“楚风，我警告你，最好站在那里别乱动，不然没什么好下场。”刘桐威胁道。

他们担心楚风布下场域，不过看他双手空空，周围也没有什么磁石，觉得他没材料可用，倒也不是很担心。

此时，楚风沉下脸，道："你们算什么东西，就是玉虚宫之主、八景宫之主来了都不敢这么跟我说话！"

"你在说笑吗？人贵自知，你现在还敢在我们面前这么盛气凌人，我很不高兴，后果很严重！"朱明嘲笑道，脸色略冷，向前迈步逼来。

"哈哈——"其他几人都大笑着。

这几人挣断了四至六道枷锁，奉玉虚宫之主与八景宫之主的命令守在这里，看一看谁会回来。

"你很不高兴，后果很严重？"楚风哂笑，也向前迈步，迎了上去。

"嗖"的一声，朱明向楚风出手。朱明怕楚风在附近的场域上做手脚，准备直接拿下他，给他血的教训。

然而，下一刻，朱明脸上的冷酷笑容凝固了，因为楚风更快，一拳打中了他。

"啊！"

他倒在地上抽搐着，眼中尽是惊恐，死死地盯着楚风，没有立刻死去。

"什么，你……不是废了吗？"刘桐感觉汗毛倒竖，快速倒退。

其他几人见状，也都心里发毛。曾经的楚魔王简直是无敌的代称，他们都曾仰望楚风，哪怕现在他们中有的人挣断了六道枷锁，崛起成为顶级王者，看到楚风这种实力后，也还是胆寒。

一刹那，刘桐便被追上，也被楚风一拳打中。

"逃啊！"其他几人大叫。

"真是懦弱，也配称王者？"楚风追击他们。

"轰！"

楚风一拳击出，光芒漫天，前方发生爆炸，一人直接死掉。

"砰！"

下一刻，他又出现在另外一人近前，又是一拳击出。那人惊怒，全力对抗，结果双臂被震断，身体受伤，接着也毙命了。

现场拳风呼啸，光芒绚烂，就这么几拳而已，几人便倒地而亡。

地上，朱明、刘桐见到这一幕，满脸惊骇之色。他们虽然受了重伤，但还没有立刻死去。

“相对来说，我更喜欢动手，而不是研究场域。”楚风说道。

“砰砰！”

楚风两脚便让他们咽气了。

楚风来到被封了的那片区域，开始尝试破解场域。

“嗖——”

他听到了动静，里面那生物被惊动了。

“别害怕，我接你回家。”楚风尽量让自己声音温和。他很好奇，那神兽幼崽究竟是什么生物？他觉得，或许是远古神话传说中的生物！

荆棘发光，有银白色的，也有淡金色的。这里的植物都很特别，蕴含着惊人的能量。就是岩石、土层也是如此，散发着光芒，充满了灵气。

楚风小心而谨慎，在他开口后，里面安静了，那生物躲藏了起来。

随着他的深入，蒙蒙雾气浮现，但是祥和光芒不减，泉池、水洼也是如此，色彩斑斓。这里能量充沛，充满了生机，让人觉得神清气爽。

普通人看到，一定会以为这是仙家府邸。进化者如果久居此地，能更快地提升体质。

这里除了他自己布下的场域，还有古代的场域。然而，这不算什么，难不住楚风。

在这“封禅之地”，场域随处可见。那些禁地，比如祭坛后方的区域，必然有恐怖场域，真要贸然闯入，必死无疑。而祭坛前方的区域相对来说安全多了，之前楚风就已经成功带领众人走过一遍。

“咔！”

他从土层中小心地挖出一块鲜红的玉石，玉石散发着炫目的光芒，内部有神秘符文。

“好东西！”

这是古代场域研究者留下的材料，比楚风自己的玉石强多了。

楚风瓦解古代场域，收取材料，将材料都放进玉瓶中。

“砰！”

最终，他成功破解了这片区域的古代场域。

楚风自己布下的场域还在，因为他担心那生物逃掉。

他觉得，那生物应该不是很强大，不然不会藏在这里。毕竟是幼崽，还没有成长起来。

“有生物！”楚风集中精神，可是仔细感应后，他不禁皱眉。这片区域不大不小，有闪烁着银白色光辉的小溪，里面有河鱼，游来游去。那些河鱼虽然蕴含着一定的能量，但是跟神兽相比差远了。

此地也有果树，上面长着一些异果，有鲜红如玛瑙的，也有黄澄澄如金子的，果香扑鼻，能让普通人觉醒，但肯定无法使其进化为王级强者。这些异果对普通人来说是机缘，但在楚风眼里只是鲜嫩的水果。

过去他不能吃异果，现在他体内有“磨盘”就无所谓了。他自然不客气，将异果采摘后扔进玉瓶中。

他仔细搜寻，没有发现有灵气的生物。难道那神兽幼崽逃走了？

“嗯？”终于，楚风有所发现，看到在一片平坦之地，一块褐色山石上有破碎的鳞片。

接着，他在附近的一块石壁上发现了刻字，像是甲骨文，又像是钟鼎文。他仔细辨认，居然都不认识。他一阵无语。

不过，旁边还有歪歪扭扭的刻图，像是孩童所画，看了很长时间，楚风大致理解了刻图的意思。

这石壁上的刻图，大意是一只神兽幼崽出生，被困“封禅之地”，最后终于找到办法脱困，就此离去。

“已经脱困，早就逃了？”一时间，楚风十分失望。他兴高采烈地闯进来，准备活捉神兽幼崽，结果它早就不在了，真是败兴。

这时，楚风霍地回头，看到一只蛤蟆从水中爬出，在那里啃咬河鱼，而后蹦跳着朝荆棘丛而去。它个头不小，有四五斤重，身上也有能量，比河鱼强，但不会强太多。

楚风没有理会那只蛤蟆，他化成一道电光，在这片地带快速寻找，想找到更多的线索。然而，他失望了，再无任何线索。

观察一遍后，楚风“嗖”的一声快速向出口那里冲去，没什么异常，无生物破坏他的场域。

他狐疑不已，又找到那只蛤蟆，反复地盯着它。那只蛤蟆蹲在那里，“咕咕”叫了几声，声音沉闷。

接着，楚风“嘿嘿”笑了。

“嗖嗖嗖——”

他快速扔出几块磁石，将蛤蟆包围，这是在布置场域。

蛤蟆受到惊吓，上蹿下跳，想要逃走，但是被场域阻挡住了。

“别怕，我对你没有什么恶意，只想带你离开这里。”楚风尽量态度温和地凑过去，跟它交谈。

然而，那只蛤蟆根本没什么反应，看起来太普通了。

“你很聪明，很不简单，提前刻字又刻图，让人相信神兽幼崽早已离去。”楚风微笑着，继续跟它说话。

然而，那只蛤蟆还是毫无反应，只是在他靠近时才逃跑，似乎跟普通的蛤蟆没什么区别。

楚风伸手，想要捉它。

“噗！”

它突然朝楚风喷出一口口水。

楚风快速躲到一边，道：“别隐藏了，此地就只有你一只蛤蟆，没有形成族群，你是哪里来的？”

直到这一刻，蛤蟆那呆滞的眼珠子才转动起来，而后它张开大嘴，带起一阵狂风，对着楚风狂喷口水。

楚风连忙躲避。那蛤蟆变得太快了，张开嘴后，口水不断喷出，跟瓢泼大雨似的，场面很壮观。他险些被淋成了落汤鸡，幸好反应迅速。

“神兽，你太恶心了，能不这样吗？”楚风怪叫道。一时间，他也不知道那口水是否有毒，只能避开。

那只蛤蟆有点奇怪，一口气喷了楚风二十几口口水，将他逼退。接着，它开始奔逃，竟然冲破了那几块磁石构建而成的简单场域，地面破裂，磁石炸开。而且，它太快了，像是一道闪电般。

最让楚风感觉奇怪的是，它居然不是跳，而是四肢齐动，像一个人趴在地上，手脚并用，向前爬行。它迈开四肢，快得不可思议。

“这是什么蛤蟆？”楚风目瞪口呆，赶紧追赶。

“砰砰砰——”

到了出口处，蛤蟆狂撞，想要冲出楚风布下的场域，但是，在这里它受阻了，没能冲出去。

楚风大笑，他现在确定了，所谓的神兽幼崽就是这只蛤蟆。只是，这也太邪门了，鳞片呢，羽毛呢，都长到哪里了？他估计，蛤蟆并不是其原形。

“呱！”

蛤蟆掉头回来，发出沉闷的叫声，震得楚风一阵战栗。显然，这只神兽幼崽很了不得，精神力很强，超越一般的王级生物。

同时，它用精神力传音，质问楚风，它跟他无冤无仇，为什么要对它出手？

“都说了，我没有恶意，只是想跟你结交。”楚风开口。

蛤蟆收敛气息，鼓起大眼睛，眼神纯净，一副天真的样子，像在问楚风是真的吗。

“自然是真的。”楚风面带笑容，取出一些异果，向前递去。

“呱！”

当楚风凑到近前递上异果时，蛤蟆爆发了，金色能量澎湃，化成涟漪，撞向楚风。更恐怖的是，它的精神能量伴着那一声叫声激烈震荡，几乎要摧毁楚风的精神。

这是一种非常恐怖的能量，附近，山石破碎，化成齑粉，溪水被蒸干，刹那间成为水雾，就是地面都在下沉，崩裂开来。

这只蛤蟆刚才还显得很天真呢，转眼间就对楚风发动了雷霆般的攻击。它很强，险些就重创楚风。

下一刻，它一跃而起，竟像人类般出掌，接连拍击而来，发出电光。

楚风跟蛤蟆对掌，面露惊容，这只蛤蟆掌力雄浑，蕴含着极其惊人的能量！

“呱呱呱——”

蛤蟆的身体变大了，它直立着身子，跟楚风一般高了，且双掌不断击出，无坚不摧，周围巨石崩开，崖壁断裂。一时间，它像是拥有雷霆之威，竟能跟楚风对抗。

蛤蟆神色庄严，浑身发出无比耀眼的金光，在金光中，它一双手掌拍个不停，与楚风展开大战。

楚风惊异不已，这只蛤蟆也太邪乎了。

“噗！”

在通体发光之际，蛤蟆突然趁着跟楚风面对面，张嘴就喷出了一口口水。

楚风偏过头，躲避了过去。这还真是从未有过的体验，两大强者争锋，其中一个对另一个吐口水。他算是看出来了，那不是毒液，只是单纯的口水，这只蛤蟆是成心的。

“噗！”

果然，一靠近楚风，它就喷口水。

“你是什么神兽，太恶心了，再吐口水，别怪我对你不客气！”楚风威胁道。

“砰！”

蛤蟆的口水具有惊人的穿透力，将崖壁都穿透了，也算是一种攻击手段。

“砰砰砰——”

楚风连连出手，想要压制这只强大的蛤蟆！

“给我现出本体来！”

“文盲，我不屑与你多说，连我写的字都不认识。”终于，蛤蟆开口了，对楚风表示鄙视。

“你那字谁认识！”楚风顿时恼了。

“呸！文盲！”蛤蟆又喷口水，跟他大战。

不得不说，这只蛤蟆太厉害了，楚风费尽力气，才将它压制住。

第181章

香饽饽

蛤蟆动作迅疾，呼啸有声，发出金光，释放雷电，实力极强，但与楚风激战片刻后还是不敌了。“砰”的一声，它被楚风一巴掌拍中，横飞出去。

楚风的手掌带着惊人的能量，足以将山头拍得崩塌，何其可怕！但是，蛤蟆皮糙肉厚，只是被打得剧烈颤抖，并没有负重伤。

“嗷！”

就在这时，它不再发出呱呱声，而是发出兽吼声，顿时，林地炸开，草木摧折，巨大的石头都飞向半空中，相当惊人。它再次冲来，要跟楚风拼命。

“还不服？”楚风说道。他再次出手，手指发出绚烂的光芒，蕴含着惊人的能量，让周围的崖壁都扭曲甚至塌陷了。

终于，蛤蟆不怎么动弹了。

“服不服？”楚风蹲下问它。

“噗！”

一口口水喷来，楚风快速躲避。

“还是不服啊，那就继续！”楚风说道。这奇怪的蛤蟆又是喷口水，又是鄙视他是文盲，一看就不能以正常手段降伏。

“我跟你拼了！”蛤蟆大怒，蹦跶着跟楚风再次开战。

很可惜，它根本不是楚风的对手。

就这样，大战一阵停一阵，终于，蛤蟆被楚风打得没有还手之力了。

“文盲，你有种给我两年时间，我到时候一只手就能打倒你！”蛤蟆浑身冒金光，眼睛冒烈焰，对楚风大叫着。

“我都不用你给我时间，现在就能一只手打倒你！”楚风道。

蛤蟆“嗷嗷”直叫：“你就不能表现得英雄一些吗？放我走，两年后咱们再决战，到时候我要是再败了，就臣服在你的脚下。”

“别废话，我不会放走你，给你下最后通牒，还不臣服就别怪我不客气！”楚风说道。

楚风把蛤蟆抓到手中，接着右掌心发光，他直接对这只蛤蟆动用了能量火焰。

“啊，快放开我！”蛤蟆大叫着，奋力挣扎。

“你服了吗？”楚风问道。

“服了。”蛤蟆沮丧地回答。像它这么狡猾的生物，怎么可能为了气节遭受皮肉之苦？

终于，楚风坐下来开始烤鱼，尝了尝味道十分鲜美，便递给蛤蟆一条鱼，同时问道：“你的本体到底是什么？”

提及这个，蛤蟆垂头丧气，相当苦恼地抓了抓头，道：“我也不知道自己的本体是什么。”

“还想被收拾？”楚风觉得这家伙太不老实了。

“真的，没骗你。我刚出生的时候，浑身长满鳞片，像是一条真龙。但是，没过多久，我就变成了一只鸟。谁能想到，再过一段时间，我就成了现在这个样子。气死我了，人家都是越变越强，我却是越变越惨！”蛤蟆愤懑不已。

楚风一阵狐疑，还会有这种变化？不过，他想到那鳞片和羽毛，又释然了，这家伙的确古怪。

“现在都这么惨了，你下次还能变什么，蟑螂？”楚风笑道。

“去死，去死！”蛤蟆怒道，张嘴间又要向他喷口水。

“我警告你，以后不许向我喷口水了，恶心死了！”楚风赶紧警告蛤蟆。

蛤蟆唉声叹气：“你说，我一次比一次惨，下次该不会真的变成更离谱的东西吧？”

它很不安，自己嫌弃自己，觉得现在这身体太差劲了。

楚风心中有很多疑问，又问道：“你出生多久了？”

“我怎么知道？这里不分白天黑夜，根本没有时间观念好不好！”蛤蟆回道。

“没人教你，你怎么会写那些文字？”楚风问它。

蛤蟆再次鄙夷地道：“文盲，你不懂了吧，那是能量文字，应该是进化者的通用文字。”

“敢说我文盲，不就是会些古字吗？”楚风作势又要收拾蛤蟆，蛤蟆赶紧求饶，他才放下手。

“太粗鲁了，都说腹有诗书气自华，你果然欠缺！”蛤蟆不敢直接说楚风文盲了，但还是间接地对楚风表示鄙视。

楚风作势又要出手。

“啊，服了，服了！”蛤蟆大叫，最终无精打采地低下头，不敢高傲了。

“你从金卵中孵化出来，谁教你那些文字的？你懂的东西倒不少，还知道进化者？”楚风心中有各种疑问。

蛤蟆垂头丧气，但还是讲出一些事来。

很久很久以前，它就在肽山上，在这“封禅之地”等待着被孵化。那个时候，它就有了一些意识，不过只是偶尔醒来，大多数时间在沉眠。有一段岁月，这里祭天，有些人发现了它，对它讲道，教它各种文字。这些人的声音透过金卵的壳，传到它的头脑中。

楚风吃惊不已，古代进化者祭天，那可是很古老的岁月发生的事！

“有一天，又有不少人发现了我，他们居然打起来了，说我是一颗被诅咒的神卵，天知道会孵化出什么来，然后……就没有然后了。”

那一次，它便彻底沉眠了，直到后文明时代才苏醒，最终破壳而出。

楚风吃惊，神卵被诅咒了，它的本体到底是什么东西？它在古老岁月时就在肽山上，经历过古代强者封禅献祭的年代。这实在有点惊人！

楚风问道：“神兽不是都有血脉传承吗？你不能感受到自身的血液烙印吗？”

“没有，我被诅咒了，没发现什么血液烙印。”蛤蟆摇头道。

它觉得，它有可能是一条真龙，也有可能是一只鲲鹏，还有可能是一只凤凰，更有可能是一只麒麟。它一口气说了很多，当然都是神话中的顶级生物，没有低层次的生物。

“我看你就是一只蛤蟆！”楚风说道。

“两年后，我将你打成蛤蟆！”它叫嚣着，十分不满。

“还挺有自信。”楚风笑了。

“那当然！因为，虽然这里不分白天与黑夜，难以计量时间，但凭直觉，我觉得自己孵化出来还不到一年呢。这么短的时间内，我就只比你弱一点，真要再过两年，你肯定打不过我了。”

楚风听闻，心中不能平静。他觉得蛤蟆说得有道理，它可能真的孵化出来没多久，不到一年。因为，这个时间点正好是天地剧变开始之际。

出生不到一年就能这么强，超越很多王级生物，这血脉强大得有点离谱。

他想到了黄牛的话，有些星球上的生物恐怖无比，哪怕在幼年，来到地星也能屹立在食物链的顶端。

楚风猜测，眼前这只蛤蟆可能是排位靠前的星球的强者留在地星的血脉。

“咦，或许是……”突然，他又想到了另一种可能。地星曾经在宇宙星海中排在第十一位，那是一段最为辉煌的岁月。难道那颗金卵是那个时代地星上的强者留下的？那来头可就大了。

“你确定自己被诅咒了，所以不知道自己究竟是什么？”楚风问道。

蛤蟆又变得情绪低落了，道：“是，我还没有出生时，这里祭天的人就说我出了问题，最终不知道会变成什么。”

“好了，别伤感了，都成蛤蟆了，下次还能变得差到哪里去，说不定就能时来运转，变成一只乌龟、一只老鼠……”楚风道。

“别说了，有你这样安慰人的吗？”蛤蟆愤懑不已。

“好，好，好，不说了。走吧，我们先离开这里。”楚风起身，带着蛤蟆走出这片区域，沿着鹅卵石小路，来到折叠空间外面。

“这就是那只神兽幼崽？”太极老宗师一直等在外面，看到楚风带出来一只蛤蟆，真不知道说什么好了。

“看什么看，没见过这么帅的蛤蟆吗？五十万年前，我可是真龙，是鲲鹏，是麒麟！”蛤蟆理直气壮地道。

楚风在它脑袋上敲了一记，道：“这是我师父，必须尊重。”

“我闪人了，你们两个一边玩去吧！”蛤蟆怪叫道，哈哈大笑。

它直立着身子，“嗖”的一声冲了出去，浑身发出金光，如同一道闪电般。它实在太快了，速度达到了五倍多声速，跟楚风以前的速度不相上下。

不过，体内的能量经过“磨盘”提纯后，楚风短时间内速度可以接近六倍声速，快得骇人。

“文盲，再见！”蛤蟆都快跑没影了，声音才传来。它笑得很舒畅，有种龙归大海的感觉。

然而，它没高兴多长时间，刚冲到肽山脚下，肩头就被人拍了一下。

“打算去哪？”

“海底龙宫！你……啊啊啊！”蛤蟆下意识地回应，结果看清来人后，惊叫连连。楚风速度太快了，直接追上并揪住了它。

当太极老宗师下山时，楚风正坐在蛤蟆身上，竭尽全力让它低头，想让它当坐骑。

“打死我我也不会当你的坐骑！我是神兽，是至高无上的存在。等我成长起来，妖圣这种级别的进化者见到我也得客客气气的，你凭什么让我给你当坐骑？要是你现在反过来给我当坐骑，等成圣后，我会念及你的好。”

“打死也不屈服，那我接着打。”楚风说道，同时作势要出手。

“啊啊啊，我服了！”蛤蟆再次屈服，居然同意当坐骑了。它真的怕了楚风，看这架势，它认为这个魔王什么事都做得出来。

“你不是说打死也不给我当坐骑吗？”楚风问道。

“这不是没打死吗？”蛤蟆毫无节操，一点也不觉得羞愧。

接下来的路上，楚风和太极老宗师都坐在了蛤蟆的背上，因为它的身体变大后，有一间房那么大。它浑身发着金光，看起来相当神圣。

“嗖！”

蛤蟆不断跃起。

楚风无语，因为蛤蟆跳得太高了，每次跃起都像腾云驾雾似的，而且不走寻常路，专门跃大山。

“你这么跳上跳下的，真是不舒服，一般人这么坐在你身上，身体都得散架。”楚风说道。

蛤蟆绝对是故意跳上跳下的，不想载着他们。它道：“我现在的身体状态就是这样，等哪天变成了凤凰，那我肯定会展翅翱翔在天穹上。”

“你跳吧，我不怕。你也算是神兽，以后我就是神骑士了。”楚风说道。

蛤蟆鼓着腮帮子，又想喷口水了。还真要长期当人坐骑啊？它想收拾楚风，可惜打不过，便打定主意，找到机会就逃走。

楚风和太极老宗师一时没敢回普梦山，因为他们下肽山没多久就听说了，有个老道士快气疯了，要找楚风算账。

提起老道士，路上的人都面露异色，那老道士像是在被狗追着咬，却看不到恶狗在哪里。

“他也太记仇了吧！”楚风嘀咕着。

太极老宗师无语，每次运转能量，身体内都会传出狗叫声，谁受得了，能不记仇吗？

蛤蟆口是心非，道：“老道士在哪里，我最讨厌道士了，我们找他算账去！”它很积极地向路人打听，想一路追下去。

楚风坐在它身上，敲打它，道：“你别想借老道士之手脱困，我告诉你，那老道士更狠，见到你之后保准直接将你扔进药炉中，炼成神兽丹。”

“这个世界太可怕了，算了，我还是跟你走吧。”蛤蟆蔫了。

楚风骑着蛤蟆，最终还是跟太极老宗师回到了普梦山。

回来后，他布下各种场域，将普梦山全面武装起来，因为他怕老道士来找他算账。

如今，他拥有的磁石、玉石很多，玉瓶中有小山般的一大堆。在紫旌山和肽山时，各大财团带来了很多材料，大部分被他塞进玉瓶中了。

千普山，崖壁发光，菩提树成片，淡金色雾霭蒸腾。山顶，古刹一座又一座，佛光普照，钟声悠悠。

“洛神，你父亲说想招楚风为婿，你自己怎么看？”

这一日，姜洛神接到母亲的来电。

“什么，嫁人？”姜洛神失声惊叫。

“不是嫁人，是招婿。”她的母亲纠正道。

姜洛神最近在千普山修身养性，此时手持一卷佛经，别有风情，却是花容失色。对于爱情，她自然憧憬，可今天被家人这样告知，实在突然。

“我对他不动心。”姜洛神快速回绝。

“只是建议，可以先交朋友嘛。”通信器另一端传来她母亲温和的笑声。

这时，各大势力都有所行动，因为肽山之行对他们的冲击太大了。他们意识到，一旦掌握楚风，随着他场域造诣的提升，各座名山对他们来说等于不设防，他们以后一定能获取惊人的机缘！

嵲山——天神生物所占据的名山，一些人也在讨论。

“谁能想到这个楚风这么厉害，进化之路中断后去研究场域，竟达到了这么惊人的层次！他和诺依关系原本就很好，将他接到我们嵲山来会稳妥一些！”

“诺依，给楚风写一封信吧，请他来天神生物。”

就这么几天时间，外界风云突变，全都是肽山之行所致。

楚风带着众人走进了古代进化者的祭天之地，看到了那上古年间留下的巨大祭坛，掀起了无边风浪。

蟠桃、九个青铜鼎、人参果……这些祭品只在神话中听说过，结果却在肽山的折叠空间中露出踪影，震撼各地。

这不是什么秘密，当日去的人很多，各方都已知道那座庞大如城池的祭坛真实存在。

“天啊，蟠桃，西王神宴请诸仙的异果，竟然真有这种东西！我要是能吃上一颗，会不会羽化飞仙？”

“别做梦了，诸王都无福消受神话中的蟠桃，何况我等？再说，那只是异果，古代究竟有没有西王神还两说呢。”

各地沸腾，但凡有些能力的进化者纷纷动身赶往肽山，哪怕明知得不到什么，也想去“封禅之地”看一看。

看到这种状况，玉虚宫之主、八景宫之主脸色铁青，非常难看，他们视那里为自己的道场，可是而今阻挡不了众人的步伐。如今那里举世瞩目，成为各族群向往之地，可以说现在没有哪一方能够独占肽山！

玉虚宫之主很后悔，当日事情做得太绝，错过了楚风，失去了一个场域天才，这对他们来说损失太大了！

肽山之行颠覆了人们的认知，所有人都意识到场域研究者比他们想象的还重要。楚风哪怕废掉了，现在也是大受欢迎的人才，有了他就等于有了一把开启名山折叠空间的钥匙。

那座祭坛上的祭品，谁不动心？任何一种都是稀世珍宝，只要得到一种，就能造就不可想象的高手。而这只是开始，其他名山呢？各地都有名山，要是能逐一开启各名山上的折叠空间，深入神话之地，必然能实现迅猛进化！

就这么几日间，很多人在打楚风的主意，动用各种手段想跟楚风搭上关系。

掳走，这是一个很直接的选择，或许见效最快。不少人马出动了，寻找楚风的踪迹，想要找到并悄然掳走他。

他们知道，楚风跟太极老宗师关系好，也救过金翅大鹏王、山龟等几位绝世高手，所以这种事最好秘密进行。真要能抓走楚风，付出什么代价都值！

不久前，还有人因为仇恨想除掉楚风，但现在哪怕是他曾经的对头也不愿对他下死手了，都想活捉他，觉得那样意义更大。

这时人们才发觉，楚风当日从肽山直接跑路，是多么有先见之明，不仅是为了躲避老道士，还怕被各方人马惦记。

当然，也不是所有人都想掳走楚风，这太粗暴，在有些人看来，应该织一张网，让他陷进去，心甘情愿地跟他们合作，甚至服从他们。

几日来，肽山上进化者无数，黑压压一大片。

很可惜，九成以上的人找不到祭坛所在地，哪怕楚风曾经破解了场域，开启了安全道路，现在来的人也不是那么容易就能寻到。后赶来的强者往往需要曾经来过这里的人带路，才能进去。但是，最终这批人面对祭坛，依旧是铩羽而归。

至此，楚风在人们心目中的价值更高了。

到目前为止，这个世界上只有楚风场域造诣了得，其他人很难入门，哪怕有相关秘册，也研究不出什么。

先秦研究院对外放出风声，称他们从一片上古遗迹中得到了一罐神秘药液，只要一滴就能治愈各种绝症。他们经过试验，得出结论：这种神秘药液对进化者效果更佳，甚至能让进化者断肢再生。

“楚风是一个旷世奇才，意外废掉，这是一种损失，我们愿意尝试帮他重新踏上进化之路。”这是先秦研究院的高层对外说的话。

随后，东海的一条老龙开口，这条老龙是龙女的父亲，声称自己正在追寻与争夺化龙果，若是得手会送楚风一颗，帮他恢复实力。

据悉，化龙果神妙莫测，不仅能让蛟蛇化龙，更能清除体内各种祸根，让强者迅猛进化。在一些人看来，哪怕遭遇劫难，但只要还未死去，一颗化龙果就足以解除厄难。

“连东海龙族都掺和进来了，不怕得罪南域海黑龙一脉！”人们纷纷惊呼。

海族都要参与争夺楚风了，越发显出场域研究者的重要性。谁都知道东海龙族的目的，其想要借助楚风的力量，开启真龙巢穴！

数日后，人们终于有了楚风的消息，一些人确定他已经回到了普梦山。

一刹那，各路人马都坐不住了，全都开始有所行动。

“黄牛，你怎样了？”普梦山上，楚风正在与黄牛联系，询问黄牛的状况。

昆林山诸王蛰伏有一段时间了，至今未出现在大众面前。

“没问题了，已经恢复，我们正在寻找品质卓绝的异果，准备冲关！”黄牛告诉楚风，昆林山诸王都很不甘心。因为，天地再次剧变后，一些后来者实现了弯道超车，迅猛崛起，昆林山诸王反而遭受磨难，进化受阻，荒废了光阴。

这些天，昆林山诸王恢复了，但是没有急着出来，而是在西部名山中寻觅异果，想要进化到目前可进化到的最高层次。

现如今，陆地上的生物挣断了六道枷锁后，进化之路就到头了，因为还没有出现更高层次的异果。昆林山诸王想要趁此机会，全都成为顶级王者。

“好！”楚风点头道。他也该有所准备了，虽然他觉得靠自己的力量就能挣断第六道枷锁，但如果有顶级果实相助呢？或许进化会更迅猛！

如今，他还不能妄动，因为“磨盘”在蜕变，被如胎膜般的物质包裹着，或许可以更进一步。这个时候，如果靠自己的力量挣断第六道枷锁，体内血气会运动得很激烈，影响“磨盘”的蜕变。

“我先找一颗神圣果实，借它挣断第六道枷锁，留着精力与血气稍后自己去挣断第七道！”楚风心中有了计划，或许到那个时候，他会是陆地上第一个挣断了第七道枷锁的至强者！

他已经听到风声，各大财团，甚至西方顶级势力以及海族霸主都想跟他合作。

他想，如果哪个大势力有顶级异果的线索，要求与他合作，他肯定会“配合”，帮他们消化几颗，从而让自身迅猛进化。

现在，普梦山被楚风布置了数十重场域，固若金汤。布置场域的材料除却从财团那里获得的大量材料，还有一些从肽山挖回来的稀有磁晶、灵玉。这种东西可以长久地保持场域的威力！加上一些古代场域研究者遗留在普梦山上的简单场域被楚风发现并有效激活，如今这里如同铁桶般，很难攻破。

他彻底放下心来，哪怕各大势力群起而攻之，他都觉得能撑一段时间。再说了，那些人真当他是软柿子吗？他一旦发威，展现出真正的实力，必定会震惊世间。

这两天，楚风都在研究普梦山，尝试开启这里的神秘空间，看一看能否获得天大的机缘。

“玄尊大帝，这是什么级别的进化者？”楚风一边在普梦山上转悠，一边想着。按照古籍记载，普梦山是玄尊大帝的道场。在普梦山上可以看到一些玄尊大帝的铜像。

到了现在，楚风已经不完全相信古代神话传说，一切都以进化者的眼光来看。

“玄尊大帝进化，最终成为顶级大能。这里会有什么药草吗？说不定有玄尊大帝留下的药园子。”楚风琢磨着，很想开启名山秘境，采摘神圣果实。

此时，一些人为了他纷纷动身赶向普梦山，或者出手大方，想让他动心，从而跟他们合作，或者想直接掳走他。

一时间，普梦山成为许多人目光聚焦之地。

嵲山——天神生物占据的名山，一些人在密议。

“得决断了，听闻菩提基因那个金身老僧亲自动身，可能会带上那所谓的国民女神赶往普梦山。”

“那金身老僧脑后都要出现佛光了，居然会干这种事，带上了姜洛神，想当媒婆吗？”

“其实，我们应该占据主动，不要说我们，就是外界都知道诺依与楚风是大学同学，而且关系不一般，何不更进一步？”

“不要走岔路。二十一年前，错，应该是二十二年前了，那个时期就有域外生物降临地星，他们虽然如今在沉眠，但曾经说过什么，你们不要忘记。诺依不是我们所能安排的，她格外受重视，超乎想象。”

“也对，这种话就不要再说了，诺依注定要离开这颗星球，现在所谓的旷世奇才与域外神子相比还是差远了，而那些域外神子不久后就会降临。”

他们也曾请教老妪，询问楚风这种人在域外如何，被告知场域研究者无论在哪颗星球上都很稀少。

老妪闭着眼睛，没有说太多。因为关于林诺依，她的主上早有安排，她不会乱说。

“让诺依去见一见楚风，那其实是个好孩子啊。”有人说道。

普梦山热闹起来，各路人马纷纷现身。

第182章

域外降临者

普梦山，重峦叠嶂，飞瀑垂挂，清泉汩汩发光。

这里跟以前完全不一样了。楚风确信，有更高层次的果实在山中，甚至可能就在数十米外。有场域遮挡住了神秘空间的入口，甚至遮挡住了一座大山。

普梦之上还有山！一片道土，一片古老的神地，肯定孕育着大量的机缘。这是毋庸置疑的。

但是，楚风捕捉到了气息，一时间却无法进去。他不断研究，初步摸索出了门径，相信照这样下去必然能开启更雄伟的神山。到了那时，挣断第七道枷锁的机缘就会诞生，属于他与太极老宗师，或者再加上蛤蟆。

不过，这几天来，普梦山无法清静，因为来访的人太多了。

起初，楚风还亲自接待，因为他惦记那些财团的礼物。他一点都不愧疚，他明白那些人的心思，他们都是想利用他的场域神技。

那些人送上大量的磁石、玉石，但是楚风期盼的场域书籍很少，即便有也只是那么几张枯黄的纸，都是残本，吊着他的胃口。

那些人委婉表示，只要楚风跟他们回去，他们一定想办法送上场域古册。

这让楚风十分惊诧，他以前觉得这个世界上的场域书籍估计只有一两本，可现在看来，怎么也得有五六本。因为，他依据自己接触过的残本推测出，这些场域书籍来自五六种不同的传承。

连续多日下来，他就不怎么理会那些人了，让太极老宗师招待，很多人十分失望。

太极老宗师按照楚风的意思，委婉地表示，谁能送上完整的场域古册，他一定会与其合作，此生他不能进化了，所有的情怀都留给了场域。

在说这些话时，太极老宗师都替楚风脸红。

至于蛤蟆，更是斜着眼睛，趴在门口愤懑不已。那浑蛋废了？还讲情怀？真是胡说八道！他真要废了，它就不会那么惨要当他的坐骑了。

它真想对那些人说，你们这群利欲熏心的蠢货，楚风根本没有废掉，跟他合作，完全是与虎谋皮。

可它不敢，因为楚风说了，如果它敢多嘴，他便昭告天下，说出它的身份，相信很多人愿意抓捕神兽，或许有的人会直接拿它炼丹药。

“无耻，居然威胁我！”蛤蟆愤愤地道。

许多人失望而去，因为楚风不见兔子不撒鹰，没有完整的场域书籍，他根本不跟他们合作。

也就是这几日间，有绝世高手联手来袭，散发出恐怖的气息，但相继被场域阻挡住了。

在这个夜晚，太极老宗师神色凝重，依照他所说，他感觉到故人到来，实力强大得令人恐惧。

“那两人比我还要高一辈。一人来自八卦门，曾经所向披靡，他竟还活着，如今将近一百三十岁了；还有一人来自八极门，也有一百三十岁了，当年练拳入神，在天地没有剧变时就几乎练出了神通！”这是太极老宗师的话。

深夜，太极老宗师感受到了汪洋般的血气出现在普梦山上。最终，场域拦阻，那两人没能攻进来，无声地退走了。

楚风也被惊动了，从后山赶来。他很吃惊，还有这等厉害的人物？他几乎就要亲自出手，但被太极老宗师拦住了，太极老宗师不希望他暴露实力，告诉他那两人已经退走了。

太极老宗师觉得楚风眼下这个状态最好，各方拉拢，哪怕有人对他有敌意也不会下死手。而一旦楚风恢复实力的情况被人得悉，那他就会成为所有人忌惮的人物，会遭到各大势力的防范甚至针对。

当然，更主要的是，太极老宗师担心楚风被域外降临者盯上。现在他在进化这条路上不显山露水，哪怕不久后域外神子、圣女降临，也不会找他麻烦，反而会因为他场域造诣惊人而拉拢他。

“我没那么多顾虑。”楚风说道，“我还计划擒拿一百个域外降临者，了解一百种传承呢，这是我早有的念头。”

太极老宗师无语。

“你有这么伟大的志向，早说啊，同道中人，我也一直想擒拿域外降临者呢。”蛤蟆凑过来，一脸激动之色。

“一边待着去，出生还不到一年呢，你懂什么！”楚风不理它，接着去研究场域了。

楚风的清净没能保持多久，第二天他又被惊扰了，无法专心研究普梦山上的场域。

“小子，你给我出来，道爷来了，我打不死你！”老道士终于来了，站在山外，黑着脸叫楚风出去。

“道爷，好久不见，甚是思念。”楚风隔着一段距离，就向老道士挥手。

“还思念？混账小子，你给我出来！”老道士很生气，这小子让他在肽山栽了一个大跟头，现在居然还有闲心调侃他，一副有恃无恐的样子，太嚣张了。

但是，他没敢贸然闯山，因为他知道这地方很非凡，到处能够感受到场域的气息。

“楚哥哥，好久不见，甚是思念。”少女开心地挥手，用与楚风一样的话语，热情地跟楚风打招呼。

“你给我闭嘴！”老道士生气地喊道。

“哼！”少女给了老道士一个大大的白眼。

她虽然年纪不大，但是身高足有一米七，面孔精致美丽。

楚风每次见到她，都想问一问老道士是怎么养孩子的，才十二三岁，就已长得这么漂亮了，长大还了得？

结果，他一不小心还真就问出口了，气得老道士用手指着他，大骂他心思不纯，胡子都翘起来了，所谓的仙风道骨消失得干干净净。

“小子，出来，咱俩好好谈一谈，化解恩怨，不然的话你知道后果。”老道士威胁道。

“道爷，我想问一下，你一个出家人怎么有孙女啊？”楚风笑嘻嘻的，故意奚落老道士。因为，他觉得这老道士太不是东西了，上次在肽山如果不是体内有“磨盘”，他的麻烦就大了！

少女也笑嘻嘻的，看到她爷爷黑着脸，似乎很开心，一点也不同情他。

“楚哥哥，你太厉害了，你可不知道我爷爷的身份，他号称无敌老祸害，为了降临到这里，才……”

“闭嘴！”老道士瞪眼，不让她多说。

少女吐了吐舌头，她虽然总是跟她爷爷对着干，但是在这种事情上还真不敢乱说。

虽然少女只透露了一点点，但楚风心中掀起了惊涛骇浪，他想到了黄牛说过的话，越强大的生物越难降临到这颗星球，要降临的话必须付出巨大代价。

他盯着老道士看了又看。现在都不用再去求证了，这祖孙二人绝对是域外降临者。

这让他内心颇不平静，他原以为老道士是降临后在地星结婚生子，有了孙女的，现在看来不是那么一回事。

“小妹妹，还是咱俩有缘，我请你上山好不好？”楚风发出邀请。

“好啊，好啊！”少女高兴地点头答应，扑闪着大眼睛，等楚风来接她进去。

“没事，你大胆向前迈步，现在的场域很安全。”楚风说道。

少女胆子很大，听他这么说后毫不犹豫地迈开一双大长腿就向里跑，生怕她爷爷阻拦。

“嘿嘿！”老道士冷笑着，看他孙女迈步，记下路径，而后在后面像狂风一般追了过去。

“小子，你也太嚣张了，都这样了，道爷我还不能跟着进去？”

然而，他马上就体会到了什么叫一步天堂一步地狱，只见地面发光，周围雾霭蒸腾，他孙女的身影瞬间消失了，而他前路被阻。

“道爷，不好意思，这是我在肽山领悟到的场域，它是随时变化的，也可以由我掌控，你慢慢研究。”

老道士见少女上了山，自己却被阻，忙道：“小子，让我也进去，道爷我只是听闻这里是道教圣地，想上一炷香。”

“道爷，怎么说你也是一个域外降临者，亿万里迢迢而来，要有气度，咱俩之间的恩怨一笔勾销如何？以后咱们合作共谋天下名山，共同对付其他降临者，你修为高，我是场域研究者，合则两利啊。”

“别废话，让我进去！”老道士继续威胁道。

楚风“嘿嘿”笑道：“既然如此，那我就不客气了。道爷，你孙女现在在我手中，将你身上的各种宝贝都掏出来，扔上山，不然我先给你孙女一点颜色看看。”

“小子，你敢！”老道士气得“哇哇”直叫。

至于山上，他那个孙女可是一点也不害怕，反而兴奋地叫着：“楚哥哥，我肯定不跑。”

“小孽障，你要气死我吗？”老道士怪叫道，觉得头都大了。

楚风自然不可能对少女不利，相反和她聊得很投机，在山上看着下面的老道士硬闯场域。

结果，“汪汪汪”的狗叫声传来。老道士一运转能量，身体内就传出不绝于耳的犬吠声，他愤懑不已。

“这可真是……”楚风不知道说什么好了。

“楚哥哥，这种症状是可以化解的，以后你的场域造诣更高时，你可以帮我爷爷解除烦恼。”少女并非没良心，关键时刻还是很为她爷爷着想的。

最终，老道士也没能上山，倒是少女在山上玩得很开心，居住两日了。

随后，菩提基因的人来了，那千迦带来一本银色纸张的书，交给楚风，告诉他这是菩提基因的珍藏，是一本完整的场域传承书籍。

楚风心中一动，这是他非常渴望得到的东西，有了这种书籍，他便可以开启各座名山的神秘空间。

“还有一封信，是洛神给你的，她邀请你去千普山。”千迦说道。

姜洛神没有来，但让人送来了一封信。

接着，天神生物的人也到了，带来一封林诺依的信，请他去崾山。

同一日，太空中出现了异常状况，一些太空探测器清晰捕捉到了相关画面，有几道光从宇宙深处飞来，而后，几个浑身都在发光的生物出现在太空中。

有生物从宇宙深处而来，已经接近地星！画面传回后，很多人震惊不已！

一共四个生物出现在太空中，带着神圣光辉，如同神祇般。

四个生物越来越近，有一个已经清晰可见，那是一个男子，正张开一对洁白的羽翼，金色的长发披散着，让人心颤。

“天啊！”地面上，有人声音发颤，呼吸都急促了，死死地盯着屏幕。

随后，男子接近一颗卫星，像是略感意外，接着他站在了卫星上面，跟着卫星一同沿着轨道疾速而行。

另外三个生物也渐渐清晰，分别是一只通体乌黑的猛禽、一只色彩斑斓的猛虎，还有一个身材修长，紫色衣袂飘舞，黑色长发飘动的年轻女子。

他们都在发光，而且相当绚烂。

“域外降临者真的要来了，整个世界即将有巨大的变化！”许多人紧张而又惶恐。因为谁都不知道接下来会发生什么，未知总是让人恐惧。

此时，那个长有洁白羽翼的金发男子站在卫星之上，像是张嘴在说着什么。

“快，能捕捉到域外降临者的特殊信号吗？是否可以破译他在说什么？”地面上，相关人员急促地问道。

同时，有人惊呼起来，因为他们破译了另外一组神秘信号，这不是现在传来的，而是之前就收到了的，过了一段时间才真正被破译。

“长官，这是更遥远的太空探测器捕捉到的信号，在此前就传输过来了，直到现在才真正被破译。”某一太空科研基地，有人禀告道。

此时，几大强国的高层眼前都呈现了新破译的已被转化成图片的信号。

那是距离地星稍远的地方发生的事。那里原本有些黑暗，寂静无声。突然间，一道可怕的光浮现，那片空间裂开了一道银色缝隙，像是一道闪电，突兀地划破了黑暗，打破了寂静。

见到这一幕，许多人惊呼出声。一些人很想说，这不科学。但是自从天地剧变后，不科学的事情太多了，根本无法以常理度之。

接着，几道身影从银色缝隙中冲出，正是那四个生物——一个长有洁白羽翼的金发男子，一个身材修长的紫衣女子，一只通体乌黑的猛禽，以及一只色彩斑斓的猛虎。

“这是最早时捕捉到的画面，可那里的太空探测器受到剧烈的能量干扰，损坏部分，传输残缺，破译过程艰难，所以现在才破译出来。”有太空领域的专家解释道。

这是最早捕捉到的画面，讲述了四个生物从哪里来。他们竟是从地星外一个突然炸开的黑暗空间里冲出来的，这十分惊人！

“虫洞吗？”一些专家颤抖着，眼睛睁得很大，恨不得亲临现场。

虫洞，是宇宙中可能存在的连接两个不同时空的狭窄隧道。以目前的手段而言，这个世界的人还不能证实虫洞的存在。可眼下他们看到了，那四个生物可能就是利用虫洞过来的。

一时间，见到这一幕的人都沉默了，走进化之路的生物在人们眼中与神话中的神魔区别不大，可是现在看来，那些生物同样掌握着先进的科技。

“或许，科技之路与进化之路，殊途同归。”

这是启迪吗，还是本质真相？也许，远古年代，某些先民就已经掌握了一些先进的科技。

那里恰巧有太空探测器，距离足够近，不然根本捕捉不到这种让人难以置信的场景。

“快看，他们有动作。”

那四个生物从银色缝隙中出来后，无比郑重地对着那里叩拜，像是在举行某种庄严的仪式。

“天啊！”人们惊叫出声，深深地震颤了，他们见到的景象实在过于惊人。

只见银色缝隙中有一只非常大的手，虽然很模糊，但即便相隔这么远，也能感受到它的磅礴气势。那四个生物叩拜的正是那只大手。在四个生物叩拜时，大手缓慢退去，渐渐消失在银色缝隙中。

所有人都意识到，不是那四个生物非凡，而是那只大手非凡，是它将四个生物从银色缝隙中送过来的。

最后，银色缝隙闭合起来，逐渐消失，连接着两个不同时空的狭窄隧道就此不见。

“记住那里的坐标，那个位置可能有隐藏的虫洞，在它的背后有一个崭新的世界！”有人叫道。

但是，没有人回应。记住又如何？这颗星球上的人过去，在那些神魔般的生物眼中或许只是如蚂蚁一般。所有人都沉默了，那些场景让人骇然。

接着，那四个生物取出不同的器物，有的手持银色纸张，发光时布满蝌蚪文，有的手持芭蕉叶子，上面也写着不少蝌蚪文。

楚风如果看到，一定会惊呼，这些银色纸张、芭蕉叶子都类似金身罗汉纸，是大能的粗陋制品。

银色纸张、芭蕉叶子发光时，上面的蝌蚪文映现出来，这才让太空探测器捕捉到。

接着，四个生物被光与蝌蚪文笼罩着，快速接近地星，也就有了最开始的那一幕。

现在，他们有的站在卫星上，有的扇动翅膀，绕着卫星轨道而行，十分惊人。

“长官，他们在尝试与我们地面联系！”有人惊喜地喊道。

“有沟通就好！”众人最怕的就是这种生物十分冷酷，那样的话麻烦就大了，现在看来，情况不算太糟糕。

很快，消息传了出来，许多人知道了。

楚风也知道了，并且看到了一些清晰的图片。有大财团来找他谈合作，为了卖好告诉了他这件事。

现在找他的不仅有东方的人，还有西方的大势力，更有大洋中的海族。

“域外降临者！”楚风低语。他有种紧迫感，自己必须变强，迅速立于不败之地，不然未来的事谁也说不准。

当然，他相信那四个生物短时间内不敢下来。域外生物一旦降临地星就得闯死关，如果能直接下来，四个生物就不会在地星外开启有可能是虫洞的银色缝隙了。

“这些域外降临者有多强？”蛤蟆咧嘴问道。它依旧是斜着眼睛看人，这已成为它的习惯了。

太极老宗师也皱着眉头，十分担心。他已经算是陆地上的绝世高手，足可以排在前十。但是，域外降临者出现，将推翻现有的一切格局，各种平衡都将被打破。

“也不会强得离谱，他们从银色缝隙出来后，借助大能的粗陋制品才接近地星，而不是靠自己的力量。”楚风说道。

“楚哥哥，我爷爷想和你谈一谈，他说不想发火，已经冷静下来了。”少女跑来。

她已经在普梦山上待了两天，游遍了这里，而老道士还在山下，硬是没闯上来，这两天狗叫声不断响起。

老道士真是悲愤不已，想起自己在域外的身份，再想到现在的凄惨境况，真想一头撞死算了。再怎么说，他也是号称无敌老祸害的人，结果在肽山算计一个毛头小子不成，反被算计，而且那小子还这么嚣张，不断气他。

他服软了，是因为他也听说了域外有生物要降临的消息。他思来想去，还是决定与楚风和解，因为在接下来争夺名山的战役中，楚风的能力至关重要！

他能够想象，随着域外降临者不断出现，神子、圣女等相继降临，地星上必然会爆发大战，而且会是多方人马的大混战，涉及很多星球！

那个时候，拥有楚风的人马想要夺取名山肯定顺利很多。

当然，争夺名山的最终目的不是收获异果，而是开启名山中的洞府，甚至涉及那位在宇宙星海中曾排在第十一位的盖世强者的府邸、道统等。

同时，老道士听闻地星上还有一些其他的神秘莫测的东西，他想争夺。

那么多域外降临者来这里角逐，不也是为了最终成圣做祖吗？或许，这能量枯竭的星球该出现圣人了。

楚风跟老道士和解，让他发誓，保证不报复，气得老道士险些将胡子全部扯断。因为那些誓言太古怪，简直难以说出口。

“小子，让我发这种誓言，你活腻了吧？”老道士气得大叫，可最后还是妥协了。

不过，楚风将他放上山时，还是差点挨揍。老道士暴跳如雷，按照他的说法，他压根就不信誓言那一套。

当然，他也没有过火，没敢真的对楚风动手，毕竟他身体内传出的狗叫声只有场域研究者才能驱除。他威胁楚风，必须去掉他身体内传出的犬吠声。

“放心，道爷，你就瞧好吧，等我场域造诣更高时，我保证把你治好。”

蛤蟆依旧斜着眼睛，啧啧有声，蹲在门口看戏。

老道士原本就怒气冲天，又正好看到一只蛤蟆斜着眼睛看他，心里更不爽了，顿时怒道：“一只蛤蟆也敢这样看我？我踹死你。”

他一脚飞出，蛤蟆惨叫：“啊——你个死老道！”

太极老宗师在不远处看着，一阵无语，这里还真是鸡飞狗跳。

楚风看过姜洛神的信，也看了林诺依的信。

最终，他答应跟菩提基因走，因为他翻阅完千迦亲自送来的那本场域书籍后，心头震动。那是一本价值惊人的秘籍，是场域研究者渴望的传承，非常完整，包罗甚广，对他来说是无价之宝！那本秘籍中涉及的不少场域之秘，让楚风看到了一个崭新的领域。

千迦听到楚风说即将和他一起上路，十分满意，面带微笑。

天神生物的人略微愕然，而后脸色变了，快速离去。他要回嵲山，把这一事件禀告天神生物的高层。

第183章

元磁仙窟

老道士带着他的孙女离开了，说是要去找麒麟遗弃的巢穴。

楚风则跟着千迦前往千普山。

蛤蟆原本不想去，但是楚风要它当坐骑，驮着他远行。

太极老宗师留在了普梦山，这次没有同行。

上路时，千迦看到楚风将一只蛤蟆当坐骑，十分无语。不过，看到蛤蟆的脚力后，他有点吃惊。因为，这只蛤蟆太能蹦了，专门冲着大山去，专走悬崖峭壁，每次都一跃而过，像腾云驾雾似的。

起初，千迦还跟着，到了后来他觉得有点吃力了，蛤蟆走的路径太难走。

“大师，你就上来吧，跟我坐着蛤蟆去千普山。”楚风淡定相邀。

千迦很不好意思，但最终还是坐在了蛤蟆身上。

蛤蟆蹦得很欢，载着两人一路南下又东行，前往千普山。路上，有进化者见到这一情景，都目瞪口呆。

“看清楚了吗，那就是楚风——这个世界上唯一的场域研究者，他这是要去哪里，怎么骑了一只大蛤蟆？”

“域外有四个生物出现，据闻正跟人类谈判呢，他们降临后，说不定第一个就要抓场域研究者，估计楚风要倒霉！”

人们议论纷纷，消息第一时间走漏。千迦光头锃亮，体表有金光，一副得道高僧的样子，许多人直接猜测出了他的身份。

天神生物负责给楚风送信的人离开普梦山后就跟嵲山的人通话，告知他们请人失败，楚风跟菩提基因的人离去了。

嵲山，一群人皱着眉头，商量对策。

“诺依亲手写了一封信，那个所谓的国民女神也写了一封，楚风居然选择了去千普山？”

这实在出乎他们的预料，就是林诺依得到消息后，都略微出神。她也在嵲山，正在静修，没有参与那些会议。

“据悉，千迦带去了一本书，是一部完整的场域秘籍，让楚风心动了，所以他跟千迦上路了。”很快，天神生物的人得到了禀报。

这是楚风让太极老宗师散布出去的消息。因为，楚风想让大家知道，如果有人愿意送这种古籍，他十分乐意与其合作。

“我们天神生物能付出什么代价？难道让诺依亲自出面，还是说也送上场域书籍？”

……

路上，楚风感觉不对劲，被人盯上了。

沿途，蛤蟆不走寻常路，蹦得确实挺快，但却不及空中的飞禽快。因为地上的障碍物太多了，它虽然跳得很快，但实际上走的路没有多远，有高度没距离。

“呼！”

罡风呼啸，一只巨大的猛禽长着非常艳丽的翎羽，宛若一只凤凰，带着彩色光芒，俯冲而来。

“楚兄，请留步！”半空中，有人站在那只绚烂的猛禽身上，喊道。那是一个紫衣男子，长相出众，气宇轩昂，脸上挂着笑。他颇具古风，因为穿的紫衣是古代服饰。

“你是谁？”楚风疑惑，回头看向天空。

“我叫李星河。”紫衣男子自我介绍，并说冒昧赶来，请楚风见谅。

在那猛禽身上还有几个年轻男女，年岁都不大，但是一个个能量澎湃，体内潜藏着旺盛的血气，全都是顶级王者。

这让楚风大吃一惊，简直不敢相信。

这样的几个人加在一起，楚风都不惧，他有那样的自信。他吃惊的是，这几人全这么年轻，就挣断了六道枷锁，这也太离谱了。

楚风明白，随着天地变化加剧，万物进化速度加快，这种级别的强者将会越来越多，不算什么。但是，眼下还是太早了！

楚风知道八极门出了个高源，八卦门也有挣断了六道枷锁的年轻高手，他也曾在肽山对付过投效玉虚宫或八景宫的几个实力不弱的年轻人。但是，他们只是个例。

而眼下，一下便出现了四个挣断了六道枷锁的年轻人，他们都这么年轻，最大的不过二十七八岁，最小的甚至不足二十岁。这太惊人了！

“楚兄，久仰，久仰，今日才得见，幸会。”在那只绚烂的猛禽身上，一名面容姣好的女子开口。她穿着也很复古，长裙飘舞，肤色白皙，倒也有一种出尘的气质。

她自报姓名，叫余菡芝。

“呼”的一声，大风呼啸，猛禽落在地上。楚风看不出它是什么禽类。它骄傲地高昂着头，居然是一只挣断了六道枷锁的禽王。

四个挣断了六道枷锁的年轻人——李星河、余菡芝、刘武成、徐玫，加上一只挣断了六道枷锁的禽王，这还真是一个强大的组合。

“这是从哪里冒出来的年轻人？难道他们寻到一片神土，误闯进去，采摘到神圣果实，然后一起进化了？这也太离谱了！”楚风暗自思忖着。

千迦也神色一动。他一个人的年龄比四个人的加起来都大。他是真正底子够厚，积淀够深，才有如今的成就。可是，现在随便出现几个年轻人，就这么强大，也太惊人了。

“后生可畏。”千迦心有感慨。他是迦释门徒，现在看来，这几个年轻人气运更为非凡。

相对来说，蛤蟆最为淡定，斜着眼睛审视那四人，暗自撇嘴，一副不屑的神态。它的确有那资本，要说谁最非凡，在场的人自然都比不过它，它出生还不足一年呢，就已经是顶级王级生物了。

李星河面带笑容，从禽王的背上跳下来，另外三人也如此，四人一起走了过来。

楚风很诧异，他真的看不出这四人的来历，说他们是域外的人吧，但怎么看都有这个世界的人的气息。

他们有的穿着复古的服饰，也有的穿着现代服饰。比如那徐玫，T恤不过腰肢，露出部分雪白的小腹，十分妖娆。刘武成则穿着运动服，显得很随意。

楚风面露疑惑之色，询问他们的来历。

余菡芝微笑道："实不相瞒，我们来自极地的元磁仙窟。"

楚风吃了一惊，因为，他曾对付过天神生物那个眉心有一点殷红印记的年轻男子韩飞，从韩飞嘴里了解了不少情况。

二十二年前，天地也曾剧变，虽然规模很小，但曾有降临者出现！那些降临者如今都在沉眠，其中一部分就在极地的元磁仙窟。

眼前这四个年轻人都来自那里，难怪他们都挣断了六道枷锁！

"你们是降临者？"楚风问道。其实他心里已经有了判断，看这四人年岁都不大，他觉得他们应该是类似韩飞那样的人。

果然，他们微笑着告知楚风，他们只是降临者的后代而已。

楚风心中大受触动，元磁仙窟看来有不少降临者，不止天神生物的所谓底蕴沉眠在那里。

李星河开口："千迦大师，我们找楚兄有事，能不能请你先行一步？以后我们将楚兄送到千普山。"

随后，他将千迦请到一边，用精神与千迦交流，像是在商谈着什么。

千迦面露凝重之色，一言不发，像是在迟疑。而后，他走了回来，看向楚风。

"大师是不是有什么为难之处？"楚风问他。

"阿弥陀佛。"千迦口诵佛号。

徐玫看起来还不足二十岁，肌肤白皙，长相娇媚，现在却很郑重地开口道："主要是我们有事请楚兄帮忙，我们刚才跟千迦大师商量，想请他先回千普山，借用楚兄几天。当然，这次太冒昧了，我们会对楚兄有所补偿。"

"什么事？"楚风问。

"我们想请楚兄去一趟元磁仙窟。"李星河郑重说道，"确切地说，是元磁仙窟附近。"

楚风心头剧震，元磁仙窟那里肯定有一窝域外降临者，他们居然要他去那里？

最终，他点头答应。因为，四人简单透露，他们在那里有惊人发现，想请楚风相助，到时候送他神圣果实。此外，他还真想去极地见识一下元磁仙窟。

“大师，请吧。”李星河笑着对千迦开口，让他自己先返回千普山。

千迦双手合十，念了一声佛号，没有理会李星河，同时，他的声音在楚风心中响起：“我将你送回普梦山。”

楚风一怔，他从千迦的声音中听出了无奈，千迦此前多半是受到了威胁，才沉默了一段时间，但最终不愿妥协。

几个年轻人看着和善，其实很霸道。

看得出，千迦很正派，不愿丢下楚风一个人离去，在他看来，这四人是想掳走楚风。

有些人面带笑容，语气委婉，看着和气，其实很霸道，一定要你遵从他们的安排。毫无疑问，这四人就是如此。

楚风想了想，用精神力传音给千迦：“无妨，大师尽管离去。”

他释放出的精神能量很弱，符合他跌落下王级领域的实力。

千迦活了一百多岁，冰雪融化，天地剧变后，他得到了高层次的异果，挣断了第六道枷锁，一身本领超绝，已具备佛门神通！

他现在很强，不惧挑战，却忌惮元磁仙窟的那些人。降临者是这个世界任何一个高手都绕不过去的坎。毫无疑问，那些降临者实力深不可测，非常恐怖。这几个年轻人是他们的后代，来头甚大。

“我保证可以安全送你回去。”千迦的声音在楚风心中响起。他目光坚毅，哪怕知道会得罪降临者的后人，也还是在坚持。

“大师，你该上路了。”李星河淡淡地笑道，在那里催促着。

楚风已经知道千迦被威胁，现在自然体会到了这种笑容下的霸道，心里不禁替千迦不忿。同时，他觉得，他们这样等于强行掳走他。

不过，楚风没有发作，他觉得没必要现在就撕破脸皮，一路上可以慢慢地陪他们玩。

他的确想去极地造访元磁仙窟，如果那里的地势条件允许，他还准备找机会将一窝域外降临者都给解决掉呢。

楚风依旧用精神力向千迦传音：“大师，你请回吧，你的心意我领了，我不会有事的。”

他说得很直接，告诉千迦不用担心，他是场域研究者，的确想去极地走上一遭，看个究竟。到底是何种地势，什么样的地带，居然可以称为仙窟，让那些域外降临者沉眠？他觉得除却神妙的磁场，还有其他原因。

千迦无奈，最终一叹，默默转身，就这样离去。

“大师，一路走好，我们就不送了。”余菡芝微笑着说道。

如果不了解内情，楚风一定会觉得这几人身为降临者的后人，却没有架子，平易近人。但是，自从知道千迦被暗中威胁后，再看到他们这种姿态，楚风就觉得他们非常嚣张！

楚风装作不知情，欣然上路。

李星河、余菡芝、刘武成、徐玫相互看了一眼，脸上都露出满意的笑容。

楚风接近那只禽王时，那只本领高强，位于顶级王者之列的禽王面露桀骜之色，瞪着眼睛，冷冷地俯视着他。

连一只禽王都这样俯视自己，楚风顿时来气，神色不快。

“过来！”楚风招手，将蛤蟆喊了过来。

蛤蟆蹦跳着来到近前，依旧斜着眼睛，看着那只满身鲜艳羽毛的强大的禽王，竟面带不屑之色。

禽王很高傲，对楚风隐隐有种蔑视，现在突然来了一只斜着眼睛看它的蛤蟆，顿时大怒。它举起一只爪子就向蛤蟆抓去，罡风呼啸间，甚至将楚风都笼罩在内。

“这是我的坐骑，不要伤它，不然我立刻就走。”楚风快速说道。

“停！”李星河喊道，让禽王住手。

禽王冷冷地瞥了一眼楚风与蛤蟆，高傲地扬起脖子，声音清脆地开口道：“你给我小心点，再对我不敬，立刻斩你。”

这是一只雌性禽王，威胁蛤蟆的同时，也针对楚风。

“楚兄别介意，彩英跟我们以兄弟姐妹相称，脾气不是很好。”余菡芝笑道。同时，她看了一眼蛤蟆，略微皱眉，脸上露出一丝厌恶之色。

结果，蛤蟆也看了她一眼，自然是斜着眼睛看的。

几人顿时无语，面容姣好、面带笑容的余菡芝脸略微一僵，如果不是有求于楚风，她真想一脚踩死蛤蟆。

“那我们上路吧。”徐玫笑道。她身材极佳，穿着清凉，露出一截雪白的小腹，腰肢纤若柔柳，十分迷人。

“好。”楚风点头道。

然后，他看了一眼蛤蟆，道：“上去。”

蛤蟆还真不含糊，二话没说，“噌”的一声就蹿了起来，想落在禽王彩英的背上。

“你……大胆！”禽王彩英气急败坏地尖叫着，同时奋力扑棱翅膀，荡起狂风，快速倒退。

李星河开口道：“楚兄，我看你就没有必要带着你的坐骑了，有彩英在，万里之遥瞬间即至，你让它留下好了。”

蛤蟆坠落在地上，一脸委屈之色，看着楚风。这家伙也很会作态。

余菡芝蛾眉微皱，她是真的很厌恶这只蛤蟆，不想它坐他们的坐骑，也开口请楚风留下它。

楚风摇头道：“不行，自从被废掉后，我遇到诸多凶险，这只蛤蟆曾经救过我的性命，还当了我的坐骑。我成为场域研究者后，曾经发誓，无论何时都要带着它，不离不弃。”

蛤蟆愕然，很想骂楚风，还要脸吗？是你强行捉住我，用武力迫使我屈服的好不好？还不离不弃，太无耻了！

此时，楚风相当自然地用手抚摸它的头，看着很温和，其实是在用力地按它那双眼睛，它正想斜着眼睛看楚风呢。

李星河与刘武成脸色还好，余菡芝与徐玫则脸色难看，捏着鼻子，强忍着不快，答应带上蛤蟆。

“嗖！”

蛤蟆直接跳到禽王彩英的背上，让这只禽王很愤怒，却不得不接受。

“恶心的蛤蟆。”禽王彩英低语。

其实，这也是余菡芝的心里话，她眼中满是厌恶之色，但还是强忍着没有发作。

“呱呱呱——”

蛤蟆叫着，声音非常刺耳。

“别嫌弃，你们看，它的表皮如玉石般晶莹，泛着淡金色光泽，我感觉它是一只神兽，只不过被诅咒了。我虽然废掉了，但从某种意义上来说是神骑士。”楚风在那里没话找话说，让余菡芝的脸色越发难看了。

李星河笑道：“楚兄还真是风趣。”

他自然是捏着鼻子说的，什么神兽，要是一只金蟾还可以理解，可这不就是一只蛤蟆吗？

徐玫大眼水灵，小腹雪白，腰肢纤细，娇笑道：“或许真是神兽。”

蛤蟆傲然地昂着头，一副睥睨天下的样子，像是在说，你才发现啊，我就是神兽！

余菡芝看到蛤蟆那种姿态，更加厌恶了。

一路上，他们风驰电掣，向北而去。禽王彩英满心愤怒，不断加速，快得骇人。

它的确神速，什么超声速飞行器都远远比不上它，更重要的是，它一路咬牙，速度降下来之后，休息时间不长便又能提速。

两三个小时后，他们进入了北方的大草原。

“停，我们在草原降落。”余菡芝说道。

“不是要去极地吗？”楚风问道。

就是李星河和刘武成也面露异色，看向余菡芝。

“这里疑似有一个入口，我们可以从这里试试看。”余菡芝说道。

李星河点头，看向楚风，道：“楚兄，我们也不瞒你，我们要探一座洞府，一个曾经辉煌到无法想象的圣地。”

但是，他暗中却在问余菡芝：“不是要从极地的入口着手吗？这里不见得是真正的路径。”

“不着急，我想先掂量一下他的场域造诣，如果他达不到我们的要求，把他带去极地也无用。此外，这个地方的确可能有一个入口，值得一试。”余菡芝暗中答道。

李星河、余菡芝、刘武成、徐玫用精神力短暂交流，不让楚风感知到，最后达成一致，可以从这里入手。

“什么道统的圣地？”楚风好奇地问道。

“一个曾经照亮整片宇宙星海的道统，诸天同尊，万域共祭，强得无法想象。”徐玫舔了舔鲜艳的红唇，说道。

“是的，一个曾经震慑宇宙星海，让这颗星球排名极其靠前的道统，其遗迹值得一探。”穿着运动装，一直没怎么说话的刘武成也点头道。

余菡芝补充道：“楚兄，这样的遗迹中说不定会有圣药，能让你恢复过来，重新踏上进化之路！”

最终，他们降落在大草原中，来到一座石山前。放眼望去，到处都是草地，绿油油一片，无边无垠，只有这里有一座石山。

李星河告诉楚风，圣地的入口可能就在这里，这是远古一位神可汗的墓，修建在更古老岁月前一条通道的上方。

显然，他们不止一次来过，但最终都铩羽而归，这里有场域，有莫名的力量阻挡他们进入地下。

楚风来到这里以后，皱了皱眉头。

他不仅有从地外文明所得到的那本关于场域的古册，还研读了龙女从东海真龙巢穴外带来的大量海底石刻，而今菩提基因更是送了他一本完整的场域秘籍。

这都是罕见的秘典，涉及不同的领域，他虽然还未研究透彻，谈不上精通，但见识上已经十分非凡。

所以来到这里后，楚风一眼就看出此地不凡。这里的地势了不得，万里草原，茫茫无尽，唯有一座石山，石质坚硬，连着天宇。

“其实，这座石山是一座神墓之碑。”刘武成说道。

按照他们所讲，在远古时代有一位神可汗，那个时候地星还没有彻底没落，那位草原霸主是进化领域的恐怖强者，通天彻地，不然也不会被尊为神可汗。

楚风十分诧异，这种逸闻他根本不知道，这几个域外降临者的后人居然能了解到这种信息，他们所掌握的人脉、资源实在惊人。

他只能一声叹息，想来先秦研究院、通古联盟这样擅长发现地下遗迹的组织，也都是跟域外降临者有合作的。

李星河道：“我们猜测，那位神可汗之所以那么强大，可能是因为他得到了这颗星球上最强道统的一些传承，他的墓修建在疑似圣地入口之一的上方，绝对有其道理。”

楚风忽然警醒，他知道，这些人既然告诉他这些，那就绝对不会任他再四处走动。这是要逼他为元磁仙窟服务，一旦真的找到那个圣地，开启传承，估计他们会第一时间灭口。

楚风自然不惧。在他看来，跟域外降临者的后人合作也不错，有他们探路寻到这种遗迹，真要开启，那好处不可想象。

楚风围绕着数千米高的石山转悠，面露惊容，这哪里是什么墓碑，分明是可以勾动太阳的器物！这是一片至阳之地，一旦触发，估计这里会九阳横空，金乌啼鸣，景象骇人。

不过，他并不害怕，反而很欣喜，觉得自己可以尝试开启这一入口。因为，他研究过的场域秘典中有这种地势的记载。

看楚风在这里转悠，认真地丈量每一寸土地，几人都面露异色。

“他倒也听话，用得还算顺手。”李星河说道，脸上露出淡淡的笑意。他现在可没有什么礼贤下士的姿态，而是有种傲气。

他们现在与楚风距离足够远，他们认为楚风早已废掉，根本听不到他们的话。

“算他识趣，不然，我不介意动用非常手段，让他跪着布置场域。”刘武成说道。

“我想解决那只蛤蟆，还有那个楚风也要吃足苦头！”禽王彩英已经化作人形，成为一个姿容不俗的年轻女子。

“放心，一会儿准为你出气，先将那只蛤蟆扔进神可汗的墓中，让它惨死。”余菡芝笑着，又瞥了一眼远处的楚风，道，“这个人还很有利用价值，暂时不能动，等他发光发热完毕，再考虑灭口。”

她语调平淡，早已安排好楚风的命运，面带冷傲之色，跟此前的温和姿态完全不一样。

楚风神觉敏锐，在远处听得很清楚，只是佯装没听到而已，嘴角露出一丝讥笑。既然几人都这样说了，他一会儿也不会客气，得好好感谢他们带他来这里，帮他找到一座远古神墓。

第184章

远古神墓

徐玫一直轻轻笑着，牙齿洁白，双唇鲜红，水灵的大眼睛看向楚风的背影，只有她没有说什么。

余菡芝开口道：“徐玫，你老毛病不会又犯了吧？难道想为你父亲招个上门女婿？还别说，以楚风的身份来看，倒也有可能。”

她也在笑，但是面带揶揄之色，言语间对楚风略显轻慢。

“好了，小心点，别被那只蛤蟆听到，看它在附近乱蹦，万一真是神觉过人的异种呢，那就不好了。”李星河打断了他们的话，不让他们说下去了。但是，他脸上挂着冷笑，显示出他对楚风的态度。

事实上，蛤蟆比这几人神觉敏锐，早就听到了他们的谈话，但它一点也不恼怒，很乐意听到他们贬斥楚风，一直在偷着乐。

“砰！”

楚风一脚将蛤蟆踹开。他现在还不能对那几人发作，看到蛤蟆幸灾乐祸，自然先拿它出气。

“咦，他不是说那只蛤蟆曾救过他的性命，他对它很有感情吗，怎么踹了它一脚？”刘武成低语。

“找到了，这里有神墓的入口，我们可以进去。”楚风在远处喊道。

“嗖嗖嗖——”

几人冲来，就是禽王化成的年轻女子彩英也落在此地，仔细观看，因为这跟他们上次找到的入口不一样。彩英不禁面露嘲讽之色，还场域研究者呢，连真正的入口都找不到！

“楚兄，真正的神墓入口在石山上，那里有一个洞穴。”李星河提醒道。此时在楚风面前，他又变得和颜悦色了。

“真懂场域吗？连正确的入口都寻不到。”彩英面带讽刺之色，小声说道。

“那里是一条死路，地火无尽，这里才是生路。”楚风说道。

说完，他让几人动手从这里挖下去。

“让这只鸟来吧，一爪子下去估计就能有所发现。”楚风建议道。

“你……怎么说话呢！”彩英愤怒不已。

“我来吧。”刘武成笑了笑，张嘴喷出一道宛若飞剑般的光束，将这片草地击碎，青草裹挟着泥土飞向一旁。

这是他肺中的一股庚金剑气，确实神妙，让楚风神色一动。据闻古代有进化者练飞剑，养肺中一股庚金剑气，到了最高层次，便可无坚不摧，斩敌于百里之外。

泥土下现出石板，上面刻着花纹，那是属于远古的纹路，看着粗糙，却留下了一个时代的特殊印记。

几人大吃一惊，还真有一条密道？彩英也顿时哑然。

楚风不动手挖密道，因为他现在必须在他们面前表现为废掉了，实力跌落下王级领域。

余菡芝、李星河等人平日都是指使别人做事，现在也只能捏着鼻子认了，听从楚风的吩咐，亲自动手。

这片地带被清理出来，露出成片的石板，石板上雕刻着一些匪夷所思的东西，如飞天夜叉、狼图腾，还有一些根本不认识的生物。

“小心一点，揭开这些石板，就是墓室。”

果然，石板揭开后，漆黑一片的墓室浮现出来，里面有发霉的味道，更有腐化的气息。

“咦，没有火焰，上次我们进去时遇到火焰，险些被烧死。”徐玫惊讶地道。想起上次的经历，她至今心有余悸。

“可是，这里怎么有腐烂的气味，像是凡人的墓，根本就不像是一位神可汗的墓。”余菡芝说道。

楚风摇头道：“我也不知道，我只是破解场域，寻找安全路径，其他的，我肯定不了解。”

徐玫笑道：“楚兄不知道吗，有些圣人的墓是场域研究者帮忙布置的，坐落在终极禁地中，你们涉足的领域其实很广。”

楚风有点期待，难道进化者的墓都在特殊的山川地势中，符合场域逻辑？事实上，如果真从场域这方面入手，那他还真不怕什么。

“那些古老的星球中，圣人的墓多吗？”楚风问道。

“圣人难灭，那种墓很少，但总有一些的。”李星河微笑道。

余菡芝不禁面露轻蔑之色，暗中用精神力向其他几人传音：“人贵自知，这个人难成大器，凭他也想打圣人墓的主意，可笑！”

“走吧，别多想，他现在对我们有大用，你管他以后怎样。”

接着，他们深入墓室中，看到了很多石器，也看到了大量的青铜器。

楚风惊异不已，远古时代就有青铜器？也许是文明断层。按照他们所说，这神可汗的墓已存世数万年。

这是一座很大的墓，有几个足球场那么大，占地极广，可是楚风走了一圈也没有发现与进化者有关的东西。

楚风重新来到地面，再次丈量土地，仔细观察地势，又思忖了很长时间。

“进去，到墓室后接着向下挖。”有免费劳动力，不用白不用，他使唤得得心应手。

刘武成几人脸上带着笑，其实心中很不爽，找来的场域研究者居然不动手，还得靠他们挖墓室，运走土石，对域外降临者的后人来说，这是粗贱的活计。

在墓室中，楚风观察完每一片地带后，经过计算，确定了一个位置，让这几人一起挖掘。

他们挖了上百丈深，早已脱离神墓的范围，冲地下深处而去，随后泥土渐渐不同。这片地带泥土干硬，且滚烫无比，偶尔还会冒出火星。

突然，刘武成稍微一用力，下面便塌陷了，并且“轰”的一声冒起数丈高的火焰，险些将他们都卷进去。

楚风没下去，在上面看得很清楚。

刘武成几人很快就冲了上来，全都怒容满面，看向楚风。

“楚风，这是怎么回事？下面有火焰，我们险些坠入绝地！”

“你懂不懂场域？自己站在上面很安全，拿我们的性命去冒险，我们真要出意外，你没有好下场。”

显然，这才是他们的心里话。几人觉得他们险些陷于绝地，一个个阴沉着脸，冷冷地看着楚风，不自觉地露出了真面目。

楚风说道：“放心，下面看着凶险，其实还算安全。”

刘武成、余菡芝几人目光闪烁，觉得刚才说得过分了，那样对待楚风不太好，便再次面露笑意，化解尴尬。

李星河说道：“楚兄不要在意，我们刚才真的险些发生意外，所以一时口不择言。”

“放心，这次我跟你们一块下去。我觉得找对路了，穿过那些火焰就是净土，那里多半有机缘。”楚风开口，让他们带他一块下去。

“楚兄，我带你下去。”徐玫笑道，大眼水灵，很是妩媚。

她揽住楚风，向下而去，其他几人随后跟了下去。蛤蟆见状，也直接向下跳。

他们到了塌陷处，那里居然火红一片，温度高得吓人。

“跳下去，越过这片火焰地带，就是净土。”楚风说道。

几人有点不相信，都没有妄动。

“我先去探路吧。记住，一会儿你们下来时，笔直向下跳，不要触及远处的火焰。”说完，楚风主动跃了下去，从这里消失。

几人神色凝重，到底要不要跟过去？

这时，蛤蟆下来了。

李星河顿时目光冷厉，一把抓住它，猛地向火海中扔去。

“呱呱呱——”

蛤蟆大叫着，其实是在骂人。如果不是楚风让它先忍一忍，它早就对他们不客气了。

“怎么不直接捏死它？”禽王彩英咕哝着。

“现在不行，还需要它给我们探路。”余菡芝小声道。

就在这时，火焰下方传来楚风的声音：“下来吧，很安全，这里景色奇幻。”

几人听闻，再次犹豫了一番，而后才一个一个跳了下去。

果然，他们并未被烧伤，笔直坠落下去后，穿过一层火焰，接着看到了一番神奇的景象。

火海之下是一片祥和之地，温暖如春，光灿灿的，像是一片神之净土。脚下的土地都泛着淡金色光泽，跟上面有腐烂气味的墓室完全不同，此外也没有危险的烈焰。这里充满光明，很难想象这是地下深处。

“这才是真正的远古神墓。”楚风说道。

刚才塌陷的地方是神墓唯一的入口，他找对了路径。

几人都很吃惊，认可了楚风的场域造诣，此时对他又客气了不少。

楚风向前迈步，让几人跟着走，不要乱闯。

不久后，他们来到了这片净土深处，顿时震惊不已。只见一具棺椁悬在虚空中，周围排列着陨石，宛若星辰，将棺椁拥簇在中央。

“神可汗的棺椁？”刘武成很激动，很想立刻冲过去。一座神墓，想必当中一定有价值惊人的东西。

那具棺椁悬浮着，那些陨石也是如此，彼此间有光辉互相映照。

他们向前走去，渐渐惊悚，感觉自己变小了，如同蚂蚁那般，而那棺椁则越来越大，像山岳似的，那些陨石也是如此，骇人至极。

此时，他们抬头望着悬浮着棺椁的区域，像是望着星河。

“神墓，绝对是远古神墓，难道此地真的连着星河？”余菡芝受到了震撼，说道。

楚风不理会他们，他觉得那具棺椁所在地很危险，没有轻易尝试破解那里的场域。

此时，一阵果香从远处飘来，浓郁得让人想流口水。

这片净土中虽然光灿灿的，连泥土都在发光，但是植物极其稀少，那果香自然吸引了他们的注意力。

前方很远的一片地带有烈焰跳动着，果香就是从那里飘出来的。

李星河道：“走，看一看有什么异果成熟了，该不会可以让我们挣断第七道枷锁吧？按理来说，目前复苏的植物还没有到那个层次。”

楚风带路，随时关注是否有场域陷阱。

他们终于到了那里，只见在一片火光中有一棵小树，小树有三尺高，主干有手臂粗细，通体发着金光，叶子像是松针，很细很长。不细看的话，这棵小树就像是一棵金色松树。小树上结有两颗金黄璀璨的果实，到了这里后，那果香越发浓郁。

“太阳神果？”李星河震惊无比，道。

“看起来真的很像，可那种东西不是生长在接近太阳的陨石上吗，怎么可能会生长在地下？”余菡芝也惊呼起来。

太阳神果，那是异常难寻的异果，在接近太阳的陨石上出现太阳神树的可能性也微乎其微。在他们看来，地下不可能有这种神树。

只有楚风知道，这片地带很不同，凝聚着大量的太阳火精，一旦爆发开来，就会九阳横空，金乌啼鸣。

他也在盯着那两颗金灿灿的果实，绚烂的火精流转，浓郁的果香飘散，让人垂涎欲滴。

蛤蟆直接流下了口水，赶紧去擦。

禽王彩英鄙夷地道：“蠢货！”

蛤蟆大怒，真想动武！

李星河观看半晌，道：“这不是真正的太阳神果，那种东西生长条件苛刻，遍寻宇宙星海都很难找到。眼前这棵小树如果历经漫长岁月的洗礼，不断被太阳火精滋养，有可能会变成太阳神树，结出太阳神果。”

“即便如此，这种金色果实也一定有很强的功效，不知道能否让我们进化！”余菡芝美眸眨动，眼神炽热，无比希冀。

“楚兄，你有办法采摘到金色果实吗？”刘武成问道，他的脸上也露出无比渴望之色。

他们几人都没敢轻易出手，因为那片地带，太阳火精的气息很浓，他们怕因采摘金色果实而引火烧身。尤其是在这种未知与神秘的地带，他们更加不敢乱动。

“如果有足够好的材料，我或许可以一试。”楚风说道。

“呵呵，这不用楚兄担心，我们早就准备好了。喏，这里有一些稀有材料。”李星河说道。他戴着一个手镯，手镯颜色暗淡，没有光泽，可以说毫不出众，但是他从手镯中直接取出了一大堆磁石。

毫无疑问，这是一件空间器物！楚风目光灼灼，盯着那手镯。

李星河看到了他的目光，十分骄傲地道：“楚兄没有见过吧，这是用罕见的空间奇石雕刻而成的，内部空间足有十立方米。”

显然，他还不知道楚风身上有空间足有八百立方米的玉瓶，要是知道，他肯定会贪婪夺宝。

“楚兄，不用羡慕，这东西的确不凡，以后如果能再寻到一块空间奇石，我送给你。”李星河拍了拍楚风的肩头，道。

楚风目光灼灼，但那是羡慕吗？显然不是，他只是在盯着一只大肥羊而已。

随后，楚风脸上露出激动之色，因为李星河取出来的磁石，或许应该叫磁晶，都是稀有材料，在这个世界中不常见。他明白，这是从极地的元磁仙窟带出来的东西，或许也就那种地方容易出磁晶！

“很好，问题不大，我应该能采摘到那形似太阳神果的金色果实。”楚风高兴地说道。他能不高兴吗？他觉得自己可以借助金色果实进化，真是意外之喜！

“嗖嗖嗖——”

不久，楚风便将刻着符文的磁晶掷了出去，投放到不同的区域，顿时这里形成了场域，纹路交织。一刹那，小树周围的太阳火精都消失了，烈焰被莫名的力量吸引走，没入了地下。

“可以采摘了吗？”刘武成迫不及待地问道。

“还不行。”楚风摇头，回道。

事实上完全可以采摘了，但是他继续在磁晶上刻写符文，而后将磁晶投掷出去，又布下一重场域，让那小树所在的区域朦胧起来，渐渐消失了。

“怎么回事？”李星河皱眉，问道。

“这就是场域的妙用，我在分流太阳火精，不知道行不行，我先进去看一看。”楚风说道。

几人点头同意。

楚风像是很谨慎，慢慢挪步，而后从几人眼前消失了。

进入那小树所在的区域后，他马上采摘了一颗金色果实，张口就咬，一刹那，芬芳馥郁，他满嘴都是香气，嘴里迸发出金色光芒。这种感觉太美妙了！

“唰！”

这时，人影一闪，刘武成进来了，正好见到这一幕。他顿时大怒，道：“你找死吗？你算什么东西，也敢动我们的神果，给我放下，过来受死！”

他刚才不放心，便沿着楚风踩过的路径悄然跟了进来。

“啪”的一声，楚风很快一巴掌扇在了刘武成的脸上，让他横飞起来，口鼻流血。

“真是聒噪！原本我还想忍你们一段时间，结果你们这么不识趣。你们视我为奴仆？”楚风冷笑道。

这里与外面隔绝，他不担心另外几人听到。

“你……”刘武成震惊不已，楚风竟然可以扇飞他？

而后，他一跃而起，口中喷出庚金剑气，对楚风下死手，并且呼唤外面的人进来。可惜，这里被场域隔绝开来，外面的人根本听不到他的声音。

“啪！”

又是一巴掌抽在了刘武成的脸上，让他再次横飞起来。

刘武成趴在地上，眼冒金星，双耳嗡嗡作响，口鼻流血。小树近在咫尺，对他来说却好像很遥远。

一个被他们掳来“干活”的人，居然妄动他所看重的异果，并抽了他两巴掌，将他打伤。这被他视为奇耻大辱，让他心中十分愤怒。

而那个被他们掳来“干活”，此前被认为进化之路中断了的人，正在大模大样地吃着异果，果香浓郁得化不开。

“啊！”刘武成爬起来，眼睛赤红，道，“你死定了！你知道我是谁吗？你将死无葬身之地！”

他眼神森冷，像是一条毒蛇般盯着楚风。从来没有人敢这么对他，当面抢他的机缘，这样扇他耳光。

“你还真是嘴硬，还敢威胁我？”楚风一边无比陶醉地啃金色果实，一边向前走去。这一刻，他浑身毛孔张开，通体散发金光，周身都是果香，身体轻飘飘的。这颗金色果实太美妙了，入口滑嫩，香甜无比，像是百年陈酿，可以醉到人的骨子里，他从来没有吃过这么好吃的果实。此时，他甚至忘记了金色果实能促进进化，只是在单纯地享受这种美味。

刘武成感觉不对劲，他已经大声呼唤了，外面的人为何不进来？难道此地跟外界隔绝了？

“哧！”

刘武成趁楚风眯着眼睛，眼神“迷离”之际，张口喷出一道威力巨大的庚金剑气。

这是一种另类的飞剑，比有形的飞剑还要厉害！而且这是秘传，一般的人根本掌握不了，没有口诀，随便去练的话会伤到自己的肺叶，导致进化之路受阻，甚至残废。

楚风突然睁开眼睛，抬脚踹了过去，硬抗那锋利的庚金剑气。

“蠢货，找死！”刘武成冷笑道。在他看来，血肉之躯再强大也不可能与肺中养出的庚金剑气相比，与之硬抗的话必定会被洞穿。

然而，楚风的脚底发光，能量翻腾。这是神足通，除却能让楚风的速度提升到令人不可思议的地步，还有恐怖至极的力量，能将大山踹得崩开。这是何等强大的力量！

尤其是现在，楚风体内拥有“磨盘”，全身能量得到净化，品质大幅度提升，这使得他施展出的神足通宛若一种神通。不然，那肺中养出的庚金剑气还真是棘手。

“砰”的一声，楚风一脚踹在庚金剑气上，庚金剑气炸开，迸射到地面上，居然直接将地面上的部分土石化成了金属。这是一种诡异的变化！

同时，楚风一脚将刘武成踹飞。

刘武成胸部受伤，坠落在地，大口咯血，心中满是惶恐，眼前发黑，险些昏厥过去。

刘武成艰难地开口：“放过我，不然你自己也活不了，外面的人发现情况不对，肯定已经联系了我们的父辈。”

跟此前相比，他的姿态低了很多，他不敢再飞扬跋扈了。

“好吃，味道太美妙了。”楚风依旧在啃着金色果实，显得很轻松，像是根本没有听到他说什么。

“楚风，你不要误判。你就算没有废掉，又能如何？你根本不是降临者的对手！一旦你除掉我，我的父亲知道后必然会为我报仇，你根本无法对抗。”刘武成脸色发白，内心惶恐，不断倒退。

楚风啃着金色果实，浑身散发清香，感觉到体内的细胞活性急骤增强。

“好舒服。”他舒展四肢，向前走去，“砰”的一声，一脚将刘武成踢得飞出去上百丈远。

刘武成落在一片有微弱火苗跳动的区域，当即惨叫起来。因为，那里突然腾起炽烈的火焰，那是太阳火精，此时被触发了，熊熊焚烧起来，瞬间将他吞没。

“啊！”

刘武成惨叫不已，在地上翻滚着，瞬间就被烧得浑身焦黑，惨不忍睹。

那是太阳火精，别说是他，就是更强者来了一样得死，现在这个世界上没有人挡得住这么浓重的太阳火精。

“楚风，你不得好死！你敢这么对我，外面的人肯定察觉了，他们会禀告我的父亲，我父亲定会将你碎尸万段！”刘武成号叫着。

“我真替你脸红，只知道依靠你父亲！你有这个下场纯属咎由自取，那么飞扬跋扈，真以为这个世界是你们这些降临者后人的地盘吗？”楚风嗤笑道，毫不畏惧。

他早就想对付这几人了，因为他们太嚣张，将他掳来，迫使他无偿为他们服务，以俯视的姿态对他，私下谈论时，居然还妄想将他灭口。对于楚风来说，这种人只有一个下场，那就是死。

他一点也不担心外面的人会察觉，这里被他布下了场域，跟外界隔绝了，外面的人怎么可能知道里面发生了什么？

“都死了也不行，我还准备跟他们深度合作呢，毕竟他们掌握的资源与信息都非常惊人。”楚风自言自语。如果不是这几人，他肯定找不到远古部落首领神可汗的墓，采摘不到金色果实。

“只留下一个就够了，究竟留谁呢？”楚风犹豫着，在决定那几人的命运。

外面，李星河、余菡芝等得有些不耐烦了。

“刘武成怎么会这么磨蹭，进去有段时间了，怎么还没有出来？”余菡芝咕哝着。

“我去看一看。”李星河说道。他担心刘武成吃独食，他们原本说好要共同拥有金色果实，带走金色果实去炼药的。

“我跟你一块进去。”余菡芝说道。

两人小心谨慎地迈步，沿着楚风走过的路径向里而去。

李星河先一步进来，瞬间闻到沁人心脾的果香，正好见到楚风在那里啃金色果实，口鼻间尽是金色光芒。他顿时怒了，那棵小树上只有两颗金色果实，却被楚风吃掉一颗，真是岂有此理！

“楚风，你竟敢如此，知道自己在做什么吗？”他大声呵斥楚风，脸色铁青，之前的温文尔雅全都消失了。

“你……竟敢吃我们的果实，找死！”余菡芝进来后，见到这一幕，直接尖叫起来，气急败坏。

“你们两个很嚣张，不就是降临者的后代吗，便自命不凡，觉得什么好东西都是你们的？”楚风看着他们，道。

李星河、余菡芝脸色阴沉，同时，他们发现没有见到刘武成，感觉情况不妙。

“嗖嗖！”

他们迅速倒退，想先离开这里，回头慢慢跟楚风算账。他们是域外降临者的后代，一声令下，就会有无数人为他们效命。

虽然他们很果断地倒退，但是很快，他们便头皮发麻，因为他们已经出不去了，原先的道路走不通了。

“你这个土著，知道自己的身份吗？”余菡芝喝道。

“你这个女人最恶心，张口土著，闭口域外降临者，难道你们的母亲不是这颗星球上的人吗？”楚风讽刺道。

“你敢这么跟我说话！”余菡芝尖叫着，姣好的面容上满是怒色。

楚风奚落道：“你算什么东西！自高自大，你那么喜欢域外，那就别在这里生活，实在让人厌烦。”

余菡芝气得身体都在哆嗦，还从来没有人敢这么跟她说话，自从她走出极地的元磁仙窟，谁不对她恭恭敬敬的？

“刘武成呢？”李星河沉声问道。他现在没时间演戏了，不再表现得平易近人。

“喏，在那里。”楚风指向百丈开外，那里有一摊灰烬，看起来相当恐怖。

“你……该死啊！”余菡芝叫道，同时她很惊悚，不由自主地倒退着。

“呱呱呱——”

就在这时，蛤蟆叫了起来，想要闯进场域中。楚风改变了一些磁晶的位置，让它成功闯了进来。

“嗖”的一声，余菡芝冲向蛤蟆。她曾听楚风说过很在意这坐骑，想先下手为强，拿下一个俘虏。

“啪！”

她万万没有想到，蛤蟆进来后，看清状况，直接跳了起来，给了她一巴掌。

这一巴掌而已，便打得余菡芝横飞起来，一条手臂几乎折断。这让她骇然，这是怎样的一只蛤蟆？

“我忍你多时了！”蛤蟆大叫着，同时直立着身子，快速奔了过去，追上余菡芝。

“恶心的蛤蟆，你敢！”余菡芝斥道。

“你才恶心呢，本座神兽是也，让你看看我的厉害！”蛤蟆出手，迅疾如电。要知道，当日它跟楚风都打了很长一段时间，它的实力强大得骇人！

余菡芝被震得咯血，脸上满是惊骇之色，她连一只蛤蟆都打不过？

“噗！”

就在这时，蛤蟆张嘴，对着余菡芝喷口水，瞬间便喷了她一脸。

“啊！”余菡芝尖叫着，浑身颤抖，起了一身鸡皮疙瘩，拼命擦脸，简直要疯了，“我要斩了你！”

“噗！”

蛤蟆又开始喷口水了，这次喷出的口水像瓢泼大雨似的，将余菡芝淋成了落汤鸡。

“啊啊啊——”

高分贝的尖叫声不断响起，余菡芝差点气昏过去。对于一个爱美的女子而言，这简直是地狱式的折磨，她实在接受不了，哆嗦着向后退，而后在那里干呕，胆汁都要呕出来了。

“砰！”

蛤蟆一巴掌拍出，将余菡芝打得横飞起来，而后跌落在地上。

最后，它效仿楚风，将余菡芝扔进了太阳火精中。

李星河目睹了这一切，哪怕这里温度很高，他也手脚冰凉，浑身都在冒寒气。一只与他们同行的备受歧视的蛤蟆——楚风的坐骑，竟然这么轻易就解决了强大的余菡芝，这实在太让人恐惧了！

李星河眼前发黑，差点晕过去，他知道自己完蛋了，性命即将不保。

“你怎么会这么强？”他看向蛤蟆，又盯着楚风。

事已至此，他还有什么不明白的，楚风绝对没有废掉，肯定要将他灭口啊。

“不要动手，我有话说，楚兄……”李星河想跟楚风交谈。

结果，“砰”的一声，他被打得翻着跟头落在了太阳火精中。

“啊！”

凄厉的叫声传来，他的下场可以预料。

就在这时，禽王彩英在场域外张望着，想要进来。

楚风自然不会阻拦，让她成功进来了。

“你们……”她一进来便骇然失色。

“扁毛畜生，一路上你都对我冷嘲热讽的，到了这里后更是肆无忌惮，想要除掉我，现在让你领教领教我的厉害！”蛤蟆哈哈大笑，道。

“砰砰砰——”

交战没一会儿，禽王彩英就被蛤蟆打得现出了本体，而后当场丧命。

就这么一会儿的工夫，李星河等人全死了，只剩下一个徐玫在外面，还不知道里面发生了什么。

“你运气足够好，就留你继续深度合作吧。”楚风看向外面，道。

“人家的同伴都被你解决了，你还怎么跟人家合作？”蛤蟆斜着眼睛看他。

“谁说是我解决的，分明是此地凶险，他们误入太阳火精中，被意外烧死。”

楚风瞪它，而后又道，“我警告你，不准斜眼看我，不然让你尝尝我的厉害。”

“还有没有天理啊？”

第185章
天选之地

楚风吃下最后一块金色果肉，身体吸收了金色果实所有的汁液，浑身毛孔都在散发光辉，体内暖洋洋的，细胞活性激增。他确信，这颗金色果实可以促进身体进化，使他挣断第六道枷锁！

这是一颗价值连城的果实。

在别人看来，小树上剩余的那一颗金色果实是瑰宝，楚风却随手摘下来，把它扔给了蛤蟆。

香气格外浓郁的金色果实差点坠落在地上，蛤蟆手忙脚乱地赶紧接住。

“给我？”它斜着眼睛问，有点不确定。

“不想要就还我。”楚风说道。

“嘎巴！”

蛤蟆二话没说，一口就咬掉了大半颗果实，嘴角流出金色汁液。

“好吃，真的太好吃了。”蛤蟆眼睛都直了，而后狂啃金色果实，香气沁到它的骨子里，让它无比陶醉。

楚风没什么舍不得的，他既然想当“神骑士”，自然不能亏待这只神兽幼崽，如果它能迅速成长起来，对他帮助极大。前提是，他足够自信，能始终压制住这只来历诡异的神兽幼崽。

楚风确定，这种金色果实可以促进他进化，助他挣断第六道枷锁，但要进化到更高层次就不行了，一颗足矣。

不过，他没敢猛烈地挣断枷锁，而是让自己的身体慢慢进化，水到渠成就是了。

因为他体内的“磨盘”被胎膜般的物质包裹着，如今处在安静状态，他不想血气激荡，打破体内的平静。

只要能突破，晚上几日又有什么关系？

同时，他也想揣摩一番肉体缓慢进化、体质逐步提升这个过程中的种种微妙之处，或许能够受到启迪，下一次不倚仗异果，只凭自身就可挣断枷锁！

“太美妙了，我感觉变强了一些！”蛤蟆十分欣喜，不断蹦跳，“呱呱”叫个不停，之后更是来了几个前空翻。

“你挣断了几道枷锁？”楚风问它。

“枷锁，那是什么东西？”蛤蟆狐疑。

“你体内没有枷锁？”楚风瞳孔睁大，而后又收缩。

蛤蟆不解，道：“不懂你在说什么，想要更强大不就是让体质进化、能量充沛吗？”

楚风心中不平静，他听黄牛说过，在这宇宙星海中，有极少数族群天生强大，有种种非凡的表现。比如，这些族群的生物生下来时，体内就没有枷锁，只要激活能量，正常生长，就能进化，渐渐超越枷锁境。

不过，只有极少数族群是这样，比如白麒麟，比如不死鸟，这些都是非凡的族群。

蛤蟆挠了挠头，像是想起了什么，道：“哦，你说枷锁啊，我好像听人说过，挣断枷锁是低等族群进化时必然经历的过程。”

这种语气，这种姿态，让楚风想收拾它一顿，什么叫低等族群？

同时，楚风意识到，蛤蟆口中的“听人说过”，应该是在远古年代地星还没有彻底没落时，肽山封禅之际有进化者对着蛤蟆原本所在的金卵说的。

蛤蟆傲然，道：“这世间有个别族群根本就不需要挣断枷锁，因为天生没有枷锁，不是囚徒，无须突破这种关卡。”

然后，它拍了拍自己的胸脯，一副牛气的样子，同时不忘鄙视楚风：“你们这样的人生而为囚徒，需要付出很大代价才能挣脱樊笼，前进一步。”

这让楚风不得不深思，生而为囚徒？慢慢挣脱樊笼，才能跟顶级族群来到同一起跑线上？

蛤蟆挺着肚子，道：“没办法，这是天赋，咱天生就强大。至于你们这样的生物，以后的进化之路满是荆棘，十分艰难，各个境界都得苦修，要闯生死关。”

“把金色果实给我吐出来！”楚风看蛤蟆那嘚瑟的样子，黑着脸说道。

蛤蟆不忿，就要朝楚风喷口水，结果被楚风打得鼻青脸肿，愤懑得想一头撞在地上。

“我是神兽啊，竟然打不过一个凡人，岂有此理！”

蛤蟆刚才还觉得，它吃掉金色果实后实力增强，应该能跟楚风分庭抗礼，甚至能打败楚风。哪里料到，它跟楚风的实力差距还在，根本就没缩小。因为，楚风也吃下了一颗金色果实，虽然还没有挣断第六道枷锁，但是好处已经体现出来。

“我为什么打不过他？他的进化之路没有我的顺畅，怎么他比我战力强？”蛤蟆不忿。

“还不服？”楚风瞪它。

“服了，服了！”它怪叫起来。

它蹲在一边，在地上画圈圈，道：“一个低等囚徒，怎么能压制拥有最高等血脉的生物？”

它自言自语着，都快没信心了。原先它始终认为，一旦获得相同的机会，它的战力增长幅度肯定超过楚风的。现在看来根本不是那么一回事。

“唉，难道遇上了传说？”它一阵狐疑。

“什么传说，你嘀咕什么呢？”楚风问道。

蛤蟆哪怕十分恼火，也还是说了一些旧事。

它还在金卵里时，听到一个老道士隐约提及，没有枷锁的个别族群自然称得上天之族群，深受上苍青睐，但是，低等族群也不是没有机会。

据闻，低等族群的一些生物哪怕进化艰难，道路坎坷，却始终能一步一个脚印地前进。这样成长起来的低等族群的生物，每一个境界的根基都牢固得惊人。

这也意味着，这种生物可以跟任何拥有神圣血脉的生物争锋，一旦成长到后期，那会更恐怖！

“看你的样子，你不应该是那种生物，你缺少那种斩圣的气概，只能算是不错而已。”蛤蟆点评道。

“你知道什么！”楚风不屑。

“我怎么不知道？那个老道士点评过，我记得很清楚，按照他说的一些标准，你达不到那个层次，只能算还可以。”蛤蟆很认真地说道。

楚风吃惊，斩圣气概？那是何等恐怖啊！

“哎呀，小树烧起来了。”蛤蟆突然怪叫起来。

两颗金色果实被楚风和蛤蟆吃掉后，那棵三尺高的小树不久后竟慢慢焚烧起来，最后只在地上留下一摊灰烬。

“好可惜啊！”楚风叹道。

然后，他吩咐蛤蟆，将李星河、余菡芝、刘武成留在地上的黑色灰烬放置在已烧成灰烬的小树附近。同时，他引出太阳火精，将禽王彩英也烧成了灰烬。

“好了，你也来点皮肉之苦吧。”楚风说道。

“你……想干什么？”蛤蟆惊悚不已。

很快，它惨叫起来，被火烧得皮肤乌黑，甚至有焦臭味，看着伤势很重，但其实只是皮外伤。

“为什么放火烧我？直接除掉外面那个人不就好了，那样最省事。”蛤蟆怒视着楚风，道。

“你懂什么！元磁仙窟这条线不能断掉，要与其保持良好的合作关系。如果人都死了，我找谁去？”

看着楚风义正词严的样子，蛤蟆气得咬牙切齿，道：“无耻，分明是想将元磁仙窟一窝端，还说得这么正气凛然。”

“合作，懂吗？”楚风纠正道。

对楚风来说，元磁仙窟这条线的确不能断，那些人知道远古神可汗的墓，了解这颗星球上的一些古老传承，甚至能指出传承的所在地，知道的事情太多了，值得“合作”。

“啊——”

此时，徐玫进来了，看到疲惫的楚风，又看到被烧伤了的蛤蟆，再看到地上的几摊灰烬，不由得惊叫起来，险些晕倒。

她脸色发白，难以置信，就这么片刻间而已，她的那几个朋友便都死了！

楚风道：“走，这里不能久留，我们得赶紧离开，不然我们都得死在这里，这神可汗的墓不是我们目前所能染指的。”

的确如此，远处那悬在虚空中的棺椁以及围绕着棺椁的陨石，带给楚风极其不好的感觉。那片地带显然有场域，目前的楚风还不足以对抗。

徐玫看着地上的那几摊灰烬，心神皆颤，脸色苍白，惶恐万分。她听从了楚风的建议，立刻离开这里。

楚风又暗中激活了此地的古代场域。在他们狂奔出去数十里时，后方九个金色的太阳从地下升起，照亮整片大草原，而后金乌的啼叫声传来，金乌凌空而行。那景象隔着上百里都能看到，震撼人心。

“那是什么，地下真的有太阳……有金乌？”徐玫声音发颤，问道。

楚风解释道：“地下肯定没有太阳，但有恐怖地势，凝聚着海量的太阳火精，才造成了那等奇景。至于金乌就不好说了，说不定地下真有金乌的巢穴和卵。”

最终，徐玫向人禀告这里发生的事情后，决定离开。

徐玫的下一站不是元磁仙窟，而是恒岭，这让楚风相当失望，他一直想去极地看一看呢，看来愿望落空了。

“我有个长辈在恒岭，让我们过去，那里有惊人的发现，可能涉及究极无上法！”徐玫忘了草原上的伤痛，兴奋地说道。

或许，她跟死去的几人的感情远没有想象的那么深。

之后，她和楚风一路南下，前去恒岭。

一天后，他们才赶到恒岭。没有了禽王，加之楚风还不想暴露自己的实力，所以他们赶路速度没那么快了。

到了恒岭，楚风才知道，参与这一次行动的有先秦研究院的人，还有二十二年前降临地星的一个域外强者。

“金色果实被我与蛤蟆吃掉了，这次来恒岭为黄牛、黑老大等收集异果，让黄牛、黑老大等也成为绝世高手！”楚风暗自决定。

得悉楚风到来，先秦研究院的人都长出了一口气，想要请他帮大忙。

恒岭，是横贯整个东方东西走向的山脉，被尊为古东方的龙脉，地位极高，称之为天选之地都不为过。恒岭有悠久的人文历史，它横贯的地域曾绽放出灿烂的文明火花。

域外强者很强，降临地星二十二年，掌握了无数稀珍古册，洞悉了各大名山地貌，学习并精通了历史。

此外，域外强者在降临前，就从前贤手札中了解过地星，知道它的过往。而这部分过往，在地星上可能已经没有了相关记载！因为，文明曾经断层，地星能量枯竭，已然没落了无数岁月，曾经的辉煌早已湮灭。

从某种程度上来说，域外强者比地星本土的许多人更了解地星。

楚风到了恒岭，跟先秦研究院的人会合，相谈甚欢。

先秦研究院的负责人齐宏林满头发丝乌黑，看得出他如今状态极佳，实力比以前强了一大截。

他跟楚风也算是打过多次交道，当初楚风所获得的蕴藏有蛟魔拳的玉石书就是他为孙子齐晟赔罪而奉上的。

“一会儿进山就仰仗楚兄弟了。”齐宏林道。

楚风点头，笑道：“齐老客气了，我来这里就是想见识一下传说中的恒岭古地，有人称它为神山，有人说它是龙脉，我认为都有道理。自从成为场域研究者，我一直想踏足这里。但是，我知道一个人力量有限，毕竟我的进化之路已经中断了，如今与其说是帮助各位，不如说是满足我自己的一个心愿。”

齐宏林神色复杂，眼前这个年轻人曾经叱咤风云，压得各大财团抬不起头来，还险些灭掉通古联盟与地外文明所，如今失去一身战力，身份转变成场域研究者，却这么自然，倒也让人感慨、叹息。

旁边一些人想到从前强大无比的楚风，再看到他现在这种温和的姿态，不禁面露异色。在这些人看来，如今楚风将自己定位为一个辅助者，为强大的进化者服务，也算是认清形势。

不少人虽然没有说什么，但是眼底深处闪烁着兴奋的光芒。当然，他们没有明着表现出来，毕竟现在各方都需要楚风出手开启山川中的传承。

不远处，蛤蟆斜着眼睛，一会儿看向楚风，一会儿又看向那些人。

它看向楚风时，不断在心里骂道，骗子，姿态放得这么低，估计又憋了一肚子坏水。

它看向那些人时，则冷笑不已，他们分不清谁是弱者，谁是强者，真相一旦揭开，估计他们都会捶胸顿足。

齐宏林微笑道："放心，楚兄弟，待会儿进山我们所有人都会以你为中心，保护你的安全。如今场域研究者最金贵，如果非要定位，你是脑力劳动者，我们是卖苦力的。"

不管是真心也好，假意也罢，起码他说出的话让人觉得舒服。

楚风笑了笑，跟一些相关高层打过招呼。他一直在寻找参与这一次行动的域外降临者，可是没有发现，目前见到的主要是先秦研究院的人。

"其实，这次是几家财团联手，那位前辈已经进山。"齐宏林说道。他告诉楚风，还有其他财团的人马到来。

"走吧，不要耽搁了，我们也上路。"徐玫等得不耐烦了，道。

一些财团子弟看到徐玫，眼神火热，因为他们被长辈告知，如果能跟域外降临者的儿女成婚，那么地位毋庸多说。

恒岭，大山一重又一重，仿佛没有尽头。山中能量比外面浓很多，到处郁郁葱葱，生机勃勃，植物异常丰茂，鸟兽种类繁多，有的甚至进化成了王级生物。

这里号称古东方的龙脉，果然有其道理。

楚风边走边观看地势，不禁面露惊容，恒岭有许多古代场域残留的痕迹，岁月并没有将它们彻底磨灭。这还只是外围，可以想象最深处必然更加了不得！

如今的恒岭变大了，猿啼虎啸声不绝于耳，巨藤纵横交错，粗大得惊人，一股原始气息扑面而来。

"嗯？我怎么觉得部分折叠空间跟现实空间重合了？你们看，那里有些植物不属于地星。"楚风指向前方，说道。

前方有一片荆棘，漫山遍野，通体湛蓝，如同由蓝水晶雕刻而成，这是过去没有的物种。

齐宏林点头道："的确如此。还好只有植物可以活着出现在地星，那些巨兽等出不来，不然这个世界就危险了。"

大半日后，他们跟另一支队伍会合。

楚风终于见到了那个域外降临者。那是一名老者，须发花白，眼睛为黄褐色，略微泛着淡金色光彩，很有特点，穿着古代服饰，像是一个古人。他看着年岁很大，但精神矍铄。

齐宏林说得没错，果然还有其他财团的人马，此时那名老者正跟天神生物那个被烧残了的老妪交谈着，两人脸上都带着笑，彼此像是很熟悉。

同时，楚风看到了林诺依，她竟然也来了。

“一段时间没见，我们的小玫越来越漂亮了。”那名老者看到徐玫，笑着走来，眼中闪烁着光芒。

“李爷爷好！”徐玫笑道，走过去亲热地跟他打招呼。

楚风心中一惊，但是没表现出来，他感觉到这名李姓老者很强，应该已经挣断了第七道枷锁。

这是一个非常危险的人物！

不过，他也很快做出了判断，这名李姓老者应该跟那被烧残了的老妪地位相仿，不是地位最高的那批降临者。从他和老妪平等交谈，以及跟徐玫客气地打招呼，都能感觉到。

显然，徐玫的父亲才是实力更强、地位更高的域外降临者。

“让我来猜一猜，这就是楚风吧？后生可畏，没有人教，靠自己就能参悟场域符文，并且在两三个月内，造诣就已经非常高，了不得啊，说你有天纵之资也不为过。”李姓老者走过来很是热情地跟楚风打招呼，并且自我介绍，他叫李苍河。

他十分热络地拍着楚风的肩头，道：“小伙子，这次就全靠你了！”

跟一个域外降临者有这样的肢体接触，楚风感觉怪怪的，但是表面上显得很自然，并且谦逊地说自己还是场域研究领域的新人，一切都还在摸索之中，对他的称赞愧不敢当。

“李爷爷，我很伤心，菡芝、星河、武成他们三个都死了，好惨。”此时，徐玫说道，眼圈微红。

李苍河叹道：“别哭了，孩子。为了探名山，以前也有一些人陨灭，以后一定要小心啊，神可汗之墓目前还不能探！”

众人再次上路，向恒岭深处进发。

在路上，李苍河详细告知了楚风此行的目的地，说是在恒岭深处发现了一个古洞，当中竟有神兽蛋壳碎片。不过，那些蛋壳碎片已经被一些凶禽猛兽吞食。最早时，有人曾在那片地带听到龙吟声，也有人说曾听到凤鸣声，看到浑身冒着烈焰的幼禽飞向高空。

“什么？”楚风大吃一惊。他抓到了一只神兽幼崽，恒岭也出现了类似的神兽幼崽？

李苍河感叹道：“的确令人不可思议，就算是在域外一些非常强大的星球上也很难见到龙蛋和凤卵，历经漫长岁月后，那已成为传说。”

这绝对关系甚大，任何一只神兽都拥有至强血脉，一旦成长起来，一只就能毁灭一颗极其强大的星球，强得离谱。

在李苍河强调神兽血脉的恐怖时，旁边的蛤蟆斜着眼睛看人，一副傲然的姿态。

不少人无语，一只蛤蟆显得那么牛气干什么？

李苍河接着道：“此外，初步确定，那个古洞中能量充沛，瑞气蒸腾，有人活着从那里逃出来，据说曾在那里听到石壁发出诵经声，像是一篇深奥而古老的经文。”

他来此地，就是想确定那个古洞中是否真的有神兽幼崽和无上呼吸法。

那种地方，有时候自身再强大也无用，闯不进去，需要楚风这种人同行才行。所以得悉楚风和徐玫在一起时，他很高兴，立刻请徐玫带楚风过来。

李苍河毫不隐瞒地告诉楚风，在地星极其灿烂的年代，恒岭算得上是神之净土，是天选之地！这片地带不止一个圣地，强大的道统数不胜数，传承门派诸多，可以说无比繁盛，异常辉煌。

“恒岭地下有古皇朝，有圣地，有不朽的道观。那些道统都曾经无比强大，没落后被山川覆盖，遗迹都埋在地下。”李苍河感叹道。

李苍河很坦诚，也很直接，竟对楚风没有隐瞒，这让楚风感到很惊讶。他现在知道有这么一片辉煌之地，自然要探个清楚！

此时，一些人看向楚风的眼神怪怪的，没想到域外降临者竟这么器重他，什么都不瞒着他。

只有林诺依很淡定，一路上没有过多的表示。

楚风跟她打过招呼，两人间有种平淡如水的感觉，竟有些陌生了。

随着渐渐深入，他们又与另一批人会合，至此，人马总算全部到齐。这次一共来了四家财团，通古联盟、先秦研究院、天神生物、地外文明所都派来了强者，还有各财团的年轻一代也跟来长见识。

四家财团中，通古联盟、地外文明所险些被楚风灭掉。如今再次与楚风相见，这两家财团的人眼神复杂，有冷意，有畏惧，还有幸灾乐祸。

楚风意识到，域外降临者彼此间十分默契，起码二十二年前的降临者目前在合作。因为，李苍河和老妪相处得很融洽，而且几家财团联手来恒岭，说明其各自背后的底蕴都有联系。

这批人中有一些特殊的年轻人，有的穿着古代服饰，有的穿着现代服饰，见到徐玫后都热络地打招呼。

徐玫跟他们很熟，走过去与他们交谈。

楚风知道，这些年轻人肯定跟徐玫一样，都是域外降临者的后代。

此时，一些财团子弟脸上也都带着温和的笑容，上前很有礼貌地跟他们交流，希望拉近彼此的关系。

不久后，这些年轻人中一个异常美艳、姿容出众的女子注意到楚风，她微微一笑，冲楚风打招呼。

很快，一个少女来到楚风身边，在他耳畔低语："我们的琳公主想认识你，和你做朋友。"

说罢，少女指向那特殊群体中最让人惊艳的女子，她的确美丽无比，有仙子的身姿，也有魔女的媚态，冲着楚风嫣然一笑，顿时让这片山地都明亮起来。

第186章

琳公主

琳公主二十四五岁的样子，正是一个女子最美丽成熟的年纪。

她的确极美，不笑时略微冷艳，带着丝丝不食人间烟火的气息，让人有些不敢亲近，不忍亵渎，而一旦笑起来，比如现在，则眼睛水汪汪的，红唇无比鲜艳，牙齿洁白，整个人异常艳丽，带着媚态。

她穿着复古，身材高挑，跟楚风站在一起都不会显得矮。

她站在一群丽人中，风姿极其出众，有种鹤立鸡群的感觉，哪怕这里美女很多，也无法遮住她的光芒。

“相见就是缘，自然是朋友。”楚风回应身边的少女，同时向远处的琳公主点头微笑。

“我们的琳公主可不只是想跟你认识，而是想和你成为知己呢。”少女压低声音笑着说道。

楚风哑然，看了她一眼，见她眼中有戏谑之色，但也不完全像是开玩笑，亦真亦假。

她自我介绍叫周芸，长相过人，跟徐玫一个级别，也算是难得一见的美女。但是，和那琳公主一比的话，无论是眼前的周芸，还是远处略带嫉妒之色的徐玫，都难以焕发光彩。

“走吧，琳公主想和你认识，别怯场啊。”周芸邀请楚风，同时带头向琳公主那边走去。

楚风神色相当自然，跟着走了过去。

周围的人纷纷侧目，面露惊讶之色，尤其是那些财团子弟，见楚风居然被那光彩最为炫目的女子邀请过去，不禁心生嫉妒。

这里是山地，自然有荆棘，也有沟壑。

那群特殊的年轻人站在一片高地上，离楚风刚才的位置有段距离，且中间有沟壑，进化者自然容易过去，但是，目前的楚风“跌落”下王级境界，想要过去难度太大。

到了沟壑附近后，周芸轻盈地迈步，直接腾空而起，一跃数百米远，很容易就跃过了沟壑。

“你要自己过来喽。”她看着留在沟壑对面的楚风，笑着说道。

此时，那片高地上不少人望来，有降临者的后人，也有财团子弟，神色各不相同。有人带着审视之色，有人带着嘲讽之色，有人“嘿嘿”直笑，也有人皱眉，他们全都在盯着楚风，看他的表现。

琳公主倒是神色坦然，依旧笑容甜美，冲楚风招手，示意他过去。

楚风无语，那个琳公主不知道他的进化之路“中断”了吗，什么意思啊？

“笨蛋，琳公主是在考验你，你想办法过来。”周芸用精神力传音，提醒他。

楚风听到周芸的话，二话没说，冲远处的蛤蟆招手。蛤蟆很不情愿，磨磨蹭蹭地过来。

高地上，降临者的后人都笑了，就是财团子弟也都无语，曾经所向披靡的楚魔王召唤来一只蛤蟆？

一些人虽然对此已有耳闻，但此时还是觉得荒谬，这也太可笑了。

“呱！”蛤蟆偏着头，斜眼看楚风，非常不给楚风面子。

楚风道：“什么眼神啊？一点眼力见儿都没有，载我过去。”

他直接骑到蛤蟆身上，让它蹦过去。

这一刻，有降临者的后人终于忍不住了，“扑哧”一声笑了出来。

一些财团子弟也摇头失笑，感觉曾经强悍无比的楚魔王一去不返了，那么骄傲的一个人，而今竟骑着蛤蟆行走，太可悲了。

就是站在远处，原本很淡定，跟楚风只点头打过招呼的林诺依此时也是一叹，看着这里。

“楚兄，要不要我过去接你？”齐晟开口问道。

他是先秦研究院的子弟，也是齐宏林的长孙，当初就是他在雷天城挑拨海族强者白龙对付楚风，结果他爷爷不得不为他出面，给楚风送上藏有蛟魔拳的玉石书。

“谢谢，不用。”楚风摇头道。他相当从容，一点都没有觉得不好意思。

但是，蛤蟆有点受不了了，因为对面一群人面带讥笑之色看着它和楚风，奚落之情很明显。

“有眼无珠，爷是神兽，体内流着神血，注定要称霸星河，俯视万族！”蛤蟆骂道，当然听在人们耳中，只是呱呱声。

“这位楚兄弟还真是另类。”又有人摇头笑道。

倒是琳公主很平和，看着楚风，也看着蛤蟆，似乎很感兴趣。

“呱！”蛤蟆大叫。

“叫什么，吵死了，赶紧给我跳过去。”楚风说道。

“嗖”的一声，蛤蟆一跃而起，像腾云驾雾似的，冲过沟壑。

“稳一点，别把我摔下去，我有恐高症！”楚风在空中大声提醒蛤蟆。

“哈哈——”下方，不少人大笑出声。

蛤蟆翻白眼，暗自骂道，把你从数万丈高空摔下去也摔不死啊，还装，真是可耻！

但是，它不得不屈服，四肢发光，释放出能量，落地时很轻，没有剧烈震动，因为它怕楚风事后找它麻烦。

它身为神兽，却不得不臣服于它眼中的低等族群。有时候，它会想，自己到底是不是神兽，为何打不过这个可耻的人类小子。

毫无疑问，落地的蛤蟆和楚风成为人们关注的焦点，不仅这片高地上的年轻人都在看着，就是身后那些人也都在关注。

“不错，有长进，不愧是神兽。”楚风起身，下来时拍了拍蛤蟆的肩头，道。

高地上有人实在没忍住，大笑了起来。

“楚兄，它是神兽？”一个降临者的后人笑着问道。他知道不应该得罪楚风这种场域研究者，要拉拢才对，可现在还是没有忍住。

“这可真是……罕见的神兽。”有财团子弟跟着开口。

蛤蟆傲然，斜着眼睛看众人。

一群人无语，这只蛤蟆也太可恶了，不拿正眼看人，真要是一只神兽也就罢了，可它不就是一只蛤蟆吗？

楚风相当淡定，道："嗯，我给它起的名字叫神兽。"

还能再无聊一些吗？一些人再次发笑。就是周芸都忍俊不禁，虽然她觉得自己这样的表现有些不厚道。

只有琳公主没有笑，眼中竟略有欣赏之色。她神情淡定，向前走来，问道："它叫神兽？"

不得不说，她真的很高，几乎跟楚风一般高，如一株神莲，亭亭玉立，婀娜挺秀。

蛤蟆听闻，挺着肚子，站起身来，背着前肢，再次摆出一副牛气的样子。

"还是叫它小蛤或者小蟆吧，我怕它骄傲。"楚风说道，并叫斜着眼睛看人的蛤蟆一边去。

"别这样，它都要哭了。"琳公主劝道。

蛤蟆真是泪眼汪汪，觉得自己终于遇上了一个好人，居然为它说话，它很想过去拥抱一下这位琳公主，以示友好。

"去，找你的天鹅去。"楚风警告它。

"你这人真有意思，跟别人不太一样。"琳公主微笑着评价楚风。

她一笑倾城，让周围一群人都怔怔出神，被她的风情所吸引。的确，她笑起来时不再出尘，反而像是一个魔女，带着媚态。这种气质转换非常自然。

"我也觉得自己相当出众。"楚风大言不惭，并学蛤蟆斜着眼睛看众人。

有人想骂他，这也太不要脸了，有这么夸自己的吗？而且那是什么眼神？太可恶了！

琳公主开口道："你很自信，面对降临者后人，从容不迫，十分镇定，不惧那些异样目光。这说明，或者是你自身很强，看不上他们，或者是你内心极度强大，心性超脱。这是强者的优质品性，不管是哪一种，都让我欣赏。"

楚风一惊，这个琳公主不一般，不仅美貌罕有，而且十分敏锐，才见面就洞察了这么多，基于他的态度捕捉到一些本质性的东西。

旁边，周芸笑道："也对，你过去很强，可以俯视很多人，现在是场域研究者，也有自己的骄傲，所以随性而为，不在意别人的看法。”

琳公主听闻，笑了笑，没有表态。她示意楚风跟她一起上路，继续向恒岭深处进发。

她风姿绰约，极具魅力，或许，只有远处的林诺依能与她比肩，两人气质不同，但都拥有女神级的姿容。

“我觉得你很特殊，我决定了，我们可以试着更深入地交往交往。”琳公主突然侧头，看向楚风那从容而俊朗的面孔，像是很认真地说道。

楚风哪怕一向淡定、自信，这时也不禁发呆，侧头看向她。这也太突然、太不可思议了！

他确定自己没有听错，这位风姿绝世的琳公主想和他更深入地交往，但他没有觉得惊喜，而是觉得荒谬。此前两人都不认识，根本没有见过，更谈不上了解，做出这种决定也太儿戏了。

附近那些财团子弟都震惊不已，显然，他们也难以置信，一种嫉妒的情绪从他们的心底蔓延开来，无法抑制。

就是林诺依都面露惊容，神色略微复杂，看向这里。

倒是那些降临者的后人，表情各不相同，有人嫉妒，有人不满，也有人面露戏谑之色。

楚风疑惑，那些降临者的后人中竟有部分人在幸灾乐祸，这是什么意思？

“我就知道，琳公主发现新猎物了，我猜他们的交往会持续一天的时间。”

“说久了吧，我觉得半天时间就会结束。”

……

那些人低语，声音微不可闻，哪怕财团子弟离他们很近，也难以听清。

不过，楚风是个例外，他神觉非常敏锐，隐约间捕捉到他们说的话，顿时面露异色。

然后，他微笑着对琳公主道：“可惜，我对你没什么感觉，你还是找别人吧。”

“啊？”周芸大吃一惊，居然有人直截了当地拒绝琳公主？

那些降临者的后人也都感到意外，面露惊容，看着楚风。

财团子弟则一个个面面相觑，觉得难以理解。

“为什么？”琳公主面露异色，开口询问。这还是第一次有人这么当面拒绝她。

“没感觉就是没感觉，没有那么多为什么。”楚风随口说道。

“你真不愿意尝试与我交往？”琳公主扑闪着明眸，这般问道。

楚风还没有回答，周芸便用精神力向他传音，小声道：“琳公主跟我们不一样，她的血脉强大绝伦，潜力骇人，更重要的是，她是真正的降临者，你别错过机会。”

这倒是让楚风大吃一惊！

“你觉得需要什么感觉？”见楚风不作声，琳公主这样问他。

“咱别再谈论这个话题了好不好？”楚风说道。

“为什么不呢？”琳公主问道。

“这种话题太高深，而且当着我前女友的面谈论，太尴尬，影响实在不好。”楚风摊手，回答道。

远处，林诺依听到楚风这么坦诚的话，绝美的面孔上神色略微一滞，心绪有些复杂。她看得出，楚风一点也不尴尬。

“那才更有意思！”琳公主开心地说道，大眼睛中闪烁着光彩，逼问楚风究竟需要什么样的感觉。

“就是这样，当你牵起我的手，如果我心中有波澜，有异样，有憧憬，有期待，那就算有感觉。”楚风边说边牵起琳公主纤柔且白皙如羊脂玉的手，像是在示范。

一群人顿时目瞪口呆！

就在这时，有人发现，目的地快到了！

“确定快到了？”李苍河问道。

“没错，我上次来过这里，那个古洞应该就在前方。”先秦研究院的一名中年人很肯定地回应道。

“休整，做好准备，一会儿再出发！”李苍河吩咐道。

然而，一群年轻人没有把心思放在恒岭净土上，而是盯着楚风和琳公主，眼睛都直了，到现在楚风的手还没松开。

“这个楚风真是……我辈楷模，让人羡慕！”一个青年低语，眼神炽热。

也有人恼怒，死死地盯着前方，想要看楚风怎么收场。

这个时候，楚风牵着琳公主的手，话就没有停过。

“你看，你这样牵着我的手，我依旧没什么感觉，所以我们两个不太适合交往。”楚风说道。

一群人就这么瞪着眼睛看他，人还能这么不要脸吗？是你牵着琳公主的手好不好！都这么占便宜了，居然还如此大言不惭。有人愤懑，暗怪琳公主怎么不一巴掌扇飞他！

就是周芸都看不下去了，冷笑着提醒道：“楚风，你牵着我们琳公主的手，还做出这种姿态，还要脸吗？”

“太不要脸了！”一群年轻人都不禁点头。

“失误，应该是这样。”楚风说道，同时将自己的手交到琳公主的手中，变成被琳公主牵着了。

“好丢脸，我都替他脸红！”就在这时，蛤蟆开口道，同时用一只爪子捂着脸，一副羞愧难当的样子。

要知道，在此之前它一直都是呱呱叫，这是它第一次在这些人面前口吐人言，而且一开口就拆楚风的台。

“连蛤蟆这么糟糕的生物都看不下去了，你说这姓楚的得有多可恶。”一名年轻人轻叹道，埋汰楚风。

然而，蛤蟆恼火了，叫道：“你说谁糟糕？吾乃神兽，对我来说你才是低等族群！”

那年轻人很想大骂，他一开口就惹来这只蛤蟆抨击，实在有点丢脸，但他闭嘴了，因为真要跟一只蛤蟆吵起来，那会更丢人。

“还真是一个奇怪的组合，什么样的人骑什么样的坐骑。”另外一名年轻人冷冷地说道。

蛤蟆瞪着他，道：“你的主人呢？谁骑你谁倒霉，选你这样的坐骑，想来你的主人品位也不高。”

一群人瞠目结舌，这只蛤蟆的嘴巴太毒了，这是想把人气死吗？

那名年轻人刚才主要是奚落楚风，将蛤蟆也给顺带骂了，没想到惹来它这么激烈的反击。他看向蛤蟆，目光越发阴鸷，牙齿闪动寒光，恨不得立刻一巴掌拍向蛤蟆。

蛤蟆鼓着腮帮子，口水四溅，道：“看什么看，没见过神兽吗？惹恼我对你没好处！”

一群人目瞪口呆！

“我宰了你！”那名年轻人彻底被激怒了，大叫道。他是降临者的后人，平日走到哪里不是众星捧月般，今天居然被一只蛤蟆咒骂，实在太糟糕。

“赵崇！”李苍河开口，喝住了他。

赵崇静下心来，没有再发作，因为跟一只蛤蟆生气，最终也会是他丢人。

他没看蛤蟆了，只是冷冷地看向楚风。

这时，琳公主早已将楚风的手甩开，美丽的眼睛中闪烁着光芒。她睨视楚风，脸上带着淡淡的笑，道：“你胆子倒是不小。”

“这是我的优点。”楚风大言不惭，正色道。

琳公主无语，她还真没见过脸皮这么厚的人，平日间她在这群降临者的后人中是绝对的中心，可谓群星中的明月，哪里被人这么轻薄地对待过？

“虽然我觉得你很特别，但是你敢这么对我，我得给你一个教训。”琳公主似笑非笑，一只纤纤玉手向着楚风的身体拍落。

“啪！”

她在楚风的肩头拍了一下，一团异常耀眼的银光没入楚风的体内，刹那间便消失了。

不远处，但凡了解这种手段的人都心惊不已，倒吸了一口凉气，一些人开始幸灾乐祸。

“这是戚家的妙术，能损人道行，中断进化之路，绝对恐怖，应该是目前这个世界上的第一妙术。”有人感慨道，看着楚风，面露嘲讽之色。

琳公主名戚琳，戚家便是琳公主所在的家族。

远处，李苍河、老妪等人都没有阻止，像是故意忽略这边，让年轻人自己去解决问题。

“还不快向琳公主赔罪，请她原谅？”周芸略为急促地说道，瞪向楚风。看得出她是好意。

她用精神力传音，告诉楚风这种妙术很是厉害，能让人体质下降，进化之路中断，境界跌落。

“我只是给他一个小小的惩罚，让他跌落一个小境界，没有大碍。”戚琳道。

随后，她微笑着看向楚风，道：“感觉怎样？我可以帮你恢复，前提是你向我道歉。”

戚琳的确绝美，秀发披散着，白皙而富有弹性的脸蛋上带着笑容，眼波流转间，有一种绝世媚态。

楚风神色古怪，那团银光进入他体内后，直接被“磨盘”给吸收了，并转化成能量，补充进他的体内，滋养着他的身体。如果非要说出一种感觉，那就是舒服。

这一刻，他进一步体会到了“磨盘”的非凡之处，它竟然能将一种攻击性的能量转化为自身能量，这要是传出去必然令人震惊！

此时，许多人都在望着楚风，认为楚风要倒大霉。

“原本就废掉了，再跌落一个境界会成什么样子？”有人嗤笑道。

“咎由自取，敢那样对待琳公主，真是胆大包天。”另有人讽刺道。

然而，他们盯着楚风看了又看，发现楚风毫无痛苦之色。

“你感觉怎样？”戚琳淡笑道。

“什么感觉，你对我做什么了吗？”楚风摊手，面露不解之色。

“别硬撑着，我让你跌落了一个小境界，如果你向我赔礼道歉，我就考虑帮你恢复。”戚琳说道。

“就是因为刚才你牵了我的手，所以你对我做出这种惩罚？”楚风盯着她美丽的眼睛，问道。

“是你牵了我的手！”戚琳黑着脸，道。

“好吧，其实一样。这么说来，如果我牵你的手时间长一些，惩罚会更重？”楚风好奇地问道。

“是！”戚琳绝美的脸上露出一丝冷意。

“那好，我再牵一会儿，你再给我来几团银光。”说话的同时，楚风已经牵起了戚琳的手。

一群人眼睛都直了，感觉难以置信。这是什么情况啊？

戚琳脸都红了，就没见过这么不要脸的人，同时她十分不解，对方真不怕境界跌落吗？

她有点恼了，甩开楚风的手，而后对着他的身体连拍七掌，七团银光注入楚风的体内。

结果，楚风还是毫无痛苦之色。

"好舒服，你再给我来几下。"楚风又牵上了戚琳的手。

"啪！"

戚琳一把甩开他的手，满脸羞愤，转身就走。

她真是有点崩溃，从来没有遇到过这种事。同时，她心中满是不解，家传妙术怎么失效了？她能看出，那家伙根本就没有被削弱道行。

戚琳逃了，迈开一双大长腿，如同仙子般衣袂飘动，遁向林中。

一群人震惊不已，琳公主的家传妙术对楚风无效？这怎么可能？！他们怎么也没有想到，戚琳会羞愤地逃走，而那楚风则跟没事人一样。

"琳公主，你再给我来几团银光吧，好舒服啊！"楚风对着戚琳的背影喊道。

林中，戚琳的脸色更加难看了。她真被气得不轻，这是她生平第一次被人这样戏弄。

"咯！"

连李苍河都被惊动了，他干咳了几声，走了过来，佯装不知情，询问怎么回事。

楚风收敛笑容，一本正经地解释道："或许有人听说过，我沾染过黑色物质，任何能量进入我的体内都会被它侵蚀，渐渐消散。"

他等于在告知众人原因。

"我听说过，应该是这样。"李苍河点头。

各大财团都知道，楚风过去强大无比，压得他们抬不起头来，但是后来在玉虚宫被黑色物质侵蚀，这才中断了进化之路。

"呵呵——"有人暗暗冷笑。

明了了个中原因，降临者的后人中有些人看向楚风的目光不一样了。对他们来说，楚风是一个巨大的宝藏！一旦利用完，当有一天不再需要他的场域知识时，他们就可以卸磨杀驴，取走他体内的黑色物质。一旦到了进化者中的金身罗汉层次，这种东西将是至宝，可以磨砺自己，帮助自己踏上成圣之路！

“无论怎样，你那样对琳公主都是不对的，我替她出手教训你。”赵崇开口。

李苍河沉下脸，就要呵斥他。

楚风摆手，斜着眼睛看赵崇，道：“敢同境界一战吗？”

“学我干吗？”蛤蟆斜着眼睛看楚风，道。

一群人都无语了。

赵崇面带轻蔑之色，嗤笑道：“狂妄自大，你觉得自己同境界天下无敌，以为我们这样的人也不是你的对手？只能说你是井底之蛙！我可以满足你的愿望，压制能量，跟你同境界一战！”

“竟敢说井底之蛙，你怎么比喻呢？”蛤蟆不满。

楚风看着赵崇，道：“很好，你倒有些胆魄。”

而后，楚风看向一群年轻人，又看向李苍河等人，让他们做见证。

看热闹的不嫌事大，一群年轻人都叫嚷着，让他们快动手。

“来吧！”赵崇说道。

楚风回头看向蛤蟆，道：“还不快去，跟他大战一千回合！”

众人瞪大眼睛，一阵无语，赵崇和蛤蟆也是如此。

“走，前辈，我跟你去研究那个古洞！”楚风向前走去，招呼李苍河。

当然，在离开前，他又命令蛤蟆赶紧上前，去跟对手大战。

蛤蟆不忿，凭什么让它动手？结果楚风一瞪眼，它就屈服了，怕事后楚风找它麻烦。

可是，它还是不太乐意，暗中以精神力传音：“就这种货色，需要我大战？保证时间不长就直接打趴下！”

“你敢！”楚风也以精神力传音，警告它，“必须与他大战一千回合，再将他击败！”

“陪他这样玩，你想累死我吗？”蛤蟆不干。

楚风觉得，让一个降临者的后人跟一只蛤蟆大战一千回合，估计降临者的后人会崩溃的，这是他对赵崇的惩罚。

“你太缺德了！”最终，蛤蟆妥协。

至于赵崇，眼睛都要冒出火花了，敢这么玩他？

楚风才不管，跟李苍河一起向前走，接近那个神秘的古洞。

第187章

进化皇朝

赵崇眼睛冒火，被气坏了！楚风竟敢这样糟践他，到头来让一只蛤蟆跟他交手，实在是欺人太甚！

“欸，你要守规矩吗？说好了同阶一战，我是挣断了三道枷锁的王级强者，有种放马过来，我一个打你十个！”蛤蟆挑衅地看着赵崇。

“我拍死你！”赵崇大怒。他觉得被羞辱了，不想遵守规矩了。

“呱！”蛤蟆转身就跑，四肢并用，在地上爬行，快速追上楚风与李苍河。

“前辈，降临者的后人都这么不讲诚信吗？说好公平一战，结果却欺负我的神兽。”楚风奚落道。

什么神兽？还有，究竟是谁欺负谁啊？一群人暗自想着。

显然，楚风这是故意埋汰赵崇。

“赵崇，你自己解决！”李苍河严肃地说道。

这种表态出人意料，让一群进化者都面露惊容。可以看出，李苍河偏向楚风。

“赵崇，别输不起，同为降临者的后人，别给我们丢脸。”那群年轻人中有一些人跟赵崇不合，现在落井下石，出言挤对赵崇。

“好，好，好，真当我可欺？三招内我一定打败这只恶心的蛤蟆，再找你楚风算账，到时你要是不给我一个交代，我对你不客气，谁都拦不住！”说到这里，赵崇看了一眼李苍河，意有所指。

他是降临者的后人，李苍河哪怕很强，也不敢真的阻拦他，他现在发狠要收拾楚风。

蛤蟆听到赵崇的话，怒道：“你说谁恶心？三招打败我？信不信我一爪子就把你打趴下！”

楚风不慌不忙地对赵崇开口：“同境界一战，要是你能胜过我的神兽，那么，我随你处置。”

这简直是火上浇油。

一群人神色怪怪的，都觉得楚风有些张狂，凭一只蛤蟆也妄想打败一个降临者的后人？赵崇可是降临者后人中天赋极高的一个，一身实力绝对惊人。

“你说得过头了，一会儿别搬起石头砸自己的脚！”周芸小声提醒楚风。

“没事，我养的神兽很厉害，那个赵什么来着，肯定打不过它。”楚风说道。

他居然连对手的名字都没能说全，一群人无语。

同时，不少人腹诽，你那坐骑是神兽吗？一只蛤蟆而已，就敢这么张狂，一会儿保准得哭！

赵崇身体都在颤抖，握紧双拳，恨不得立刻扑过去给楚风一拳头。

不过，蛤蟆在那里大模大样地向他勾手，示意他过去。

“来吧，爷今天要跟你大战一千回合，打得你屁滚尿流。”蛤蟆挑衅道。

“可恶！”赵崇出手。

“赵崇，说好三招内打败它，尽早用绝招。”有人喊道。

“蛤蟆天功第一式，碧海青天！”蛤蟆大叫，果断对抗，喊出的招式名字倒也有些意境。

然而，人们看到它这招后，都大眼瞪小眼，有些发愣，片刻后才果断倒退，怕被波及。

这所谓的碧海青天，就是它张大嘴巴，向赵崇狂喷口水。

“蛤蟆这是在对抗吗，怎么感觉像是泼皮无赖吵架时吐人口水？”有人实在忍不住了，这么说道。

赵崇憋了一肚子火，使出全力，想要尽快击败蛤蟆，结果对面“大雨”倾盆，蛤蟆张嘴间喷出的口水太多了，而赵崇有洁癖，现在感觉恶心得不行，快速倒退，他不想身上沾上哪怕一滴口水。

“我宰了你！”终于避开这一式后，赵崇怒喝，拍出一道光掌，压得地面崩塌，附近的山体颤动，仿佛要爆炸开来。

他的体内潜藏着惊人的能量。

“蛤蟆天功第二式，先天大气功！”蛤蟆吼道。

它的肚子鼓胀起来，而后更是发出如同雷鸣般的声音，随着它张开大嘴，“轰隆”一声，一股恐怖的气流从它的大嘴中喷出。

这就是它说的先天大气功，的确很恐怖，吹断了周围的大树，让磨盘大的石头都飞上了半空。

赵崇恼羞成怒，浑身起了一层鸡皮疙瘩。他不想被蛤蟆嘴里吹出的气流冲击到，又躲避过去。

“爷就是这么强大，手下败将赵崇哪里走！”蛤蟆蹿了过去，主动出击。

赵崇震怒，他哪里败了？在他看来，这只蛤蟆简直跟楚风一样不要脸。

“砰砰砰——”

赵崇和蛤蟆终于大战在一起，一瞬间就碰撞了数十次，打得不可开交，让人眼花缭乱。

“三招，四招……十招……五十招了！”有人在一旁喊道，计算对抗回合数。

一群人大吃一惊，蛤蟆竟然挡住了赵崇狂风暴雨般的攻击。

“看我蛤蟆天功第五十一式，见龙在田！”蛤蟆大叫。它十分凶猛，跟赵崇大战了数十回合，越战越勇。

所有人都惊呆了，就是周芸和戚琳都张开了嘴巴，一脸难以置信的神色，这蛤蟆太强悍了，跟赵崇打得难解难分。

此时，要问谁最难受，那肯定是赵崇，他跟一只蛤蟆持久大战，不分胜负，这也太丢人了。说好的三招内打败蛤蟆，现在都远超三十招了，他脸上火辣辣的，恨不得找条地缝一头钻进去。

“蛤蟆天功第一百零一式，亢龙有悔！”蛤蟆大叫。

众人一听它的招式名字，不禁更加傻眼了。

赵崇简直要疯了，拼命跟它大战。要知道他跟蛤蟆现在都大战一百零一个回合了，远超他的预料，到了现在，无论胜败他都颜面无光。

“大家监督一下，看一看赵崇在多少回合时支撑不住，不再压制自身能量。”有人故意说道，堵赵崇后路。

楚风相当淡定，跟李苍河向前走去。他一点也不担心蛤蟆，对于一只神兽来说，这种战斗太轻松。

前方，一座比周围大山都矮的山云蒸霞蔚，上面古松苍翠，碧光闪闪。

山脚下有一个洞，洞口紫气翻腾，像是有什么神兽在撒欢打滚，想要冲出来。

这就是此前人们发现的古洞，洞里曾经散落着神兽蛋壳碎片，但被飞禽走兽吞食了，此外，有人曾在洞里听到诵经声。

到了这片地带后，楚风仔细观察。

“就是这里。”有人开口说道。

除却李苍河，还有一些人跟来，要探究这个神秘的古洞。

“好地方啊，不愧是天选之地，凝聚万里山河魂，造就真龙腾天势。”楚风感叹道。到了这里后，他第一时间就发现了龙气，这个古洞简直像是一个龙巢。

楚风进入古洞中，其他人谨慎地跟随着。洞里虽然光线暗淡，却并不阴森，相反显得很神圣，能量充沛。

“有场域，这里不简单。”楚风说道。

他在洞内敲敲打打，分析洞内地势。过了好一会儿，他将洞中一块石头从地上搬开，在那里埋下几块刻着符文的磁晶，然后让李苍河等人掘土。

“快，我只是暂时定住了这里残破的场域，让地下埋着的磁体静止不动，你们赶紧寻出来。”楚风催促道。

李苍河等人按照楚风的吩咐，掘开土石，在特定的方位寻到了几块带着灵气的彩色玉石。

“好东西，算是灵玉。”楚风拿了过去，观看一番后将彩色玉石塞进了自己的玉瓶中。

“嗯？”就在这时，众人明显感觉到不同，前方地势变了。

林诺依也在这里，她没有在远处观看那场战斗，现在见到楚风这么从容地破解了场域，心有感触。

在“隆隆”声中，古洞内前方景物变化，与之前完全不同了。前方没有洞壁，而是出现了一片古地，尸骨横陈，大门崩塌，石山断裂，一片破败。

“天啊！我们该不会真的无意中闯进某一古老道统所在的古地了吧？”李苍河

激动得身体颤抖起来。

恒岭，号称天选之地，乃古东方的龙脉！

昔年，恒岭辉煌无比，聚集了很多进化门派，有至高的圣地，有不朽的道观，有俯瞰星河的皇朝。可以说，在那个年代，整片恒岭进化道统数不胜数，不知道有多少传承。

而今发现场域后面连着一片古地，也在情理之中。

它绝对吸引了所有人的目光，万一是进化皇朝的遗迹，或者进化圣地的总部，那必定会掀起惊涛骇浪。

“能进去吗？”李苍河问道。

“容我琢磨下。”楚风盯着前方，没敢妄动，这种古地重见天日，就是他都感到很激动。

观察良久，楚风走出古洞，其他人也都跟了出来。

“如何？”有人问道。

“可以考虑一试，但需要做一些准备。”楚风说道。

这时，远处的大战越发激烈，数百回合过去了，蛤蟆与赵崇依旧打得难解难分。

只是，跟一只蛤蟆大战到这一步，无论是输还是赢，赵崇都觉得没脸见人了。

“你这只蛤蟆真厉害，比你实力强大，你是怎么降伏它的？”周芸问道，显然是代戚琳询问。

“这就是人格魅力，它一见我就誓死追随。”楚风昂着头说道。

蛤蟆听到，恨得牙痒痒，什么人格魅力，它完全是被迫臣服的，不然，它怎么可能跟着楚风？

“咱要点脸好不好？”周芸没好气地说，显然不相信楚风的话。

“实话实说吧，我救过蛤蟆的命，它为了报恩，便追随在我左右。”楚风一本正经地胡说八道。

“这还差不多。”周芸点头，而后看向蛤蟆，道，“它实力强大，又懂得感恩，的确不凡。”

蛤蟆差点哭出来，很想说，一不顺从就要挨打，还要感恩，还有没有天理啊？

“蛤蟆，你不是说自己很强吗，都大战八百回合了，怎么还拿不下他？”楚风问道。

众人闻言，都对赵崇表示同情，楚风来了，正催促他的坐骑——一只蛤蟆尽早战胜赵崇。

蛤蟆很想说，不是你让大战一千回合才能赢的吗？

“努力早点拿下他，我们发现了一个古代进化门派的遗址，一会儿你得跟着我去破解场域。”楚风发出了信号。

蛤蟆闻言，眼睛一亮，它知道楚风这是在暗示它，可以结束战斗了，该去破解场域，夺取机缘了！

“蛤蟆天功第八百五十三式，大鹏展翅！”蛤蟆说道，同时展开一对前肢，腾空而起，向赵崇扑击过去。

人们早就无语了，这还是蛤蟆天功吗？怎么出现了各种神兽神禽的名字？

在赵崇避过这一击后，蛤蟆又在半空中掉头回来了，喝道：“蛤蟆天功，亢龙有悔！”

“砰！”

它一爪子将赵崇打得横飞而起，口鼻流血，而后摔倒在地上，昏厥过去。交战八百多回合后，蛤蟆胜出。

现场鸦雀无声，一群人都愣住了。一只蛤蟆竟然打败了一个实力强大的降临者后人！

“走喽，去古代进化门派的遗址中寻找秘典喽。”楚风招呼蛤蟆，向那个古洞走去。

一大群人跟随着楚风，就连戚琳都快速到了楚风近前，跟他走在一起。

在这颗星球最辉煌的年代，恒岭有些进化门派强大得无法想象，真要进入那些门派的遗址，找到那些门派留下的传承，那会直接造就一段神话。所有人都满怀期待。

古洞内部非常宽阔，一缕缕瑞气从洞内向外冒出。

“楚兄弟当真厉害，刚到此地就能有发现，了不得。”先秦研究院的齐宏林含笑恭维道。

其他人也都心有感触，有些人来过这里，但是根本就没有察觉古洞后有一片遗迹。

这就是场域研究者的厉害之处，能够破解此地的障眼术，再现一片真实的古地。

“老哥客气了。”楚风笑道。

齐宏林的孙子齐晟觉得十分别扭，当初他险些死在楚风手上，而现在他爷爷却跟楚风称兄道弟，导致他直接比楚风小了两辈。

他瞥了一眼降临者的后人，真希望这些年轻的王级生物找楚风的麻烦，压制楚风。

“场域研究者只是疏通路径的人，一会儿还得靠各位大显身手。”齐晟小声跟身边的降临者后人套近乎。

“小晟，别站在那里。”楚风忽然开口，提醒齐晟那片地带有场域符文。

被大仇人这么和蔼地提醒，直接成了小辈，齐晟脸色十分难看。

“这边走，跟着我。”这时，一个亲切的声音在他耳边响起。

齐晟原本还想说声“谢谢”，可是回头的刹那，看到说话的是那只蛤蟆，而且它接着也叫了声“小晟”，齐晟鼻子差点气歪了，很想骂人。

连一只蛤蟆在他面前都是一副和蔼可亲，照顾晚辈的样子，他的脸色顿时更加难看了。

此时，所有人都已经进入古洞，看到前方的遗迹中，尸骨横陈，兵器破碎，大门崩塌，石山断裂。

古洞中，场域后方竟有这样的秘境！

“能进去吗？”一些人热血沸腾，无比希冀，因为无论怎么看，前方都像是一个进化门派的遗迹。

“那里有真龙石柱，该不会是一个进化皇朝所在的古地吧？”有人脱口而出。

在前方古地的边缘地带，矗立着一些粗大的刻有真龙的石柱，非常气派。

“别多想了，在那个辉煌时期，进化皇朝至高无上，统御的可不是简单的一域，而是征战星河，统御一颗又一颗星球。”李苍河说道。

在地星的辉煌年代，进化门派都厉害无比！那段岁月的进化皇朝都是顶级势力，能号令宇宙星海中许多星球。

毕竟那个时期，地星在全宇宙中排在第十一位，且上升势头迅猛。在许多生物看来，地星在那个年代有可能冲进十大星球中，名次更上一层楼。

很可惜，一夕间而已，万古荣光，绚烂盛世，便尽成灰烬。

不少人看着楚风，因为现在关键看他是否有能力破解这片地带的场域，带领众人进去。

“拿磁石来，最好是上等的磁晶。”楚风开口，准备出手。

“好，别的没有，高品质的玉石、磁晶还是有一些的。”李苍河微笑道。

极地的元磁仙窟盛产磁石，不少是磁晶，那可是布置场域的理想材料。一些人上前，给楚风送上一大堆磁晶。

楚风手持微型的赤色飞剑十分专注地快速在磁晶上刻写场域符文，碎屑纷飞，周围一片宁静。

“汪！汪！汪！”

然而，当他不小心注入一点能量时，宁静被打破，赤色飞剑竟然发出了狗叫声，让一些人目瞪口呆。

戚琳站在他身边，当时就吓了一跳，还以为从遗迹中逃出来一只恶狗呢。她眨动美丽的眼睛，盯着赤色飞剑，相当无语。

有些人知道楚风在肽山的经历，面露古怪之色。

“别吵！”楚风收敛能量，让鲜艳的赤色飞剑安静下来。

一些降临者的后人眼中光芒闪烁，这等品质的飞剑绝对了不起，称得上是一件秘宝，因为它自己可以不断进化。

“嗖嗖嗖——”

楚风快速出手，将一些磁晶掷到不同的方位，顿时，地面发光，光芒交织，形成了一片密集的纹路，不断闪耀。

“怎么样？”李苍河问道。其他人也都在紧张地注视着。

楚风开口：“还好，这片遗迹中的场域没剩下多少了，暂时可以前进，你们跟着我，不要乱闯。”

他一边走一边琢磨，并不断掷出磁晶，试探前方的遗迹，寻找安全的路径。就这样，众人踏了进去。

“这里能量充沛，真是不凡！”众人惊呼起来。

走进这片地带后，能量强度提升了数倍不止，站在这里，浑身毛孔都自动张开。

“什么情况，地上的尸骨还在释放能量呢！”突然，蛤蟆怪叫道。

这里有上百具尸骨，其中一些尸骨还在释放能量，甚至，一些尸骨含有放射性物质，辐射出危险的能量。

众人倒吸了一口凉气，难道古代进化者进化到最后，身体拥有了能辐射出危险能量的放射性物质？

“哕！”

几名年轻女子觉得很恶心，干呕起来，赶紧闭住身体上的毛孔，不再吸收此地的能量。

这些尸骨居然是能量源，释放出黑色、银色、灰白色的能量。想到刚才跟他们交换能量的是尸骨，其他人也都觉得有点恶心。

楚风寻觅着，想找到一些有用的遗物。但很可惜，这些强大的古代进化者没有什么宝贵的器物留下，他们的兵器都被毁掉了。

显而易见，那一战非常恐怖，古代进化者催动了蕴藏着惊人能量的武器跟敌人大战，但同时，他们各自进化出的金刚不坏之身受到了损坏。

“轰！”

当接近大门时，楚风试探性地掷出一些磁晶，结果引发了大爆炸，大门区域亮起刺目的纹路，一旦接近那里，无论是什么物质都会覆灭。

所有人都心惊胆战，这地方太恐怖了，他们当中的至强者李苍河和老妪都心里发毛，他们确定，大门区域释放的能量足以瞬间将他们化成灰烬。

“这是一个强大的道统，真的很有可能是一个进化皇朝。这种布置太惊人，连残余的场域都有如此威力，当年的辉煌简直不可想象。”李苍河说道。他发现，哪怕是此地残余的场域，也比当下一些大星球上至强道统的护教场域厉害。

楚风神色凝重，他自然能觉察到此地的场域有多可怕，一旦贸然踏足，瞬间就会灰飞烟灭。

众人能感应到，一道又一道射线飞出，带有腐蚀性的能量。这是古代进化者对能量运用的体现。

此时，不要说其他人，就是域外降临者李苍河和老妪都在战栗。这不是害怕，而是兴奋，因为他们找到了古代进化门派的圣地，这种地方一旦进去，好处无尽。

“楚兄弟，里面有天大的机缘，你一定要想办法，如果能进去的话，我们将成就一段神话！”有人眼神热切地看着楚风，道。

戚琳更是吐气如兰，在楚风耳畔小声道：“这可能是进化皇朝的遗址，里面说不定有圣药，能让你恢复过来，要努力啊。”

“我是人，不是神，真正的进化皇朝所在地就是场域大师都不能破解，你们太难为我了。”楚风回道。

楚风的确想破解这里的场域，但他知道难度很大，唯有寄希望于场域破损严重，有些地方出现致命缺陷。

随后，他安静了，在地上刻写出密密麻麻的纹路。这是他刻下的草图，像是星河般，让人看着就头痛。

楚风观看地势，认真推演与计算，他动真格了，希望能闯进去。

之后，他在密密麻麻的纹路中标出三十六个点，又认真地在三十六块磁晶上刻写场域符文。

“好了，各位听我说，一会儿大家将这三十六块磁晶一同掷出，掷向我指出的地点。”

楚风用手指着大门附近，让众人记下那些特殊的地点，跟草图上的点相对应，一会儿将投放磁晶，借此试探大门区域的场域哪里有缺陷。

戚琳、周芸、林诺依、齐宏林、李苍河等人都手持一块磁晶，听从楚风的吩咐，一齐出手。

三十六块磁晶像是三十六颗棋子，落到地面上的特殊地点，刹那间，大门区域再次光芒交织，形成纹路，十分炫目。

楚风动用火眼金睛，双目发光，凝视大门，仔细观察场域纹路的变化。

终于，他惊喜出声：“找到了，大门处的场域有缺陷，我们可以进去！”

然后，楚风率先迈步，带着蛤蟆向里走去。

大门破败，附近纹路无尽，楚风踏过一条曲折的路径，告诫众人千万不要踩错位置。

踏过大门后暂时没有危险了，他们走过成片的破败之地，一路深入。

很快，他们看到一块石台，悬在半空中，至今不坠。

“辇车！”老妪惊呼起来，盯着石台上一辆残破的辇车。辇车很古朴，已经腐朽了，但是依旧释放着残余的能量。

“这是亚神兽拉的辇车，这块石台是停车之地！”李苍河的声音发颤。

按照李苍河与老妪的解释，这种辇车由成年的亚神兽拉动，可以遨游星空，纵横各大星域，而这石台是从星空中降落的辇车停放的地方！

神兽，拥有至强的血脉，几乎不可对抗，一只就足以横扫各地，毁灭一颗星球，有谁敢用它们拉车？一般来说，用亚神兽拉车就绝对算是顶级的进化门派！

可以看到，这片地带有一些石台早已坠落在地，地上的石块间有残破的辇车。

这说明，当年这里极其辉煌，用亚神兽拉辇车，而且辇车不止一两辆，此地强大的进化者经常遨游星海。

“这里绝对是一个古代进化皇朝的遗址！”李苍河做出了这种判断。

楚风没有理会这些，他鼻翼翕动，闻到了从很远的地方飘来的一缕缕清香，感觉神清气爽。这里可能有属于进化皇朝的药田！

第188章

皇道传承

一缕缕清香很淡，却很真实，飘入楚风的鼻端，其他人也有所感应，顿时面露异色。

“有异果！”众人惊呼起来。

他们确信这是果香，看来有非凡的果实成熟了。他们距离飘出果香的地方还很远，就闻到了香气，足以说明那种果实的非凡。

那恢宏的石台悬在半空中，如果加上地上碎掉的几块，可以想象昔日这里有多惊人！

“共有四块石台，意味着起码有四只亚神兽拉车，简直是恐怖至极啊，这应该是一个四星进化皇朝。”李苍河震颤着说道。这里绝对是一个进化皇朝的遗址，让他的呼吸都急促起来。因为，在他来的那颗星球上都没有这个等级的进化门派，光想一想就让他向往和激动不已。

老妪也在深呼吸，尽量让自己平静下来，因为在她来的那颗星球上也没有这个等级的进化门派。

而在这颗没落的星球上，仅在恒岭这里，就发现了一个四星进化皇朝的遗迹，真是恐怖。

楚风出神，李苍河说出的事情对他来说如同梦幻般。征战星海，遨游宇宙，这是何等强大的进化者才能做到的事情，他们开创的门派太惊人。而他现在只是一个枷锁境界的生物，对那等传说中的境界既憧憬，又感觉陌生。

对于他来说，那就是神，那就是仙！

“这里太恐怖了，这颗没落的星球深不可测啊。”老妪感叹道。

毫无疑问，真要开启这片遗迹，获得里面保存完好的传承，那绝对是无法想象的机缘。仅这片废墟，利用好的话就足以让一颗星球的生物实现超级进化。

当想到种种可能，无论是李苍河、老妪，还是那些降临者的后人，眼中都像是有火焰在燃烧。

之后，他们看向楚风，说出各种表示感谢的话，请他开启遗迹。

他们中有一些人惦记楚风体内的黑色物质，之前露出过杀意，想干卸磨杀驴的事，现在看到进化皇朝的遗址，又都对他客气起来，还真是现实。

楚风心中冷笑，但脸上仍然带着温和的笑容。哪怕心中不满，也不能表现出来，这些人想利用他，他又何尝不想利用这些人？

这些人中有不少是王级生物，可以帮他探遗迹，供他驱策。

场域可没那么简单，尤其是古代进化皇朝内的场域，哪怕已经残破了，对于现在的人来说也是致命的。他需要推演，更需要人去验证，让这些人去“蹚雷”最好不过。

不少人登上石台，遥望星空，慨叹古代进化皇朝之强大。

就是楚风都有些感慨——在别人的帮助下，他也上来了——遥想当年，这里的进化者每次出游或者访友，都进入宇宙中，让他感觉不可思议。

后文明时代科技这么发达，人类还没有真正走进星海，而很多年以前的古人就已经做到了这一步，实在让他觉得古怪。

不同的道路，不同的文明，到头来殊途同归，都要面向深邃的星辰海洋。

随后，众人上路，径直朝着飘出香气的那片地带进发，许多人面露希冀之色。

一路上，迷雾弥漫，能量更为充沛，地上有一些放射着奇异能量物质的尸骸，让人骇然，不敢接近。

昔日，这里曾爆发相当激烈的大战，有些进化者被打得死无全尸。

“有几人是金身罗汉级的进化者。”被烧残了的老妪盯着地上那些略微发光的尸骸，轻叹道。

那些金身罗汉级进化者的尸骸虽然已经残缺，但依旧发着光。

后文明时代，整个世界都没有这个层次的生物，如今的能量环境还不足以进化出这个层次的生物。

终于，深入一段距离后，他们看到了散发出香气的果实所在。

前方，一棵一人多高的小树扎根于废墟上，通体紫莹莹的，伴着霞光，看起来就是一棵苹果树。小树上长着一个紫苹果，正是它散发出的香气。

许多人面露异色，很想采摘那紫苹果，但又不敢上前，怕那里有场域。

“那紫苹果的确不凡，能让人挣断第六道枷锁！”有人说道。

这群人都是行家，尤其是那些降临者的后人，眼光毒辣，很快就看出了紫苹果的层次。

目前的这个世界，陆地上想要出现能帮助生物挣断第七道枷锁的果实，还要等上一些时日。

暴风雪消失后，天地迅猛进化，异果虽然在品阶上没有突破，但是在数量上有了很大的提升。不少生物能挣断第六道枷锁，实现弯道超车，就是这个原因。

楚风暗中以精神力传音，告诉蛤蟆，可以去采摘那紫苹果。

蛤蟆二话没说，“嗖”的一声就蹿了过去，直接将紫苹果给摘了下来，而后“咔嚓”一口就给咬下半个。

“大胆！”就在这时，有一个年轻人怒喝。他们都没有反应过来呢，这只蛤蟆就行动了，而且直接吞食了紫苹果，让一些人惊怒交加。

有些人哪怕已经挣断了第六道枷锁，对这种果实依旧非常在意，因为可以让身边的人强大起来。

“关你什么事？”蛤蟆斜着眼睛看向那年轻人，一副傲慢的样子。

蛤蟆边说边把紫苹果向嘴里塞，满口香气，看得楚风都一阵心疼，又一颗神奇的果实被蛤蟆给糟蹋了。不过，这总比落入那些人口袋里好，目前他还不想为一颗果实而跟那些人翻脸。而且，蛤蟆是神兽，多吃一些这种果实，积攒的能量足够多后，或许就能突破，变得更加强大。

“这是我们的东西，你敢染指！”那年轻人冷冷地道。

这种话语让楚风不禁皱眉，开口道：“这么说来，这片遗迹都是你们的，那我们干脆早点退出吧。”

“冯弘，你会不会说话，平日在家里霸道惯了吧？还不快闭嘴！”李苍河呵斥那名为冯弘的年轻人。

戚琳也劝道："楚风，别往心里去，冯弘还有一个弟弟想挣断第六道枷锁，但始终没有寻到合适的果实，他一时心急而已。"

她绝世妖娆，秀发飘舞，眸波流转，肤色白皙，面带笑容时，有一种动人心旌的艳丽。

"嗯！"楚风点头。

就在这时，蛤蟆满地打滚，嚷着它要突破了。这当然是佯装的，为的是让人相信它吃了那紫苹果后实力大进，以后能对抗更厉害的人。

楚风觉得这样也好，可以让蛤蟆的强大看起来合理。

"走吧，我们继续前进。这里如果是古代进化皇朝的遗址，想来机缘无数，我们没有必要为了一颗果实闹得不愉快。"戚琳说道。

李苍河微笑，赞许地点了点头。不过，他眼底深处有一丝冷漠，虽然只是一闪而过，但楚风神觉敏锐，依旧能捕捉到。蛤蟆是神兽，神觉超凡，自然也有所察觉。

楚风和蛤蟆意识到，这李苍河看着和善，一路上都站在楚风这边，其实不过是做戏，想利用楚风的场域造诣而已。

这才一颗果实而已，就让这些人受不了了，真要遇上天大的机缘，他们肯定会将楚风与蛤蟆彻底排除。

众人又前行了数十里，接近一个神秘重地。之所以说是重地，是因为这里有场域，且依旧在运转，地上的纹路亮起来后，比大门那里的纹路还要密集，而且威力大十倍不止！

"天啊！"人们倒吸了一口凉气，震惊不已。

众人意识到，他们来到了最为重要的地带，这是古代进化皇朝的绝密宝地，不然何以会如此布置？

毫无疑问，想要进去的话，只能努力寻找到场域的破绽，没有场域宗师出手，根本不可能破解这里的场域。

昔年，这里发生过大战，楚风只能寄希望于这片地带的场域在大战中被打得残破，有安全路径可以闯进去。

"各位，这片地带很危险，单靠我恐怕不行，还需要一些高手配合。"楚风说道。

他在磁晶上刻写符文，然后告诉李苍河等人，哪怕找到了看似安全的路径，也可能有危险，需要反复验证。

一些人脸色变了，这意味着需要“炮灰”上场。

楚风在这里布置，让人将磁晶掷向许多特殊的点，进行试探，而后他盯着发光的地带，根据发光点的不同，快速在地上刻写着什么，进行推演。

很长时间后，楚风测出了十七条路径，这些路径可能安全，也可能是绝路。

这让众人很为难，谁都不敢迈步。

随后，几大财团的人倒霉了，关键时刻，李苍河不再那么和蔼，露出了他冷酷的一面，命令财团的人探路。

“啊！”

时间不长，就有惨叫声传来，有人当即殒命。

“噗！”

另一个方向，一道带有腐蚀性的特殊能量的光束飞向另一人，使其倒地而亡。

片刻间，十三条路径被判断为绝路，目前还有四条路径可行，暂时没有出现死亡事故。

这意味着已经死了十三个人。死的都是财团的人，先秦研究院、天神生物、通古联盟、地外文明所的高层脸色都很难看。

降临者的后人一个都没有死，因为他们根本就没有出动，一个个很冷漠地注视着这一切。李苍河不可能让他们去送死。

“噗噗！”

不久后，又有两人死亡，剩余的两条路径被证实可行，因为那两人成功走到了一片安全区域，那片区域暂时没有场域了。

“走，你们带路。”李苍河命令财团的人走在前面，向那片区域进发。

进入那片区域后，众人看到了一片恢宏的宫阙群，瓦片都是铜质的，墙壁也是金属的，但都被摧毁了，到处都是断壁残垣。

外界如果得悉这里有一片金属铸成的宫阙群，一定会对这一建筑奇迹惊叹不已。

“传承之地！”李苍河颤抖着说道。他看到了这片区域的字，心神都在悸动，心惊而又喜悦。

“希望那些传承还在，千万不要被毁掉了！”他竟然在无比紧张地祈祷。

老妪也认识这片区域的字，按照她对林诺依的解释，这是某种非常高端的文字，蕴含着一定的神秘力量。

这里是传承之地，难怪外面有威力巨大无比的场域，若非场域在大战中被打得残破了，谁都进不来。

不久后，他们来到了废墟中央。前方迷雾弥漫，他们隐约间可以看到前方有一座塔，正发出微弱的光，它不是实物，而是由能量构建成的。

“天啊，真的存在！”李苍河大笑道，浑身颤抖，很是激动。

老妪也震惊不已，颤声道：“在灰烬中诞生，能量不灭，这是无上传承吗？它……真的还存在于世间！”

“皇道传承！”一些人的内心掀起了惊涛骇浪，要知道，这可是进化皇朝的遗址，其传承价值无量！

在这颗星球最辉煌的年代，这个进化皇朝的进化者驾驶亚神兽拉的辇车，遨游星宇，何等强大！他们的传承绝对无法想象！

“楚兄弟，你告诉我，有办法进去吗？”李苍河抓住楚风的肩头，用力摇动，由于情绪激动，精神亢奋，他的手指头都在哆嗦。

这样的进化皇朝遗址一旦开启，简直不可想象，能让进化者少走很多弯路，让一颗星球直接进化为高层次的星球！

“前辈，我的骨架要散掉了。”楚风皱着眉头说道。

“抱歉，我忘了你已经跌落王级领域。不过没关系，楚兄弟，要是你能带领我们进去，我等一定誓死报答，以后帮你寻找恢复之法。”李苍河许诺。

这种传承超越他原来的星球的所有传承，如果被他得到，他绝对能成为一教鼻祖。此时，他的眼中闪烁着光芒，不仅有兴奋，还有野心。凭什么他要屈居人下？他现在的身份只是降临者的追随者，他想要超越所有的降临者，成为元磁仙窟的主人！

“我看一看有没有合适的路径，让我们平安接近能量塔。”楚风说道。

“好，只要能攻克这里，以后我等一定为你保驾护航，让你成为降临者最尊贵的客人。”李苍河继续许诺。

楚风心中淡漠，这种许诺毫无意义，他不会忘记之前蛤蟆吃掉那紫苹果后李苍河的反应。

那时，李苍河的眼底深处分明有冷厉之色。连吃掉一颗异果都会让他不快，何况更有价值的东西？真要获得传承，这个看起来很和善的李苍河说不定会第一时间将他灭口。

不过，楚风脸上仍然带着笑容，没有什么负面情绪。

“楚风，如果你破解了这里的场域，我给你一个惊喜。”戚琳笑容娇媚，吐气如兰，在楚风耳畔低语。

“就怕是惊吓。”楚风回应道。

周芸笑道：“要是你能开启此地的能量塔，证明自己是场域方面的奇才，我们琳公主说不定真会以身相许。”

看得出，周芸对楚风印象不错，不时帮他说话，希望他能和戚琳搞好关系。虽然她觉得两人在一起的可能性不大，但如果成为异性朋友也不错。

楚风看向戚琳。她衣裙飘舞，身段姣好，肌肤如玉石般细腻而有光泽，连发丝都晶莹发光，笑起来时妖娆迷人。

戚琳落落大方，迎向他的目光，白皙的面孔上带着笑意。她虽然觉得自己根本不可能跟楚风在一起，但也没有反驳周芸的话。

“娶一个域外降临者当老婆，怎么跟家里说？估计会吓到我父母，不太好。”楚风说道。

附近，一些人目光冷厉，很想说，你高攀得起吗？

尤其是一些降临者的后人，眼中的轻蔑之色一闪而过。他们觉得楚风虽然场域造诣不凡，但远没有达到大师境界，想跟注定要崛起的有天纵之资的进化者平起平坐，还差得远！

楚风不以为意，开始研究这片废墟。

废墟很大，哪怕是废弃之地，满地都是铜质瓦片，到处都是断裂的金属墙壁，也显得很恢宏，可见昔日这里有多繁盛。

楚风多次试探，并再次请人“蹚雷”，李苍河与老妪毫不犹豫地答应，吩咐财团的人上前，以性命开道。结果地面上的纹路亮起，十五人都死在了迷雾中。

几大财团的高层十分恼怒，心都在滴血，暗恨李苍河等人冷血，完全拿他们的人当“炮灰”。

同时，在场的所有人都有些失望，也有些焦急，十五条路径都走不通，难道没有办法过去?

“我自己过去，走一步算一步，慢慢破解，不能再牺牲人了。”楚风开口道。

“不行，太危险，要是你有个三长两短，我们良心难安，你得保重自己。”李苍河说道。

他不同意楚风这么做，倒不是真的关心楚风，而是担心楚风死后，前功尽弃，无人能破解场域。

“我有五成把握过去，如果退走，那就真的没有什么希望了。”楚风说道。

他刚才推演出了一条路径，觉得自己足有八成把握能够过去。哪怕失败，他也能确保自己安然退出。

虽然把握很大，但他不会说得那么满，他不想这些人跟着，想一个人先进去探究一番。

众人闻言皆心动了，五成的把握可以说很值得冒险，真要成功的话收获巨大!一刹那，几乎所有人心里都希望他去冒险探路!

因为，他们有种紧迫感，随着地星不断复苏，更多的域外生物赶来，可能不久就会降临。如果现在不能把握机会，以后竞争将会无比激烈，不少人注定难有出头之日。所谓一步先，步步先，最重要的是占据先机!

“楚兄弟一定要小心，破解此地场域固然重要，但是远没有你的命重要，你首先要确保自身安全!”李苍河说道。

楚风也是一副交心的样子，道：“老哥放心，我会注意的。我会想尽一切办法，帮你们开辟出一条安全路径。”

他示意蛤蟆同行，关键时刻帮忙。

蛤蟆一百二十个不乐意，斜着眼睛瞪楚风，之后楚风拍了拍它的肩头，什么都没说，它反倒答应了。因为，它忽然想到，楚风这样的人怎么可能去送死，多半是要夺机缘，它必须跟着。

很快，它慷慨激昂起来，一副义薄云天的样子，表示自己已经想通，哪怕死也要跟着楚风，为他保驾护航。

“走！”楚风率先迈步。

“呱！”

蛤蟆叫了一声，紧跟着楚风。渐渐地，楚风和蛤蟆消失在迷雾中，接近那座能量塔。

时间不长，大雾翻涌，彻底将那片区域遮住，刚才还能隐隐约约地看到那座能量塔，现在什么都看不到了。并且，大雾由白色向灰褐色转变，那里显得诡异而吓人。到最后，大雾变成了黑色，那里漆黑如墨，伸手不见五指，彻底与外界隔绝开来。

“楚兄弟！”有人喊道。然而，前方静悄悄的，没有人回应。

众人面面相觑，心中生出不好的预感。那片区域像是成了一方独立的空间，彻底与外界失去了感应。难道楚风激活古代场域后死在了里面，并且让那里成了一片禁地？

“楚风！”林诺依向前走去，仔细地观看前方，而后轻唤，可是依旧没有得到回应。

“糟糕，他多半失手，将自己搭进去了。”有人做出这种判断。

冯弘抱怨道：“他有些不自量力，这种地方怎么能乱闯，没有把握就不要做这种事。”

许多人的脸色有些不好看，楚风是唯一精通场域的人，如果他死在里面，他们后续的路就断掉了。

“嗷，好舒服，这里的能量太浓了。”蛤蟆此刻的心情与外面众人的心情截然相反，它眼睛瞪得很大，盯着前方的能量塔。

事实上，楚风带着它成功闯进来了，不过在他们踏足的刹那，这片地带有些变化，部分特殊场域被激活，迷雾腾起，将这里跟外界隔绝开来。

原本楚风还想自己布置一番，隔绝众人的感知，现在看来根本不用他多做什么。

这里瓦砾遍地，更为残破，有些金属建筑曾彻底熔化，冷却后成为一块又一块不规则的金属疙瘩。

中心地，一座四丈高的能量塔坐落在废墟上，共有四层，释放出丝丝缕缕的银白色能量。

按照李苍河所说，这是传承之塔！昔年的进化皇朝被人攻克，变成废墟，一片破败，但是他们留有后手，历经漫长岁月后在废墟之上诞生出能量塔，确保传承不灭。

这是顶级进化门派的手段！

李苍河透露，这种能量塔内蕴海量信息，只要置身其中，就会得到这个道统昔日的各种秘籍。

“咦？”楚风注意到，能量塔中心有一个银色盒子，它并不大，悬在能量塔内的虚空中。

李苍河说过，所有传承都蕴含在能量中，不会有实物留下。可是，眼前这座能量塔中却有一个银色盒子，这不符合常理。

刹那间，楚风做出判断，这个银色盒子比所谓的进化皇朝的传承还要重要，还要珍贵！

“银色盒子中有什么？”楚风盯着它看，同时围绕能量塔走动。

这里也有场域，但已经残破了，没有什么危险。当年这个传承之地是被进攻的最重要目标，一切都被破坏了，如今远没有外面的区域危险。残留的场域符文只能形成一些阻碍，如同墙壁般，可以轻松地越过去。

“好香，有异果！”越过残破的场域，转到能量塔的另一端时，蛤蟆鼻翼翕动，突然非常兴奋地叫道。

楚风也闻到了沁人心脾的芳香。

很快，楚风和蛤蟆看到了两棵小树，它们扎根在一堵金属墙壁的后方，每一棵上都结着几颗果实，果香浓郁。

那些果实因为是异果，虽然早已熟透，但没有坠落在地上，依旧在树上生长着，香气越发浓郁。

其中一棵碧绿小树上的果实只有龙眼那么大，金黄剔透，浑圆璀璨，像是一颗又一颗金丹，散发着光芒，香气浓郁得化不开。

另一棵银白小树上长着的几颗鲜红的果实像是传说中的朱果，不过个头比朱果大，有拳头那么大。

一棵树上结有五颗果实，另一棵树上结有四颗果实，称得上高产！

楚风露出笑容，采摘下一颗如同金丹般晶莹而浑圆的果实，直接放入嘴里，瞬间金光迸放，照亮他全身。而后，这颗龙眼大的果实化为热流，伴着浓郁的香气冲向他的四肢百骸，让他浑身毛孔张开，感觉异常舒服。

一瞬间，楚风就挣断了第六道枷锁，这次跟以往截然不同，都没有费什么力气，可谓水到渠成。

事实上，上一次在神可汗的墓中，他服食金色异果后就能突破，只不过他担心打破体内的平静，导致“磨盘”蜕变不完满，才一直忍着没有突破。

因为积淀深厚，今日他再次服食异果，没有剧烈冲关，身体便自动进化。

“第六道枷锁居然自动挣断了，都没有让我选择部位。”他嘀咕着。此时，他感觉自身强大无比！

第189章

收获

“你突破了？”蛤蟆眼睛鼓鼓的，好奇地问道。

“嗯。”楚风回应，而后仔细体悟自身的变化。

随后，楚风的双眼射出光芒，像金灯似的，因为这次挣断的枷锁位于眼部。

其实他早有预感，自从在八卦炉中掌握了初步的火眼金睛后，他就知道身体的这一部位被激活了，能量充沛，多半会突破。

现在果然如此，如果说之前是火眼金睛的初态，那么现在则是大成！

极少有人能挣断眼部的枷锁，纵然成功也只是出现灵眼，一般不可能形成火眼金睛。据悉，遍寻宇宙星海，经历相当漫长的岁月，也难有人拥有火眼金睛这种本领！

而他上次在八卦炉中熬炼，收获惊人，可以说，八卦炉对他拥有火眼金睛这种本领起到了至关重要的作用！

现在，楚风挣断眼部的枷锁后，这种本领进一步增强。一刹那，他的双目中飞出两道金色光束，他已经能直接看穿地下走势，看到土石下的磁晶以及磁晶内部的纹路了。

这让楚风发呆，而后震惊不已！

这意味着什么？这意味着很多场域他都能直接看穿，以后他在场域这一领域成就会更大。

要知道，刻写在磁晶上的符文最终会消失在内部，由于磁晶材质特殊，人们很难看透。但现在，他隔着很厚的土层，甚至金属与岩石，就能洞悉究竟。这太惊人了！

看透本质，追寻本源，这是火眼金睛的一种妙用，比之前也不知道强了多少！

楚风猛地睁开双眼，眼中光芒大盛，飞出两道可怕的光束，将废墟中数尺厚的金属墙壁都轻易洞穿，迅速割裂了。

“这……”他自己都大吃一惊，他的双眼拥有骇人的能量，轻易便破开了那坚硬的金属墙壁。

“嗖嗖嗖——”

楚风双目发光，一瞬间，这片废墟中的金属墙壁便全部化成碎屑，这种能量攻击手段实在惊人！

一些书中提及仇人时经常有这样的语句：如果目光能杀人，某人早死一万次了。现在这种描述成为现实，楚风怒睁双眼就能除掉强敌！

这是火眼金睛真正大成后的妙用。

蛤蟆看得目瞪口呆，它也努力瞪眼，但就是瞪不出光束，感觉心里有些发毛，道：“你不许看我，以后我不斜着眼睛看你了。”

它还真怕楚风眼中射出两道光束，将它给劈了。

而后，它看着那金丹般的异果流口水，直接采摘了一颗，送进嘴里，它还以为是这种果实帮楚风开启的神通呢。

“别浪费，一边待着去。”楚风将它赶走，不让它再浪费异果了。这些异果任何一颗都足以让人挣断第六道枷锁，造就顶级王者，蛤蟆已经达到了那个层次，再吃也是浪费。

蛤蟆跑一边消化去了，努力凝聚能量于双目，自言自语：“奇怪，我体内没有枷锁，为何不能形成火眼金睛？是因为我的身体过于平衡，从而没有特别之处吗？”

楚风没搭理它，闭上双目，仔细感应自身的变化。他感应到，他的眼部像是有洪炉开启，喷出惊人的能量。

这种能量滋养双目，而后蔓延向全身各处，让他体内能量大增。

挣断第六道枷锁，成为陆地上的绝世王级强者后，楚风的战力大大增强，比以前强了很多！

很长时间后，楚风体内的变化趋于平缓。能量大增后，他自信能横扫诸敌，哪怕敌人数量众多，一起围攻他，都不是什么大问题。

而且，他自信能跨境界大战，现在应该不惧李苍河、老妪这样的恐怖生物。

现在的他可以跟域外生物一较长短，甚至强力压制域外生物！

“我感觉变强了，再给我一颗异果。”蛤蟆喊道。它的进化之路没什么瓶颈，正常来说比其他人的顺利。

而且，它一旦有所精进，战力简直惊人，毕竟这是一只神兽。

楚风心头一动，让它自己去采摘，但警告它如果服食后没有效果，就不要为了满足口舌之欲而浪费异果。

事实上，他自己很快就开始浪费异果了。看到另一棵树上鲜红欲滴的果实宛若传说中的朱果，他直接摘了一颗，开始啃食。

“味道棒极了。”楚风一边享用一边自言自语。他眯着眼睛，觉得这是一种难言的美味，鲜红汁液在嘴里流淌，化成赤光，散发浓香，让他都快醉倒了。

但是，这种果实只能助人挣断第六道枷锁，对他来说效果不大，因为他已经达到了这个层次。

“嘿嘿，果然吃不同的异果对我好处巨大，能让我不断变强。”蛤蟆得意扬扬，带着一点挑衅的味道。

它体内没有枷锁，不像别人那样总是原地踏步，等各种条件满足后才能突破，它是在不断增强中，虽然幅度不大，但总是在进步，还是很可怕。

楚风睨视蛤蟆，将剩下的异果全部采摘下来，放进了玉瓶中。他要给黄牛他们几个留着，不知道黄牛他们几个怎样了，这些异果足以助他们迅猛进化！

此时，他全身暖烘烘的，那是能量充沛的体现。

“咕噜噜！”

可惜，好景不长，他的肚子叫了，可怕的饥饿感来了，让他心中发慌，简直受不了了。

这不是第一次了，每次突破后他都是如此。

庆幸的是，玉瓶中储备有一些王级食材，楚风掌心发光，开始催发火焰，当场烤肉。

他风卷残云般，一口气吃下一大堆王级食材，稍微消除了饥饿感，就没有继续吃下去了。

因为，他担心夜长梦多，还是赶紧处理能量塔比较好，可究竟怎么才能得到传承?

“置身塔内，就会有经文灌顶。”蛤蟆说道。

它在肽山上待了很长时间，孵化出来前曾听一群进化者为它讲道，许多都记不清了，但遇到相应情况时还是能想到一些。

“那你去试试。”楚风睨视它。

“好！”蛤蟆胆子很大，见楚风不相信它，直接蹦了过去，准备进入能量塔。

“唰！”

蛤蟆一接近，就有一道光幕飞来，罩住它的躯体，让它动弹不得。

楚风吃了一惊，那能量塔像是一台精密的仪器，那道光幕宛若在锁定蛤蟆进行扫描，要进行某种检测。

能量塔迸放光芒，蕴含着一组信息，可以让人感知到。结果是，蛤蟆不符合条件，不能接受传承。

“什么鬼东西，它是活的？它告诉我，我的血脉、呼吸等不匹配！”蛤蟆心惊。

那道光幕消失，蛤蟆快速倒退。

“怎么回事？”楚风问它。

“那能量塔像是能跟我对话！”蛤蟆惊疑不定。

最终，楚风上前，他想亲身试一试。

一刹那，能量塔中飞出一道光幕，将他笼罩，对他全身上下进行扫描。

“这是能量传承之塔，怎么像是黑科技啊？”楚风吃惊，越发觉得能量塔像是一台精密的仪器。

忽然，他听到能量塔中有诵经声，这种节奏有点熟悉，随后他恍然大悟，知道了那是什么。

能量塔中蕴藏着一种呼吸法，与黄牛传给他的特别的呼吸法有点像，重合的部分竟然是一样的，不过重合的部分不多。

仔细聆听后，他觉得能量塔中的呼吸法不及黄牛传给他的特别的呼吸法，只能算是简陋版。

这一刻，他体内的能量莫名其妙地运转起来，黄牛传给他的特别的呼吸法也自主运转起来，他口鼻间喷吐白雾。

一刹那，整座能量塔都在震动！

能量塔蕴含着一组信息，宛若在跟楚风交流，告诉他，他绝对符合条件！

“嗖”的一声，能量塔中的那个银色盒子飞出，径直落在楚风的手中。

某种机械般的“语音”在楚风心中响起，告知他：幸不辱命，完璧归赵。

其实，那不是语音，更像是一种蕴含着信息的能量。

楚风心里发毛，这是什么情况？

这座能量塔为他保存着银色盒子，那原本就是他的东西，如今完璧归赵？他一阵头大，这怎么可能！

他瞬间想到了某种可能，应该是黄牛传给他的特别的呼吸法起到了作用，该呼吸法一脉的人来到这里才能带走银色盒子。

果然，他的猜想接下来得到了一些验证。

能量塔中传来信息，他心中再次有机械般的“语音”响起，告知他，能量塔自身的传承无法与他这一脉的传承相比，且塔中传承已损毁，不能真正传法。

电光石火间，楚风想到了很多。

一个进化皇朝的传承之塔居然“说”，塔中原本完好的传承都无法和某一脉的传承相比，进化皇朝在帮助那一脉保存器物。

这实在有点惊人！

银色盒子中到底有什么？他心中满是疑惑和期待！

同时，他想到黄牛打死也不愿多谈论特别的呼吸法，可见这当中有隐情，难道还跟这颗星球有关？

楚风心情复杂，这当中究竟有什么隐情？

银色盒子不大，只有二十厘米长，落在他的手中后光芒收敛，不再熠熠生辉。都说神物自晦，或许的确如此。

蛤蟆蹿了过来，对银色盒子更为好奇。它是一只拥有至强血脉的神兽，可是被能量塔拒绝，被告知不符合条件，而楚风却能够得到银色盒子。它心中不忿的同时深感心惊，迫切地想知道银色盒子中究竟有什么东西。

蓦地，楚风回头，看向来路方向。

那里人影一闪，李苍河出现，老家伙脸上写满震惊，但很快又恢复平静，只是眼神异样。

楚风着实一惊，李苍河居然能进来，他是如何做到的？

“楚兄弟果然非常人，居然真的开辟了一条安全路径。”李苍河面带微笑，看着很有亲和力。

但是，楚风刚完成一次超级进化，神觉异常敏锐，察觉到了李苍河眼中一闪而过的贪婪之色。

“侥幸来到这里，没有丢掉性命。”楚风说道。同时，他暗自观察，想知道李苍河是如何进来的。

“那是什么？”楚风注意到，一只蚁虫正在李苍河手掌上爬动，他恍然大悟，知道问题出在哪里了。

“我们在外面担心楚兄弟有危险，老夫便冒险进来了。”李苍河说道，同时大方地取出一个玉盒收起那蚁虫。

“能量蚁！”楚风心头一跳，脑海中浮现出这三个字。对于一些奇异物种，场域研究者必须有所涉猎。

能量蚁嗅觉特殊，能跟踪特殊的能量，闻过某种能量的气味后，便可以就此一路追踪。

早期，有些场域大师联手探究妖圣墓，在面对异常复杂的地势，尝试破解妖圣墓的场域时，彼此间有时依靠能量蚁联系。

楚风知道自己大意了，没有想到对方竟带着能量蚁，若是早点知道，他可以提前布置一些场域，拦截这种生物。

显然，李苍河正是利用能量蚁追寻他走过的路径，才能一路安全进来。

“这座能量塔还算完整，当中应该蕴藏着进化皇朝的各种秘籍，真是天大的机缘啊。”李苍河感叹，双目火热，接着他又看向楚风，道，“楚兄弟，你是否获得了传承？”

“没有。”楚风摇头。

“你手中是何物，能给我看一看吗？”李苍河脸上带着温和的笑容。

楚风曾经尝试打开银色盒子，但是失败了，这让他十分诧异，努力多次后他一阵无奈。

他知道这必然是无价之宝，一个进化皇朝负责保存的东西，根本无须多想，绝对来头骇人！

楚风绝不可能将银色盒子送给李苍河，他确信自己足够强大，能够保护好这一神秘器物。

迅猛进化后，他能看出李苍河的实力了，果然是挣断了七道枷锁的强大生物。

楚风大方地将银色盒子递了过去，不怕李苍河贪下。

“好东西啊，这盒子材质很特殊，像是某种秘金铸造而成的，银光点点，带着神圣之力。”李苍河把银色盒子接到手中，赞叹道。

很快，李苍河神色一惊，道：“这是某种秘金之母，简直……让人难以置信！”

李苍河十分震惊，一遍又一遍地摩挲银色盒子，催动身体中的能量注入银色盒子中，顿时让它璀璨如骄阳。

“这种材质能铸造……究极兵器啊！”他的手都在哆嗦，像是在抚摸无上瑰宝，声音都发颤了。

究极兵器，唯有传承上百万年的无敌道统才可能温养出一件，放眼诸多星球都难觅踪迹。

那种兵器一出，轻而易举就能震碎山川万物，击溃顶级大教，毁灭一域，谁都拦不住！

银色盒子的材质居然是某种秘金之母，能铸造究极兵器！李苍河怎能不战栗？

这盒子当中会有什么？他感觉他的灵魂都在发抖，他是激动的，更是亢奋的，因为在他看来，这都将属于他。

他尝试开启银色盒子，但也没有成功。

很快，李苍河平静下来，看向楚风，道：“我进来时，正好看到这个银色盒子飞到你的手中，还真是奇异。”

“是，我也觉得古怪。”楚风点头。

“你不想告诉我一些事吗？”李苍河说道。

“什么事？”楚风问道。

李苍河想了想，知道楚风也不见得了解银色盒子的来历，因为，他进来时正好看到楚风才得手。

“楚风，你人不错，很有天赋，加以培养的话未尝不能成为一代场域大师，但是，时间不允许啊。”李苍河叹道。

“你这是什么意思？”楚风问道。

李苍河神情淡漠，道：“我的意思是，你这次立大功了，为我取到了一件神圣古器，我会记住你的好，你就安心地去吧。”

“你要除掉我？”楚风盯着他，道，“我帮你破解场域，开启进化皇朝遗迹，你却想除掉我？”

“你觉得这种惊天瑰宝出现，你还能活着吗？自己选择一种死法吧。”李苍河淡淡地笑道。

“我不想死！”楚风说道。

李苍河翻脸道：“蠢货，如果开启的是简单的遗迹也就罢了，这种神圣古器出现，你还想活？”

事实上，他要自己留下银色盒子，根本不会告知元磁仙窟的那批人。

李苍河目光冷厉，盯着楚风。在他的心中，楚风马上就是一个死人了，他绝不允许楚风出去乱说话。

“你这忘恩负义的白眼狼！”楚风盯着李苍河。虽然他早就知道这个人不是什么善类，不可能共富贵，但李苍河如今彻底撕下面具，还是让他心中恼怒。

“年轻人，你想多了。你觉得帮我们破解场域，开辟路径，就是对我等有恩？嗬，天真！在我们眼中你就是一个仆从，敢不听从吩咐，立刻会死。之前对你和颜悦色、客客气气的，不过是为了让你更听话，更好地为我们做事！”李苍河说话难听，恶意满满。

“你这只老狗，还真是翻脸就咬人啊。”楚风感叹。

“你找死！”李苍河沉下脸。现在他已经不需要楚风了，为免夜长梦多，还是尽早将楚风灭口为好。

李苍河脸上挂着冷笑，略显冷酷，向前一步一步逼来，道：“原本还想给你一个痛快，你却一而再，再而三地冒犯我，想被折磨死吗？”

蛤蟆退到一边，一直都是一副看戏的姿态。

李苍河瞥了它一眼，道："你这种恶心的生物，也得给我去死，躲到哪里都没用！"

蛤蟆气得不轻，怒道："不知死活的老狗，你敢招惹我，你一会儿死定了！"

李苍河目光森冷，逼视着蛤蟆，但最终还是先向楚风出手了。身为挣断了七道枷锁的域外强者，他有足够的信心俯瞰这个世界上的所有人。

"一个土著而已，也敢对我不敬！"

他伸出大手，想一把抓住楚风，眼中尽是冷酷，手段残暴。

"汪汪汪——"

一刹那，赤色飞剑从楚风身前冲起，绚烂夺目，扑向那只大手，狗叫声不绝于耳。

就这么片刻间，李苍河感觉手指剧痛，他低头的刹那，看到五个手指头都断落在了地上。

"啊——"他像是后知后觉，这时才大叫出声。

"汪汪汪——"

狗叫声不时响起，赤色飞剑又扑向李苍河的手臂，光芒一闪，他的小臂便断落在地。

"怎么可能？！"李苍河真怀疑自己被狗咬了，有一只恐怖的恶狗扑到他近前，咬中了他的手臂，不然怎会如此？

要知道，那可是一个"废人"，在他眼中，失去了进化能力的楚风跟废人没什么区别。

李苍河疾速倒退，但是，他速度再快也快不过赤色飞剑，"噗"的一声，赤色飞剑再次斩来，在犬吠声中，他的整条右臂彻底消失。

"啊——"他惨叫起来，剧痛难忍，心中更是充满挫败感与震惊，这是一个"废人"做的？

"你没有废，而且实力堪比挣断了七道枷锁的高手！"李苍河脸色苍白，踉跄着倒退，难以相信这个事实。

"你以为呢？"楚风面带轻蔑之色，俯视这个对手，恐怖的气息散发出来。

李苍河如同受伤的野兽般，发出一声嘶吼。他太不甘心了，自己灭口不成，到头来反倒要被人玩死？

“你给我去死！”李苍河怒吼着，竭尽全力祭出一面古镜。看得出这是一件法兵，有恐怖的能量释放出来，就要压制楚风。

“轰！”

就在这时，楚风双目光芒大盛，他施展出了火眼金睛，眼中射出的两道光束全部射在了那面古镜上，让古镜剧烈颤抖。

“噗！”

同时，楚风双目中飞出的可怕光束射中了李苍河的身体。

“我斩了你！”李苍河太不甘心了，手段尽出，拼命催动那面古镜。他自身也在发光，如同焚烧起来了一般，周身能量翻腾，想要与楚风同归于尽。

但是，楚风的双目太诡异了，“嗖嗖”飞出几道光束，能量骇人，李苍河那面古镜居然不受控制地被打飞出去，坠落到一边。

一刹那，李苍河身上又多了一些伤口，他瞬间变得十分虚弱，但他还是在拼命释放自身的能量，想拉上楚风同归于尽。

“挣断了七道枷锁，不过如此。”楚风说道。“嗖”的一声，楚风到了李苍河近前，一把抓住李苍河，低头俯视着他。

“你……”李苍河感觉受到了侮辱，彻底绝望。他挣断了七道枷锁，本应可以俯视这个世界上的所有人，今天却被强力压制。

楚风双目发光，射出可怕的光束，看着李苍河双目中的光彩迅速暗淡下去。

楚风收回银色盒子，而后将李苍河的尸体扔进那没有被破解的场域中，“噗”的一声，李苍河形神俱灭。

楚风看了一眼地上的古镜，这是一件非凡的法兵，但他没有留下，而是直接将它扔进了场域中，把它毁掉了。

因为，他担心留下古镜的话，元磁仙窟的人有特殊的手段追踪与感应到他。

而后，楚风吩咐蛤蟆：“将地上的战斗痕迹处理一下，布置出李苍河误闯绝地而死的假象。”

他还不想跟元磁仙窟的人翻脸，还想好好跟他们“合作”，利用他们探寻各处遗迹呢，所以现在不宜泄露李苍河死亡的真相。

蛤蟆不爽，这种活每次都是它做，但也没有办法，它磨磨蹭蹭地处理并布置了一番。

楚风在这里研究银色盒子足够长时间后，发现唯有运转黄牛传给他的特别的呼吸法时，银色盒子才会轻微颤动，但最终还是没有开启。

“我的实力还不够？”他吃惊的同时，内心火热，无比期待开启银色盒子。

这是专属于某一脉的东西，需要掌握特别的呼吸法，且实力足够强大，才能开启。这是他做出的判断，他越发期待。

不过，楚风不急，等他的实力到了一定层次后，银色盒子中的东西终究会是他的。

他猜测里面的东西与特别的呼吸法有关，有可能是什么妙术。当然，这只是他的猜测，真实情况不得而知。

在这里耽搁足够长的时间后，楚风和蛤蟆沿原路返回，不久后将众人带到能量塔附近，把“机缘”送给他们。

第190章

成功降临

“由特殊能量构建而成的传承之塔！”一群人惊呼起来，全都跃跃欲试。

“李前辈呢，他……死了？”当然，也有人关心李苍河，看着不远处场域中的血迹，询问楚风。

这片地带乱糟糟的，有人兴奋，恨不得立刻闯进能量塔中，获得进化皇朝的传承，也有人叹息，难以相信李苍河竟然惨死了。

楚风自然长吁短叹，说李苍河太大意了，不该贸然行事，如果等他回去接，就不会有这种惨剧发生了。

蛤蟆无语，鼓着一双眼睛，很想对楚风说，差不多就行了。

不少人叹气，觉得李苍河太倒霉了，没事自己单独行动做什么，结果惨死在场域中。

在一些人看来，他死得太冤了，如果晚上片刻，楚风就会接他进来了，他就会跟众人一样来到能量塔前。

也有人觉得李苍河心思不纯，不相信楚风，且想第一个进来获得传承，这才惨死在场域中。

各大财团的高层则心中高兴，他们早就看李苍河不顺眼了，李苍河把他们不少子弟当“炮灰”用，现在他自己死了，让他们觉得畅快。

被烧残了的老妪看了一眼场域中的血迹，又看了一眼楚风，心里一阵发毛，越发觉得这小子不祥。

在紫旋山时就死了很多人，她都被烧残了。如今，跟她同级别的李苍河也惨死了。她觉得，以后楚风要是再探险，她必须远离，他简直是个灾星。

很快，人们的注意力就全部集中在能量塔上了，没有人再关注李苍河。

他们在讨论如何获取传承。

降临者的后人了解很多事，加上老妪在此，最后众人一致认为，置身于能量塔中就能获得传承。

“我来冒险！”冯弘眼神火热，说道。这种关头他想做出头鸟，试试看能否获取无尽岁月前的传承。能量塔颜色很淡，不知道能进行几次传承，他想抢先。

“轰！”

冯弘冲了过去，一道光幕顿时出现，对他全身上下进行扫描，结果有机械般的“语音”告知他不符合标准。

“什么不符合，我不服！”他怒道，强行向里闯。

“噗！”

最终，他七窍流血，被一股力量打得横飞出去，浑身是伤，差点死掉。

这让人们惊醒过来，全都如临大敌。

随后，人们逐一上前，一个一个去试，想要获取传承。

很可惜，他们上去一个被拒绝一个，全都不能通过，就是老妪这种挣断了七道枷锁的人也不符合条件。

随着时间的推移，终于有一人符合标准，成功踏足能量塔中，竟是徐玫，她实力算不上顶尖，让人诧异。

楚风都感觉不可思议，难道她身上有什么秘密？按理说她不可能掌握那种特别的呼吸法啊。

能量塔摇动，“轰”的一声，一些残缺的能量经文浮现，在塔中闪耀，而后像是流水般注入徐玫的身体内。

“啊——”徐玫一声尖叫，抱着头，像是非常痛苦，而后整个人横飞了出去，口鼻出血。

“徐玫，怎么回事？”一群人冲了过去，查看她的状态。

“我的头好疼！”徐玫感觉自己的精神差点崩溃，还好她扛住了，但状态不是很好。

“你获得了传承？”老妪问道。

“你为什么能进入能量塔？”戚琳也问道。

“刚才，那‘语音’说我是进化皇朝的后裔，血脉符合标准，我便直接进去了，可是塔中的传承残缺，伤了我的精神。”徐玫说道。

人们闻言，都一阵惊讶。

“我的祖上可能是这颗星球的逃难者。”徐玫开口，说出这样一个秘密。

在远古时代，在很漫长的岁月前，徐玫的祖上迁徙，来到他们后来栖居的星球，可谓背井离乡。

“这么多讲究，要拥有进化皇朝的血脉才能进入能量塔？”许多人感到失望，更让人们沮丧的是，这传承之塔出了问题，很难再现昔日的经文。

楚风没有说话，而是暗暗思量，显然，这里曾经彻底毁灭了，各种秘籍被洗劫一空，而能量塔是后来出现的，算是古代进化皇朝的后手，不然，那银色盒子肯定也保不住！

随后，戚琳上前被能量塔拒绝，林诺依上前同样没什么效果……

各大财团的高层以及年轻子弟都上前尝试，到头来都失败了。

所有人都尝试了一遍，最后彻底失望。

人们盯着徐玫，想知道她获得的残缺经文是否有用。

徐玫苦笑道：“经文残缺，都是跳跃式的，没有任何用处。”

说罢，她将经文背诵出来，甚至很坦然地请众人来探索她的精神，看一看她是否在说谎。

众人无奈，这可真是遗憾，分明发现了一座能量传承之塔，结果却一无所获。

他们尽管都很不甘心，最终也只能退走，再待下去也无用。

“唉，就知道当年这颗星球上的各种道统覆灭了，许多东西被毁掉了。”有人轻叹。

“不能这么认为。当年很诡异，这颗星球虽然被毁，但是圣树等无人带走，显然发生了什么。而且，不少人认为，这颗星球上有不少洞府被掩埋了，只要开掘出来，肯定有很多完整的传承。”

接下来，他们离开这片地带，在进化皇朝遗址的其他地带探索，结果发现了一个可怕的景象。

在遗址最深处，一道可怕的虚空大裂缝出现在他们眼前，像是虫洞般，黑乎乎的，而且那里有特殊能量，仿佛能吞噬一切。

老妪倒吸了一口凉气，道："这多半是可以映照诸天的强者一击所留，哪怕过去无数年，依旧残留着能量，阻止虚空闭合。"

楚风在肽山时，曾见过百强星球，每一颗中有一个生物，了解到了映照诸天的强者有多么可怕。

那种存在，需要各域献祭，需要诸天同拜，实力恐怖得无法想象。

"走吧，这里没有什么可探的了，真是让人遗憾。"

最终，他们不得不离开古代进化皇朝遗址，从那个古洞中走了出来。

"整片恒岭地下不知道有多少秘密，今日我们只见了一隅之地，下次再来时，说不定就能发现更惊人的东西。"有人说道。

他们不甘心，但是现在只能先退走，那些遗迹需要寻觅，找到入口才能去探索。

经过这一次探险，所有人都意识到了楚风的重要性，一个进化皇朝的传承之地他都能带领众人进去，手段实在非凡。

"我记得有人说，要是我能破解能量塔附近的场域，带她进去，她就会给我惊喜。惊喜在哪里？"在回去的路上，楚风笑着说道。

戚琳笑盈盈地道："回头我请你吃饭。"

"这就是所谓的惊喜？我时间很紧，没时间。"楚风说道。

一些人无语，他竟然直接拒绝了琳公主的邀请。

戚琳笑道："你这人太现实，我原本还想请你吃饭，然后给你好处，结果……伤心了，不请了，好处也没了！"

"别啊，请我吃饭吧，没时间我也得挤出时间来。"楚风连忙赔笑道。

"不请！"戚琳翻白眼。

"请吧！"楚风死皮赖脸地求她请客。

"你这人太无赖。"

……

不久后，林诺依来到楚风近前，轻声对他道："千万不要去元磁仙窟。"

"为什么？"楚风诧异，因为戚琳的确曾邀请他去元磁仙窟，而且说最好早点动身。

“域外的神子、圣女都快降临了。”林诺依告知楚风，后来者可能会跟二十二年前的降临者发生剧烈冲突。

“现阶段，你不应被打上标记。”林诺依看着他，冷静而淡定。

太空中，此时此刻正发生一件事，影响深远。

此前降落在人造卫星轨道附近的四个生物——一个长有洁白羽翼的金发男子，一个身材修长的紫衣女子，一只通体乌黑的猛禽，一只色彩斑斓的猛虎，跟地星上的各国联系后，如今有了大动作。

那只黑色猛禽第一个动了，猛然跃起，向着地星而来。它强行闯关，想要降临到地星。

它那庞大的身体如同小山般，双翼展开时遮天蔽日，羽毛乌黑，如同金属般泛着寒光，眼神吓人。

它带着恐怖的气息，伴着可怕的黑色光芒，从太空中俯冲下来。

“轰！”

随着它慢慢接近，神秘的能量浮现，在虚空中交织着，阻挡它靠近。

黑色猛禽鸣叫，仿佛承受着巨大的痛苦，整个躯体都冒着火焰。

这不是它自己发出的火焰，而是有神秘的能量在焚烧它的身体！

“哧哧哧！”

它身上的许多羽毛被烧焦了，就是身体都一片焦黑。

凄厉的长鸣声在太空震荡，惊动了很多大组织，一些卫星清晰地捕捉到了这个场景。

最终，黑色猛禽浑身是伤，身上的羽毛全部被烧光了，但是它没有死，从太空中降落下来。

它居然成功了！因为，阻挡它的神秘能量消失了！

从监控器上看到这一画面的人都心惊不已，它的声势太大了，体形也恐怖得吓人，真的像一座山似的，降落下来，气息骇人！

与此同时，其他三个生物也动了，俯冲而下。

更可怕的是，此时太空深处有更大的动静，四块陨石向着地星冲来，每一块陨石上居然都有一道如同神魔般站立着的身影！这一画面也被卫星清晰地捕捉到了。

那长有洁白羽翼的金发男子、身材修长的紫衣女子以及色彩斑斓的猛虎，全都在第一时间停下，没有继续俯冲。

因为，他们也看到了那四块陨石！

各国震动！

就在这一日，就在这一刻，先有黑色猛禽降临，后有天外陨石横空，这实在是惊天动地的大事件。

可以说，现在有能力监测太空的国家都受到了震撼，很快消息就泄露出来，全世界哗然。

谁都没有想到，今天竟会发生这种大事件，太突然了，太可怕了！

“神魔，陨石上站着神魔，那像是他们的工具，他们驾驭陨石而来！”各国的高层在天地剧变后早有心理准备，但现在还是忍不住心悸。

这简直是惊天巨变！

人们意识到，整个世界可能进入了新篇章，跟过去完全不一样了！

太空中，四块陨石划过冰冷的虚空，临近卫星轨道。

“轰隆！”

恐怖的火光冲天而起，一座绕圈而行的空间站被撞击，刹那间解体，发生了大爆炸。

所有看到这一幕的人都身体冰冷，这是来者不善，还是恰巧撞上？

各国高层的脸色都变了，这件事后果太严重。

随后，卫星捕捉到的各种画面被传输到地面，其中包括那四块陨石的清晰轨迹。

那四块陨石体积很大，表面坑坑洼洼的，含有金属成分。

那四道身影各自站在一块陨石上，全都岿然不动，像是雕像般，他们冷漠而坚决，哪怕撞碎了空间站，也没有皱一下眉头。

他们身上穿着厚重的甲胄，连面孔都被遮住了，只露出一双眼睛，眼神森冷。

“天啊，快看最近的直播，神魔即将降世，神话世界即将再现，我们有可能会迎来神魔时代！”

各国高层仔细思量后，并没有隐瞒消息，而是在第一时间进行直播，将太空中发生的事告知所有人。

各地沸腾，举世瞩目，所有人都在关注太空中的大事件。

巨大的陨石横在天宇，速度放缓，而后居然开始沿着卫星轨道而行。

“你们来自哪颗星球？”就在这时，那长有洁白羽翼的金发男子去而复返。

他神色凝重，盯着那四块陨石上的不速之客。

站在陨石上的一人开口，声音沉闷，能量波动惊人，起码比地星目前的进化者要强很多。

他说的是一种古怪的语言，不可理解。

随后，双方以精神波动交流，因为他们来自不同的星球，彼此间的语言完全不一样，只能进行精神层次的对话。

“轰！”

随后，人们看到他们竟然在交手，一瞬间，陨石崩裂开来，造成可怕的破坏力，将附近的几颗卫星都击碎了。

地面上，众人骇然。

域外生物在太空交手，释放出的能量是那么可怕，如果降临到地星，这种生物交手会怎样？

人们心惊胆战，因为他们释放出的能量可以轻易摧毁大山。

这个世界有多少山峰可以让他们摧毁？如果一大批这样的生物降临，人们都将陷于水深火热之中，整个世界都将成为残破的战场。

随后，那身材修长的紫衣女子手持秘器，腾空而起，下一刻，那只色彩斑斓的猛虎也赶到了。另外三块陨石上如同神魔般的生物也都动了，试图阻挡紫衣女子和猛虎！

长有洁白羽翼的金发男子跟之前开口的那人激战，其余人则在对峙，气氛紧张。

“打吧，最好两败俱伤。”这是地面上不少人的心里话，这等强大的生物一旦降临，有谁可以抗衡？

“砰砰砰——”

两个域外生物激烈搏斗，各种能量物质翻腾，在太空中迸放光华。

然而，在地面上的人们期待双方两败俱伤时，战斗突然停止了。

四块陨石凑在一起，双方人马共同降落在陨石上，双方人马不再对峙，竟和解了，开始密谈。

“他们不想两败俱伤，多半会结盟，一同降临。”有人猜测。这个结果很糟糕。

现在，太空寂静了，卫星监测不到什么了，因为两方人马盘坐在陨石上，都在用精神力交流，一动不动。

楚风他们还没有走出恒岭，一些人的通信器就响个不停，收到了各种消息。

“新的降临者来了！”

“太空发生激战！”

“一只黑色猛禽俯冲到地面，闯关成功！”

……

一片惊呼声响起。

楚风也在第一时间浏览通信器上的新闻。

域外生物搏斗，而后坐下来和谈，没人知道会有怎样的结果。

现在人们都在关注那只黑色猛禽降落在哪里，如今怎样了。

楚风格外关注，那可是当世的降临者，看样子十分强大。一个真正的域外生物活着出现在这个世界，会掀起怎样的惊涛骇浪？

二十二年前就有域外生物降临，但他没什么感觉，因为他根本没有亲眼看到。

比楚风还关注的则是冯弘、徐玫等人，他们很紧张地盯着通信器，仔细看了又看，神情严肃。

他们是二十二年前那批降临者的后人，比本土进化者了解得更多，他们深深知道，现在可怕的竞争者甚至可以说敌人到来了！

这让他们心中极为不安。

对于他们来说，本土进化者毫无威胁，他们真正的对手在域外。而新的降临者也必定会将他们视为竞争者。

同为降临者，新的降临者和先前的降临者注定要展开激烈角逐。双方一旦相遇，便意味着会激烈交手。

“敌人来了，你我准备好了吗？”有人说道。

“别急，不一定非要对立，一切都有可能。”戚琳说道。

话虽然这么说，但她还是第一时间跟元磁仙窟的人联系，提醒蛰伏的生物，更唤醒沉眠的生物。

此刻，还有一批人神色凝重，那就是各国的高层。

在黑色猛禽降临前，它与长有洁白羽翼的金发男子、身材修长的紫衣女子以及色彩斑斓的猛虎就跟地面联系过。

现在黑色猛禽成功降临，各国高层自然都在关注。

太空中那七个生物安静下来，卫星也捕捉不到什么，所有人的注意力都开始集中向那只神秘的黑色猛禽。

“它降落在哪里？”

各方都紧张地关注着。

“轰隆！”

地动山摇，豫阳境内某一片山岭都被砸塌了，一只通体乌黑的生物嘶吼着，挣扎着，从崩塌的山地中站起身来。

这正是那只黑色猛禽，它体形庞大如山，浑身焦黑，身上的羽毛都被烧光了，并且身体有焦煳味道。

除此之外，它身上有一些可怕的伤口，很难想象它在俯冲向地面的过程中遭到了怎样的能量侵蚀。

但是，它活下来了。

此刻，它高昂着头颅，双目中黑色光芒大盛，如同两道黑色的闪电飞出。同时，它发出一声高亢的鸣叫，震动方圆数百里。

“发现目标，它降落在东方，按照先前达成的协议，它将选择东方的一座名山作为进化之地！”

“在豫阳境内，它身负重伤，但是身体释放出的能量很恐怖，远超目前的本土进化者！”

世界各地，各大势力十分紧张，都在谨慎地监视着。

这是一个域外生物，一个无比强大的降临者，如同神话一般，从其他星球赶到这里。

楚风盯着通信器，通过画面观看那只黑色猛禽，想判断它到底有多强。

戚琳、周芸、冯弘等人神情无比严肃，没有一人说笑，他们全都在看最新消息，也在判断黑色猛禽的强弱。

一声嘶鸣后，黑色猛禽通体发光，浑身烈焰腾腾，身上的伤口渐渐愈合，并且有羽毛缓慢地生长出来。

它盯着地上的一件器物，那是进化者中的大能的粗陋制品——一片芭蕉叶。芭蕉叶上面刻着符文，类似金身罗汉纸，不过应该比金身罗汉纸精细一些，起码可以反复使用。

然而，芭蕉叶碎了，接着化为齑粉。

威力太大的武器带不下来，只有这件最合适，却被毁掉了。

黑色猛禽嘴里发出一种古怪的语言，像是无比遗憾，在自言自语着什么，那根本不是这个世界的语言，无人可以听懂。

接着它又开口，这次换成了这个世界的语言，只是发音很不标准。

“我来了，我要征服地星，在此崛起！”

“轰！”

它身上的黑色光芒大盛，羽毛快速生长出来，像是金属般泛着寒光，它血气翻涌，整个躯体散发出恐怖的气息。

“能量监测显示，它起码挣断了七道枷锁，有可能挣断了八道，甚至有可能挣断了九道，极度危险！”

这种报告一出来，令全世界的进化者都惊悚不已，那绝对是一只不可战胜的恐怖禽王。

此时，戚琳头都大了，如果那是一只挣断了八道甚至九道枷锁的生物，他们先前的这批降临者绝对会有大麻烦。

这才开始而已，就有这么厉害的生物降临，以后会怎样？显然，元磁仙窟的人都得神色骤变。

果然，在戚琳和元磁仙窟再次联系后，那边的人心情沉重，一只禽王还可以接受，如果接下来又有生物陆续降临，那简直糟糕透顶。

相对来说，楚风还算轻松，起码世人都知道他废了，在进化这条路上已不具备竞争力，而且他还是一个场域研究者，各方都会拉拢他。

然而，他的轻松表情没有保持多久，脸色就变了。

因为，有了最新消息！

坍塌的山岭间，黑色猛禽气息恐怖，浑身光芒大盛，身上的所有伤口都愈合了，满身羽毛重新长了出来。

“咦，监测显示，它体内的能量在减少，初步判断，它修复重创的身体时消耗过大，元气大伤！”

“轰隆！”

一声巨响，黑色猛禽展翅，周围的各种监测仪器全都在一瞬间破碎，它腾空而起，凝视着一个方向，快速飞去。

此时，它像是一道粗大的黑色闪电，划过豫阳境内。

最终，它来到凌山，在凌山上空盘旋，掀起狂风，让下方不少大树折断，无数叶片凋落。

“从此以后，这里是我的进化之地！”黑色猛禽开口，声音如同金属碰撞声一般，有力而刺耳，震动了整片山林。

楚风得到消息后，脸色自然难看，他的父母就在凌山大林寺中。

第191章

凌山风暴

黑色猛禽不断盘旋，浑身泛着金属般的光泽，事实上，它的羽翼扇动时铿锵作响，那些羽毛真的跟金属没什么区别。

此时，全世界都在关注这个刚刚降临的域外生物，想看它的下一步动作。

“呼！”

大风卷地，飞沙走石，黑色猛禽足有八百米长，双翅展开后更是显得体形庞大，景象骇人。

它在下降，冲着凌山而去，黑色的能量涌出，形成旋涡，震碎山石，摧毁大片的山林。

“这位道友，来到敝寺……”老猿出现，直立着身子，双手合十，以佛礼待之，向天空中的黑色猛禽打招呼。

“我说的话你没有听到吗？”黑色猛禽打断老猿的话，带着罡风俯冲到老猿近前。

“噗！”

老猿居然挡不住，被一团黑色的能量击中后，口中咯血，整个身子横飞而起，险些坠落到悬崖下。

老猿又惊又怒，自己好言开口，却直接遭到了攻击。

同时，老猿心中骇然，这个域外生物真的太强大了，远超自己的想象，一身能量爆发开来根本无法阻挡。

远处的山峰上有人监测，天空中有卫星跟踪拍摄，世界各地的人都见到了这一幕，全部受到了震撼。

这只黑色猛禽到底有多强?

人们都知道老猿的真正实力，那是一个绝顶王者，是天地剧变后第一个开宗立派的生物。老猿在凌山千年古刹遗址上开创了大林寺，曾经震动天下，其实力更是经过了诸王的检验。当初很多人来攻打凌山，最终老猿胜出，占据了这里。

据悉，老猿足以位列东方十大强者，没想到现在在这只黑色猛禽的一击之下就遭受了重创。

世界各地，所有进化者都默然，世界迎来了新篇章，属于降临者的时代已经到来，一切格局都将改变。

凌山大林寺，这第一个成立的门派正遭受着巨大的危机。

“我说了，这里是我的进化之地，只属于我。”黑色猛禽说道。

老猿愤怒地盯着黑色猛禽，真想跟它大战一场，这只禽王太霸道了，就这么抢占了自己的道场，而且对自己这么轻蔑。

但是，老猿忍住了，知道自己绝非此禽王的对手，真要搏斗，自己只会枉死。

对方进化层次比老猿高，起码是挣断了七道枷锁的生物，而老猿才挣断了六道枷锁，无法对抗。

“既然道友看中此山，我们退走，将它让给你了。”老猿很果断，行事非常干脆，说舍弃凌山就舍弃，没有半点犹豫，招呼一群徒子徒孙就要离开。

黑色猛禽降落在地后，黑色光芒大盛，而后，黑色猛禽化成一个人类年轻男子的模样，一身黑色甲胄，黑发披散，额头上有一个黑色的鹏鸟印记，目光如电，十分英武。

他站在一块巨石上俯视老猿，脸上露出淡淡的笑，道：“你还不错，是个人物，实力也算不俗，从此以后你就追随在我的身边吧，当个仆从，我需要你这样的人。”

“你……”老猿一向脾气好，现在却双目怒睁，这只禽王太过分了，抢自己的道场，还要收自己为仆从?

“不只是你，这座山上的所有生物我都收了。一个成熟的道场怎能没有一些仆从呢？”说到这里，他不容老猿开口与反抗，抬手间，黑色能量释放而出，几面磁晶雕刻成的小旗从他手中飞向四方，插在地上。

一刹那，整座凌山都变得朦胧起来，外界再也无法探察山上的情况了。

“吾乃黑冥鹏王，此山为吾之道场，擅闯者斩无赦！”黑冥鹏王冷冷的话语传出，响彻这片地带，直达百里开外！

一时间，全世界都震动了。这个域外生物是一只鹏鸟？真是强大与跋扈，直接侵占了凌山，而且要收凌山原主人为仆从。这样一只霸道的禽王，谁敢与之争锋？

毫无疑问，现在这个世界上没有王级生物比得上黑冥鹏王，老猿已经算是这个世界的绝顶王者，可还是轻易就被俘虏了。

人们战栗，这只是一个降临者，一旦出现一大批这样的降临者，那简直不敢想象！

许多人意识到，全新的时代到来，神话再现，这个世界的原住民或许有大麻烦了。

“鹏鸟，这是神话传说中的物种吗？怎么是黑色的，不应该是金色的吗？”

“完了，这个世界最糟糕的时代到来，也许会有辉煌，但那只是对域外降临者而言。”

有些人很悲观。

楚风也看到了直播，目睹这一切，他怒火中烧，同时很担心，因为他的父母在凌山。

他一声叹息，或许没有办法隐藏实力了，这一切该结束了，他不得不暴露了。

域外的黑冥鹏王占据凌山，将那里划为禁区，外人不得打扰，引发了全世界热议，掀起了一阵风暴。

所有人都在推测，黑冥鹏王到底有多强？

最后，根据各种能量监测数据，人们达成一致意见，黑冥鹏王应该是挣断了八道枷锁的生物。

这个级别太骇人！

老妪、李苍河等人也才挣断七道枷锁，而他们早在二十二年前就降临了。

楚风坐不住了，准备去凌山！

“听闻楚风的父母也在凌山，受那老猿的庇护，现在看来也出事了。”

这样的消息突兀地传播开来。

虽然此前也有人知道楚风的父母在凌山，但是这一消息并没有大范围传开，现在明显是有人故意泄露出来。

一时间，人们的热议话题又多了一个：楚风会怎么做？

“有场域研究者这种身份，楚风多半会趁此机会登山，与那只鹏鸟合作，并救出他的父母。不过，那只鹏鸟看样子很霸道，该不会直接收他为仆从吧？”不少人都在谈论。

戚琳第一时间跟楚风交谈，表示愿意帮助楚风，如果楚风加入元磁仙窟，那么她会考虑请人出马，去跟黑冥鹏王谈判。

楚风皱眉，他如果加入元磁仙窟，那可就真的打上元磁仙窟的烙印了。

他觉得林诺依说得很有道理，现在不宜加入这一阵营，因为新出现的降临者多半会和他们开战。

他贸然加入元磁仙窟，这种选择并不明智。而且，出于本心，他也不愿意那么做。

只是他的父母被困凌山，他不得不考虑与元磁仙窟合作的可能性。

“我想你们先发力救出我的父母，不然，我怕夜长梦多。”楚风说道。

戚琳摇头道：“你要知道，强行去闯山救出你的父母，那样做会让后来的降临者认为我们一定会跟他们开战，会逼得那些人联手。”

“那你们有什么办法救出我父母？”楚风皱眉。

“我们可以用软实力说话，派人去和黑冥鹏王接触，与其细谈，那样有一定的机会救你的父母下山。”戚琳这般说道。

楚风相当不满意，那要等到什么时候？那只鹏鸟看样子脾气不好，万一在山上怒而出手，那后果简直不敢想象。

“那样做效率太低了！”楚风很直接地告诉戚琳，那样很缺少诚意。

而且，楚风明确指出，以后新老降临者之间的战斗无法避免，他这样加入元磁仙窟没有一点好处，连短期内救出父母的希望都看不到。

戚琳开口道：“我们不见得会跟新的降临者开战，这次用谈判的方式救你父母，就有这方面的考量，不想双方误判，互相界定为敌人。”

楚风摇头，他等不起！

那些降临者的后人都面带淡笑，在他们看来，楚风不跟元磁仙窟合作还能找谁？元磁仙窟是目前最强大的一股力量。

“楚兄，不要误判，加入我元磁仙窟又不是什么苛刻的条件，如果你不同意，我们真的无法帮你去谈判。”冯弘淡淡地笑道。

其他人也是如此，认为他只能求助元磁仙窟。

就是戚琳都坚信楚风没有其他办法，脸上挂着温和而迷人的笑继续相劝。

然而，楚风直接转身，没有再跟他们多交流。

“死老道在哪里？”他想到了那个实力深不可测的老道士。

可惜，那祖孙二人不知道跑哪去了，他根本联系不上。

老道士只要运转能量，身体内就会传出犬吠声，他估计老道士很郁闷，现在多半在人烟稀少之地探险。

“那只鹏鸟已经挣断了八道枷锁？那就由我自己出手吧！”楚风暗中做出这种决定。

不过在动身之前，他还是联系各路强者，请他们帮忙派人去凌山替他说和。

能不出手的话就不出手，楚风还想低调下去，暗中提升自己的实力呢，因为接下来肯定会风云变幻，降临者大批出现，大战连连！

“蛤蟆，走，我们上路！”楚风简单地向众人挥了一下手，什么话都没有说，就向恒岭外走去。

“楚风，你不要莽撞行事，只有我们才能帮你。”戚琳在后面喊道。

冯弘嗤笑道：“不知道天高地厚，我就不信了，凭他自己也能解决问题？到头来还得来求我们。”

……

楚风丝毫不理会这些人，坐在蛤蟆身上远去，消失在山林中。

不好的消息传来，一些王者受楚风委托，派人去凌山说和，结果有人被斩，有人被赶了出来。

“场域研究者楚风，很有名吗？想要救他的父母，让他自己来，如果他的场域造诣足够高，我就收他为仆从，让他跟老猿一样，追随在我的身后！”

这是黑冥鹏王的原话。甚至，黑冥鹏王还有更霸道的话语：楚风如果徒有虚名，场域造诣并不高，那就滚开，最好不要出现，不然斩无赦。

这种消息传出来后，天下哗然。

人们意识到，黑冥鹏王的确飞扬跋扈，完全看不起这个世界上的生物。

“十天，我只等他十天，他如果十天之内不来报到成为仆从的话，就不要再出现了！”

黑冥鹏王更为霸道的话语传来。

各地的进化者都颇为震惊，这只域外来的鹏鸟太强势太嚣张了。

楚风气得不轻，对方抓住他的父母，还这般威胁与轻慢他，真是不能忍。他自言自语：“看来，我真的没有办法低调下去了，我一定要斩了这只鹏鸟！”

十天的时间，他觉得应该足够等到“磨盘”彻底蜕变了，那时他就可以动用体内的能量，挣断第七道枷锁了。

凌山上，身受重伤的老猿跟黑冥鹏王对话，告知黑冥鹏王，楚风是难得的场域研究者，场域造诣很高，不能这般折辱。

事实上，黑冥鹏王事后也进行了调查，了解到楚风的场域造诣，也是一怔。

不过，黑冥鹏王一向桀骜，一点也不后悔，道：“既然本王都那样说了，也没什么大不了的，我等他来臣服，他如果不出现，后果自负！”

一晃过去了五日，这五日来，楚风一直在静心调整自己的状态，全面备战！

时间过得很快，转眼就到了第八日。这一日，他体内传来一声脆响，包裹着“磨盘”的如胎膜般的物质全部碎裂，雾霭散开。

一个古朴的黑白小“磨盘”显现出来，在他体内缓缓转动，仿佛能碾轧天地，沟通阴阳，穿透生死。

一瞬间，黑白小“磨盘”吸收来海量的神秘能量，而后提纯，让楚风体内的能量大增，品质也迅速提升。

“小鸟，你死定了！”楚风睁开眼睛，直接上路。他现在就在豫阳境内，离凌山不是很远。

现在他体内能量翻腾，他确信，他不需要服食任何异果，仅靠自身的力量就能挣断第七道枷锁，进一步进化。

“那不是楚风吗？”一路上，很多人看到楚风，面露惊容。

最近这些天，大批进化者赶到凌山附近，观察凌山上的情况，也有人确信楚风会来这里，想看他会做出何种选择。

“楚风，你真的要去投靠黑冥鹏王吗？”凌山脚下，有人问道。

“我是来灭小鸟的！”楚风简单答道，而后一步一步登山。

消息传出，这一刻天下各地诸多强者都被惊动，听闻楚风说出这样的话后全都愣住了。

灭小鸟！

这三个字从网络上传播出去，瞬间火遍各地，惊呆众人，人们无论如何也没有想到在这种关头有人敢说出这种话。

黑冥鹏王何其强大！这是一个域外生物，从太空而来，一身能量强度高得骇人，让监测仪器都险些爆表。

黑冥鹏王一出手，就轻而易举压制了第一个开宗立派的老猿。

这种可怕的生物疑似挣断了八道枷锁，对当前的本土进化者来说，简直像是一座大山，高不可攀。

现在居然有人说出这种话——“灭小鸟”，这三个字带着奚落，带着满满的蔑视。

这是要挑战几乎不可战胜的敌人，等于要掀翻一座太古神山！

没有人认为这种挑战会成功，尤其是知道这三个字是谁说的后，人们更为惊诧。

“竟然是楚风，他要去凌山救他的父母吗？可是这样口出狂言，对他来说没有一点好处啊！”一些人皱眉，为他担忧。

也有一些人吃惊后又笑了，幸灾乐祸，等着看热闹，觉得他这次说得过火了。

他凭什么敢向域外降临者叫板？

一些人叹息，在过去楚风的确惊人，年岁不大，实力却超越许多老牌王者，走在进化之路的前沿。有一段时间，他难逢对手，可以横扫各路敌人！但是天地再次剧变后，他的身体出了大问题，他都退出进化者的舞台了，还如何跟域外生物争锋？

许多人同情他，这样一个英才暗淡下去，实在无比可惜。

也有不少人觉得楚风简直是疯了，这次他这么张狂，肯定会有杀身之祸。

“老大，你怎么了？千万别想不开，我们得到了确切消息，那只鹏鸟挣断了八道枷锁，天下无敌，你别犯傻！”千里眼杜怀瑾、顺风耳欧阳青、叶轻柔、陈洛言几人第一时间联系楚风，全都焦急无比，害怕楚风会去送死。

“你们老大我天下无双，怎么可能去送死？”楚风让他们放心，而后没有多说什么，果断结束了通话。

凌山脚下有很多进化者，不说遍地都是，但也差不多了，随便一片林地都有人，任意一块巨石后都藏着进化者的身影。

“楚兄弟，你要三思而后行，这种事不容冒失！”有人觉得他这是去送命，好心劝阻。

“楚兄弟，我们理解你的心情，你迫切地想救出你的父母，可是跟那只域外鹏鸟对抗，根本看不到胜利的希望啊。”林地中，巨石后，一些人纷纷现身，语重心长地劝说楚风。

楚风向四方拱手，道：“多谢各位好心提醒，但我这人不信邪，今天就是要登上凌山之巅，看一看那只鹏鸟有多厉害。”

“楚兄弟，别莽撞，不是我们小觑你，而是那只鹏鸟真的没法对抗。”

楚风依旧登山，头也不回。

很多人摇头，觉得他疯了。

也有人很想说，你都废掉了，还怎么去战斗？靠场域吗？可是你才进入那一领域没多久，靠谱吗？

更有人嗤笑，目送他远去，等着看他被黑冥鹏王擒拿，毕竟楚风也曾经得罪很多人，现在这些人全都在看戏。

甚至，有些人口出恶语。

“人哪，得有自知之明，不然死都不知道是怎么死的。我觉得他还活在自己幻想的世界中，还当自己是昔日的楚魔王，可以震慑一方呢，这样……纯粹是找死！”

“看戏就是了，你们都来猜猜看，那黑冥鹏王会怎么对付他？”

……

域外生物降临到这颗星球，占据凌山这件事影响太大，掀起了一场席卷世界各地的风暴！

各大势力都派出高手来凌山探察，想要了解最新情况，而且不限于人类，诸多异类，甚至海族强者也赶到了。

举世瞩目，所有人都在关注凌山！

这片土地目前成为全世界最受关注之地，所有人都想知道黑冥鹏王接下来要干什么，对这个世界的人是什么态度。

现在楚风执意登山，沿途被人拍摄下来并传了出去，掀起了更大的波澜。

谁都不知道他为什么这么自信，敢这样行事。

“楚风，你怎么先行动了，不是说等我们吗？我们明天就能赶到！”黄牛跟楚风通话。

蛰伏很久后，昆林山诸王准备出山！

“放心，你还不了解我吗？送死绝对不是我的风格。”楚风告诉黄牛、大黑牛与西伯利亚虎王等，让其不要担心。

随后，胡生、熊坤等也跟楚风联系。接着，姜洛神、卢诗韵也都找上楚风，劝他不要登山。

他的熟人一致认为，他这样去见黑冥鹏王没有好下场。

“要不你自己上去？我回去吧。”蛤蟆开口。它也心里发毛了，可以说全世界的人都不看好楚风。

“闭嘴！”楚风瞪了它一眼。

举世都在关注凌山，只因这里有一个域外降临者。

现在楚风来了，自然也成为焦点，世界各地许多人的目光投向楚风，人们吃惊的同时也开始关注他的动向。

楚风要挑战域外降临者，会有怎样的结局？这是人们都想知道的。

事实上，有些节目组立刻安排人手，让守在凌山附近的工作人员去跟拍楚风，想要直播。

“楚风，你不要冲动。唉，玉虚宫亏欠你太多，我都无颜再面对你，但现在还是忍不住跟你通话，想要拦下你。”通信器那一端，陆通声音略微沙哑。陆通始终觉得对不起楚风，这段时间都很消沉，没有找他。

楚风道："老头子，你别把事往自己身上揽，我的身体出了问题不关你的事。冤有头，债有主。有些人我现在是懒得跟他计较，等闲下来时，我不介意去计较一番！"

"不说了，肚子疼！"楚风突然结束了通话。这倒不是乱说，他的肚子真的很疼，确切地说是肚子咕咕作响，他饿得心慌，因为他在来凌山的路上挣断了第七道枷锁。

他一路狂奔而来，接近凌山时才挣断了第七道枷锁，就是担心未战先饿的情况出现。

一般来说，他刚挣断枷锁时还能忍受一段时间，但现在开始饿得忍受不住了。

"好饿啊！"楚风赶紧从玉瓶中找了一些吃的。

但是，他觉得很不解饿，因为他现在进化到了更高层次，以前那些储备起来的食物蕴含的能量流失得差不多了。

玉瓶很特别，能保持食物新鲜，但时间太长的话能量还是会散去的。

他需要能量更高的食物。

"赶紧登上山巅！"

楚风这次挣断的是肺部的枷锁，这对他来说意义非凡，肺部本就是运转呼吸法所涉及的重要部位之一。

挣断肺部的枷锁后，他的肺部养出了一股庚金剑气，比飞剑有过之而无不及，这种特殊的能力会让很多人惊羡。

有些强大的进化道统专门让弟子在肺部养庚金剑气，使之成为特殊的飞剑，庚金剑气一出，横扫天地，无坚不摧！

在许多人看来，这比真正的飞剑还要厉害。

很少有人能够养出这种庚金剑气！

此时，楚风已经登上了半山腰，还是不断有人找他。

林诺依告诉他要保护好自己，不要冲动。

接着，元磁仙窟的人也跟楚风联系，表示如果楚风愿意加入他们，他们可以出面跟黑冥鹏王交涉，他不用去送死。

楚风直接拒绝了。

随后，戚琳亲自跟他联系，告诉他，她已在豫阳境内，而且从极地请来了一位真正的降临者。

“楚风，加入我们吧，你自己不可能战胜黑冥鹏王，你场域造诣再高，也难伤其分毫。”戚琳游说楚风。

她告诫楚风，莽撞行事不仅救不了他的父母，他自己还可能会惨死，那样的话太不值了。

楚风怎么可能会低头？他现在信心满满，同时，他实在饿得不行了，恨不得立刻冲上去解决那只鹏鸟。

“我天下无双，一只小鸟而已，很快就能击败！你就不要多说了，真想帮我的话就直接上山出手！”

戚琳闻言，道：“你一意孤行，我就不再劝了。虽然我很想帮你，但来的这位前辈只庇护自己人，而你还没有加入元磁仙窟。最后，我想说一句，你……太愚蠢了。”

“怎么说话呢？”楚风不爱听这话，回道，“我与你打赌，看是我愚蠢，还是你们太自以为是。在我看来，降临者……也就那么一回事！”

显然，戚琳身边还有一些来自极地的人，他们听到楚风的话后都恼了，觉得他的话十分刺耳。

戚琳淡淡地笑道：“你想赌什么？”

“我去灭小鸟，赌的是自己，那你也赌自己吧。”楚风漫不经心地说道。

“好！”戚琳咬牙，她较真了。

楚风说自己天下无双，再次强调要灭小鸟时的情景被直播了出去，引发了巨大轰动。

有人说他过于狂妄，也有人摇头失笑，还有人不忍再去看他……没有一个人认为他能胜出，所有人都认为他必死无疑！

“蛤蟆，快点！”楚风拍蛤蟆，让它加速赶路。

“嗖嗖嗖嗖！”

临近山顶时，楚风将锁龙桩交给蛤蟆，让它掷出，锁住凌山之巅，他自己则投掷磁晶，布置场域。

别人都以为他是在布置攻击性的场域对付黑冥鹏王，其实他只是在布置能困住生物的场域，怕那只鹏鸟战败后飞天遁走！

“小鸟，爷来了！”蛤蟆“嗷”的一声大叫。它豁出去了，替楚风叫阵，都走到这里了，已经没法退走了。

第192章

蛮荒对天国

一群拍摄的人跟在楚风和蛤蟆后面很远的地方，听到蛤蟆的叫声后吓得扔下器材，转身就逃。

山脚下，来自世界各地的进化者也都心惊胆战，那个楚风疯了，他的坐骑蛤蟆也疯了！

“退，快退到足够远的地方去！”有人吼道。他们觉得山上那个组合太张狂太霸道，会让黑冥鹏王迁怒他人。

这也太胆大包天了，找上门去喊“小鸟”，别说黑冥鹏王，就是一只进化了的麻雀也要跟他们拼命。

一群人仓皇而逃，却没有彻底离开，而是选择在远处的山峰上观望，那里足够安全。

他们来自各大组织，都是进化者，其中不乏王级强者，来这里只为看一看那黑冥鹏王到底有多强。

然而，山上静悄悄的，没有一点动静，让很多人诧异不已。蛤蟆都这么叫阵了，黑冥鹏王还没有出来？

那群原本想跟拍，结果吓得屁滚尿流的人此时面面相觑，感觉不可思议。有人大着胆子跑了回去，将拍摄器材挂在树上，或放在岩石上，而后狂奔回去。

“真是怪了，那小鸟怎么没出来？”蛤蟆怀疑，黑冥鹏王可能不在山上，跑出去猎食了。

“愚蠢的小鸟，爷来了，赶紧跪过来请安！”蛤蟆一副十分牛气的样子，仿佛自己是无敌高手。

远处，一群人无语，这也太嚣张了！

此时，元磁仙窟的人到了，有人冷笑道："真是找死，我敢保证下一刻它就会被拍死！"

然而，蛤蟆唾沫星子四溅，在那里叫板，但就是没有人出来。

元磁仙窟开口说话的那个人顿时脸色微黑，这也太反常了，那黑冥鹏王脾气未免好得离谱，怎么还不出来？

"不用多想，他们死定了。"来自元磁仙窟的一个中年女子也开口。她长相很美，面带淡漠之色。

此时，戚琳在陪着一个披着斗篷的人，那人连面部都遮住了，一言不发，显得很神秘。

世界各地很多人在观看直播，几乎所有人的目光聚焦于凌山！

"什么情况？那小鸟被我吓跑了，该不会是个冒牌货吧？"蛤蟆怀疑。

楚风上前，道："行了，过完嘴瘾了吧？靠边站。这里有场域，山被封了，你骂得再凶，那只鹏鸟也听不见。"

蛤蟆无语，它口干舌燥喊了这么长时间，却被告知里面的黑冥鹏王一句都没听到，觉得没有一点成就感。

楚风迈步，绕过自己布下的场域，在迷雾中寻觅其他目标，先后拔起一面又一面用磁晶雕刻成的小旗。

这种小旗只有巴掌长，通体散发黑色光芒。

楚风回头向山下看了一眼，将最后一面小旗拔起，而后大步走了过去。

凌山上古刹成片，其中一座千年古刹在散发佛光的同时，黑色光芒大盛。

一个身穿黑色甲胄的男子盘坐在大殿中，倏地睁开眼睛。这正是黑冥鹏王，这些日子，他都在封山静养。

因为，他从太空俯冲下来时，被神秘能量阻挡，遭受重创，险些死掉。

虽然闯关成功，但他也付出了极大的代价，随身带着的武器都碎掉了。

"哼，还真不怕死啊！"黑冥鹏王睁开眼睛的刹那，感应到了一切，因为他足够强大。

"呼"的一声，黑冥鹏王带着罡风从原地消失，刹那间就来到楚风所在的地带，站在一块巨石上俯视着楚风。

他看到楚风手中用磁晶雕刻成的小旗，神色微变，但是很快淡定下来，道："你就是那个场域研究者，叫什么来着？"

他说的东方语言尽管发音有些不标准，但足以让人听懂。

此时，楚风也在仔细打量着他。

黑冥鹏王化成人形后，身材挺拔，一头黑色的长发垂到腰际，眼睛深邃，肤色白皙，十分英俊，只是肤色白得略带病态。

他身上的黑色甲胄非常合身，是羽毛化成的，泛着寒光，带着金属的质感。

整体来看，他虽然脸色略微苍白，但是整个人带着野性，显得桀骜不驯。他看着楚风时，完全是一副俯视的姿态，自信中流露出倨傲。

他是鹏鸟，一向高傲，对很多族群看不上眼。

楚风没有回应黑冥鹏王，而是在感应自己父母的处境。他神觉敏锐，稍微释放出一点精神力就能感应到周围的一切。

他最先发现了老猿，因为老猿的能量强度远高于其他人的能量强度。老猿此时被封印了，状态相当糟糕，满身是伤。

之后，他感应到了一群猿猴以及他的父母，他们都被关押在后山，昏昏沉沉的，但没有性命之忧。楚风放下心来。

"你出手压制了他们？"楚风问道。

"一只稍微强大点的猿猴而已，不知道珍惜机缘，枉我好心收其为仆从。"黑冥鹏王说道。

对于其他人，他懒得理会，直接关押起来，因为他看上的只有老猿一个。

他的眼光极高，非强大的王级生物根本入不了他的眼。

"你能进来，说明你的场域造诣的确算可以。你是来给我当仆从的吗？"黑冥鹏王盯着楚风，白皙的面孔上毫无表情。

"咕噜！"

楚风的肚子叫了，他咽了一口口水，盯着这只鹏鸟，脸上渐渐露出笑容。

"你在笑什么？你们人类总是情绪太多，感情太丰富，而我需要心如坚石的仆从！"黑冥鹏王说道，一副很轻蔑的样子。在他看来，人类的情绪太多，喜怒哀乐表现太丰富，很没必要。

楚风脸上的笑容更深了，他估量出了这只鹏鸟的实力！

“在我面前你也敢笑，放肆！”黑冥鹏王呵斥道。

“小鸟，你死定了！”楚风喝道。

“你说什么？再给我说一遍！”黑冥鹏王站在那里，竟然没有发怒，而是将一只手放在耳畔做出倾听状，脸上挂着冷笑，依旧是一副蔑视的姿态。

“我是说，小鸟，你死定了！”楚风开口。

黑冥鹏王用一根手指掏耳朵，漫不经心地道：“蠢货，我原本当作没听见，想给你一个机会，你还真敢重复。你说，想怎么死？”

他摆出这副姿态，完全没有把楚风当一回事。

这时，楚风动了，速度快得不可思议，超过了七倍声速。

“轰”的一声，他穿过的地带发生了大爆炸，如同九天落雷。

他太快了，如同一道闪电，转眼就到了黑冥鹏王近前，右手直接拍落下来。

“啪！”

黑冥鹏王还在懒散地掏耳朵，同时睨视楚风，一副傲慢无比的样子，结果楚风就这么冲到了他面前，一巴掌扇在他耳朵那里。

身穿黑色甲胄的黑冥鹏王结结实实地挨了一巴掌，横飞出去，“砰”的一声撞在远处的巨石上，让那十几米高的巨石都炸开了。

楚风没有追击，而是整理衣领，挽起袖子，俯视着黑冥鹏王。

黑冥鹏王刚才还一副漫不经心的轻蔑的姿态，结果一转眼就被他所轻慢的那个人拍翻在地！

巨石炸开后，黑冥鹏王还将地面砸出了一个大坑，他刚才所掏的左耳出血，鼻子中也有殷红的血流出。

这个画面实在有点惨不忍睹！

蛤蟆在后面看得清楚，顿时目瞪口呆，刚才的黑冥鹏王高傲、冷漠、桀骜不驯，像是神魔般低头看着楚风，结果他在张狂之际，被一巴掌拍翻在地，什么神魔气质都没了！

“打得好，痛快啊！”蛤蟆拍手称快。

远处，所有人都骇然，黑冥鹏王真要败在楚风手里不成？

“嗷！”

一声咆哮后，黑冥鹏王直接跃起，凌空而立。在他的周围，巨石离地而起，千年古树也都连根拔起，悬在半空中，后方雄伟的古刹更是直接炸开！

黑冥鹏王的能量涌出，惊天动地，黑色光芒漫天，整片空间都像是扭曲了。

地面龟裂，整座凌山都在颤动！

“轰隆”一声，黑冥鹏王俯冲过去，带着耀眼的光芒和铺天盖地的能量，攻击楚风！

楚风岿然不动，动用黑白小“磨盘”疯狂吸收对方的能量。这是他第一次在战斗中使用黑白小“磨盘”。

可以看到，他的身前出现了一个能量旋涡，黑白小“磨盘”在他的体内转动，吸取能量，而后提纯能量，只留下部分精粹。

黑冥鹏王愤怒的一击被这样被瓦解。

楚风的战斗方式的确是取巧，却十分有效。

“啪！”

此时，楚风相当霸道，依旧是抡起巴掌，扇在了已冲到他近前的黑冥鹏王的耳朵上。

黑冥鹏王气势汹汹地俯冲下来，结果又遭到重重一击，“砰”的一声，他一头栽在地上，翻滚出去，砸得地面崩裂，土石冲天。

这一次，他遭受了更严重的创伤，耳鼻流血。

“这画面太惊人了！”蛤蟆“嗷嗷”直叫。

刚才，黑冥鹏王很强悍，进攻的姿势也很优美，但是结果实在是惨不忍睹。

黑冥鹏王发怒，霍地站起身来，浑身充满惊人的能量！

“嗷——”

黑冥鹏王的咆哮声震荡天地！他弓着身子，双目中满是仇恨的光芒！

他的周围形成了能量场，巨石悬浮，甚至连身后的古刹都一座又一座地离地而起！

他从来没有受过这样的屈辱，居然被人抡起巴掌连续两次扇在耳朵上，这是奇耻大辱!

尤其这个人还是一颗没落了很长岁月的星球上的人，是一群失败者的后裔。

“轰！”

黑冥鹏王弓着身子，像是被压缩到极点的弹簧，猛地蹿了出来，黑色能量释放而出，而后发生大爆炸。

整座凌山都在颤动，如果不是内蕴场域符文，山巅肯定保不住了。

黑冥鹏王右手五指齐张，金属质感十足，向着楚风抓去，速度实在太快。

他的五指间有奇异的能量，小小的蘑菇云腾起，充满死亡气息，这个景象十分骇人。

后面，蛤蟆都吓了一大跳，直缩脖子，向后退去。

楚风瞳孔收缩，也很吃惊，这只鹏鸟对能量的掌控到了一个非常惊人的地步，居然能化出小型蘑菇云。

黑冥鹏王速度太快了，像是一道黑色的闪电，楚风眼前一花，敌人就到了近前，容不得他多想。

楚风动用了大力牛魔拳，一瞬间，雷鸣阵阵，莽牛吼从他的拳头中发出。面对这只鹏鸟，他不敢有一丝大意。

“砰”的一声，两大强者之间冒起一朵小蘑菇云，黑得瘆人，直接炸开。

在黑冥鹏王身后，那些悬在半空中的巨石以及离地而起的几座古刹全都轰然粉碎。

此时，楚风的拳头有一种灼伤的痛感。这只鹏鸟果然了不得，能够很巧妙地运用能量，称得上技艺精湛。

他立刻知道域外降临者的可怕之处在哪了，他们有系统的传承，有古老的师门，有各自的秘技。

而他虽然进化迅猛，但是从来没有系统地学习过那种秘技。

他有呼吸法，但是没有加入门派，难以通晓诸多技艺。

黑冥鹏王的五指也很疼痛，他露出吃惊的神色，没想到他所看不起的没落族群的后裔居然这么厉害。

“嗖”的一声，黑冥鹏王后退数十米远，如一道黑色的闪电，动作迅疾。

黑冥鹏王身材挺拔，黑发飘舞，面孔略显苍白，双目深邃，显得桀骜不驯。

“我小觑你了！”黑冥鹏王开口。他此前听闻楚风废掉了，于是大意了，正因为如此，他才会被楚风抡起巴掌扇在耳朵上，这种耻辱让他目光森冷。

“从来没有人扇过我耳光，不斩你誓不为鹏！”黑冥鹏王发誓。

他背后长出能量双翼，凌空而立，毛孔喷出黑色光芒，释放出的能量非常骇人，地面崩裂开来，山顶的黑色缝隙一道又一道，都有尺许宽，就是虚空都受到了他释放出的能量的挤压，像是要崩塌。

黑冥鹏王俯冲下来，凌空一脚踏下，看起来强大而骇人。

在他的脚下，一朵又一朵黑色的彼岸花盛开，那是对能量运用精熟到极致的体现，他释放出的能量居然能化形成花朵。

楚风神色一滞，他从来没有想过，将能量凝成这样的形状有什么意义。

下一刻，他终于亲身体会到了这样做的意义。黑冥鹏王凌空踏下，黑色的彼岸花随着他脚的落下而爆炸开来。

这是一种能量的释放，楚风似乎听到了死亡的声音，是错觉吗？

楚风震惊，能量居然可以这样运用？

在这种紧要关头，他竟然想到了很多。

在神话中，彼岸花跟生死有关，连接着阴阳之地，可他一直没当回事。现在看来，这竟跟修行有关，跟能量的运用有关？

能量凝成这种形态后，居然能产生这么大的威力，实在诡异到极点。

楚风一声大吼，形意十二真形刹那间出现，他同时融入蛟魔拳和大力牛魔拳，让真形更加清晰。

“当！”

悠悠钟声响起，一口能量大钟出现，护住他的身体。这是他自己摸索出来的秘技，钟壁上有几种真形，更有蒙蒙雾霭，一片混沌。

彼岸花炸开，带着毁灭性的气息，湮灭山地，扭曲虚空，他仿佛真的听到了亡灵的歌声，太诡异了。

不过，彼岸花爆炸时释放出的能量被能量大钟挡住，没有伤及楚风。

几乎是同一时间，楚风挥拳，展开反击，而且他也尝试将能量凝成一些花朵，比如莲花。

在神话中，莲花可是圣洁之花。

一朵银色莲花在空中浮现，不过还没有完全成形，就炸开了。

楚风一惊，这样凝聚能量，竟很难成功。

“你的技法太生硬，你哪怕掌握有一两种传承，但是没有系统学习过，跟我比还是差得太远。你们的进化文明跟我们的相比，就像是蛮荒对上高悬空中的天国！”黑冥鹏王嗤笑道，面带鄙夷之色。

“嗖！”

黑冥鹏王依旧立在半空中，此时他的脚下浮现出一根芦苇，显然，那也是能量凝成的。他飞渡长空，直冲楚风而来。

这很奇异，这也算是攻击手段吗？楚风惊疑，今日他对域外降临者终于有了一定的了解。

能量凝成的芦苇连着黑冥鹏王的双足，像是一根引线，可以引出他全身的能量，引燃隐藏的能量海！

楚风想到了一苇渡江的传说，豁然开朗，所谓的传说藏着真相，这是对能量的运用啊。

果然，那根芦苇飘到楚风近前时焚烧起来，而后，黑冥鹏王的双足迸发出刺目的光芒，像是火山爆发般。此时，他的双足像是可以踏碎日月山河，踩向楚风体外的能量大钟。

这是技法的应用，是对各种能量体精通理解的体现。

“当当当——”

钟声悠悠，在群山间震荡。哪怕有场域阻挡，钟声还是传了出去，震得山下的人双耳发出轰鸣声。

现在的黑冥鹏王异常凶狂，双足释放出能量，与能量大钟撞击在一起。

楚风神色冷峻，陡然间，他直接将能量大钟掀起，而后把它向空中打去，将它引爆。

“轰！”

能量大钟崩开，黑冥鹏王有些狼狈，“嗖”的一声展开能量双翼，冲天而去，躲避大爆炸。

不过，他还是被波及了，一片能量钟壁打在他的腿上，血液溅起。

他不以为意，用手轻轻一抹，腿上的伤口自动愈合。他在空中俯视着楚风，道："果然是蛮荒风格，没有一点技巧，对能量的掌控太低级，简直就是一个原始部落的野人。"

他面带轻蔑之色，这样的敌人最好对付。

他相信，这种人哪怕跟他能量强度接近，也远非他的对手。

"来，让本王教你怎么把能量凝成莲花，这种能量体的确威力巨大，非常了不得！"黑冥鹏王笑道。

一朵雪白的莲花从他的指尖冒出，那是能量凝成的，映照得虚空都无比灿烂，带着一种圣洁的气息。

"死！"黑冥鹏王吼道，同时挥动手中的莲花，向楚风击去。

"哞！"

一声莽牛吼响起，楚风催动了大力牛魔拳，这一次他直接动用了真形，他猜测所谓的真形就是能量体的应用。

一头黑色的太古莽牛宛若脚踏星辰，穿越星空，向前野蛮地冲撞而去。

"轰！"

它将莲花一口吞掉，那里发生了大爆炸。

黑冥鹏王一怔，自言自语："果然是蛮荒风格，这还真是……'牛嚼莲花'！"

接着，他对楚风道："技法万千，你却一窍不通，不过是有幸得到了几种传承。来，来，来，看本王如何运用能量，将你打趴下！"

一刹那，天空中落英缤纷，全是神圣花朵，而后神圣花朵化成密集无比的能量雨，简直可以腐蚀人的肉体与灵魂。

楚风皱眉，他还是第一次遇到这样的战斗方式，总觉得不对劲，怀疑对方在误导他。

同时，他有些感慨，如果能够进入域外，加入某一个门派，系统地学习一些能量运用手段就好了。

他觉得，他跟那些能量运用手段只隔着一层窗户纸，一旦捅破，他就会彻底理解，再遇上这样的对手就没什么问题了。

“来，本王再让你感受一下佛祖拈花一笑的神韵！”黑冥鹏王悠然自得，觉得这种战斗很轻松，他站在高空，不断释放能量体。

在他的手中，一朵晶莹剔透的能量神花绽放，而后摇曳着，被他掷向楚风。

“你就只知道弄这些花花草草吗？来，看我怎么用蛮力教训你！”楚风恼了，原本他还想与黑冥鹏王切磋一下，了解域外降临者的手段，现在他没那心情了，决定动用一切手段拿下对方再说。

“哧！”

一道耀眼的剑光冲起，劈向高空中的黑冥鹏王。

“汪汪汪——”

同时，一连串的狗叫声响彻山巅，让黑冥鹏王一阵发呆，还以为是一只恶狗冲了过来。

“铮铮铮！”

楚风控制赤色飞剑，对天空中的黑冥鹏王发动最为猛烈的攻击。

“鹏王伏龙斩！”黑冥鹏王喝道。

刹那间，数不清的黑色羽毛浮现，都是由能量凝成的，而后，黑色羽毛化成剑光，一起飞向赤色飞剑，想要缠绕上赤色飞剑。

黑冥鹏王自己则向着楚风俯冲而去，同时再次凝出彼岸花、芦苇、莲花等能量体，攻向楚风。

楚风抬头，喝道：“既然你说我的攻击手段和你的相比，像是蛮荒对天国，今日我就野蛮到底，将你压制！”

他体内的黑白小“磨盘”不断旋转，驱除各种攻击他的能量，他自身也避开不少能量体，接着猛然腾空而起，冲上千米高空，跟对方近身搏斗。

“与本王近身搏斗，你找死！”黑冥鹏王冷笑道，出拳又出腿，不断攻击楚风。

黑冥鹏王肉体力量很强，却很快变了脸色，因为楚风的拳头猛得骇人，震得他手臂发麻。

两大强者接连碰撞，能量翻腾！

“嗖”的一声，最终楚风又落回地面，站在山顶向黑冥鹏王勾手，示意他再来。

黑冥鹏王冷笑着，真的俯冲下来了，在他周围，各种能量体密密麻麻，全部绽放开来。他不想耽搁时间了，想要立刻结束战斗。

虚空种金莲！

彼岸花无边！

……

此时，楚风双目倏地睁开，两道金色光束射出，击碎天空中的各种能量体。这是他挣断第六道枷锁时获得的能力。

接着，他一声长啸，张嘴间喷出庚金剑气，不断劈斩，引爆了所有能量体，甚至斩断了黑冥鹏王的能量双翼。

“轰！”

楚风的速度达到了七倍声速，一刹那，楚风突破声障，冲到黑冥鹏王近前，缠住他，跟他近身搏斗，不让他再腾空而起。

“砰砰砰！”

黑冥鹏王骇然，楚风现在的肉体力量比刚才何止强了一截，震得他气血翻涌，大口咯血。

现在他被缠住了，所有的技法都失效了。

“砰！”

楚风一拳砸在他的脸上，让他的整张脸都扭曲了。

“嗖！”

黑冥鹏王想要冲天而起，拉开与楚风的距离，结果，楚风一把抓住他的脚踝，将他给扯了下来，猛力扔在地上。

“轰！”

地面崩裂，土石四射。

“你……”黑冥鹏王暴怒。此时，他周围尽是能量凝成的黑色羽毛，向着楚风飞去。

“锵锵锵——”

楚风张嘴间，庚金剑气喷出，横扫虚空，将那些黑色羽毛都击碎了。

“哧哧！”

接着，他使出火眼金睛，双目发光，双目中飞出的两道金色光束射中了黑冥鹏王的躯体。

“我让你感受一下什么是蛮荒之力！”楚风冲过去，一拳又一拳挥出，打得黑冥鹏王战栗不已。

“砰砰砰——”

黑冥鹏王的面部不断中拳，他被打得横飞而起，楚风一步跟进，跃起后一脚踏下，踩着他的身体落在地上。

黑冥鹏王大口咯血。

“这是蛮荒之技法，感觉如何？”楚风低头问他。

第193章 全世界直播

黑冥鹏王被踩在地上，口鼻流血，浑身剧痛，面孔几乎变形。

他被楚风俯视着，这对高傲的鹏族来说是一种耻辱。

他穿越星空而来，对曾经辉煌无比，而今却彻底没落的地星充满期待，因为他知道这片大地之下有惊动星海的东西。

可他从来没有想过自己一降临就会被人踩在脚下，被人居高临下地俯视，而且这个人不是来自其他星球的人，只是地星的一个原住民。

他早已了解清楚，地星上那些强大的族群覆灭了，甚至血脉都断了，只剩下一些血统不纯的后裔。

在他看来，地星没落了这么多年，根本不可能有强大的进化者，可是眼下他却被人踩在了脚下。

这对他来说难以接受，他是一个年轻的天才，亿万里迢迢而来，难道就是为了挨打？这太可笑了！

“砰！”

楚风的一只脚用力，踩得他胸口剧痛。

可以想象楚风的这一脚力量有多大，要知道他可是黑冥鹏王，血统稀珍，肉体力量强大至极，一般的进化者根本伤不了他。

“说话呀，蛮荒之技法如何？我认为简单而直接，比你那花里胡哨的杂耍强多了。”楚风说道。

黑冥鹏王怒视楚风，猛力一挣，从楚风脚下挣脱，就要冲天而去。

然而，等待他的是一拳，楚风显然是故意放他起来的，在他腾空时，一拳挥在他的身上。

“砰”的一声，黑冥鹏王再次横飞出去，七窍流血。

同时，楚风以七倍声速的速度追上他，于半空中再次出击。

这时，黑冥鹏王突然近乎发疯地号叫起来，声音刺耳，让楚风感觉头疼欲裂！

一刹那，整片天地间都是黑色涟漪，那是恐怖的音波，是一种非常可怕的战斗技法！

眼看自己快要死在这里了，黑冥鹏王发狂，施展出了鹏啸长空之术，他的号叫声如鬼哭狼嚎般，响彻凌山之巅。

一瞬间，空中发生大爆炸，天地都仿佛震动起来。

如果是一般的人在这里绝对会被震死，因为这种音波功太可怕。

可以看到，崖壁以及数万斤的巨石全都崩裂开来，而后化作齑粉，就是黑冥鹏王身后那座地下有场域符文的古刹也炸开，成为飞灰。山巅一片狼藉，很多建筑被毁。

虚空中的黑色涟漪如同剑光般扫来，让楚风的身体剧痛，渗出血来，如果不是他及时运转能量进行防御，他的身体真的会被撕裂。

一声龙吟响起，楚风动用了蛟魔音波功，跟对方对抗，同时挥拳向前击去。

一瞬间，龙吟鹏啸，两种声音纠缠着，两种音波碰撞在一起，虚空轰鸣，空中发生爆炸后，有灰雾般的物质散开。

“轰！”

黑冥鹏王冲来，想要除掉楚风。

楚风神色冷峻，口中发出龙吟般的声音，眼中飞射出两道金色光束，射中了黑冥鹏王的躯体。

但是，诡异的事情发生了，黑冥鹏王的血液溅起后，没有落地，而是凝成一条条锁链，缠绕向楚风。

“缚龙术！”

在“哧哧”声中，黑冥鹏王特有的黑色血液凝成金属般的锁链，缠住楚风，将他禁锢起来。

此时，两大强者都停止动用音波功。

“我还是想说，你的技法太生硬，实在差远了！”黑冥鹏王冷笑道。

同时，他真正的翅膀显露出来，乌黑发亮，挡在他身前，释放出能量，对抗楚风双目中射出的金色光束。

“死！”他一声断喝，那血液凝成的锁链突然勒紧，想要将楚风活活勒死。

“什么技法，太脆弱了！”楚风喊道，同时猛力一挣，他身上的锁链便全部绷断了。

而后，他舒展四肢，一拳击在黑冥鹏王的脸上。

“咚！”

楚风又一脚飞起，将黑冥鹏王踢得横飞出去，接着，他扑了过去，连连击向黑冥鹏王。

就这么片刻间，黑冥鹏王险些被打蒙，那可是他用能量与少许祖鹏真血凝成的锁链，居然就这么被扯断了?

要知道，锁链当中蕴含着祖鹏真血，那是他体内血液的精华所在!

当世的鹏鸟如果血脉返祖，毫无疑问可以跟神兽并列，一只就足以毁灭一颗星球。

不过，真正的纯血鹏鸟放眼宇宙也难以见到几只。

黑冥鹏王自然血脉不纯，但不管怎么说，他早已进化出了一些祖鹏真血。

然而，这种祖鹏真血混着能量也没能困住楚风!

“嗷！”

黑冥鹏王长鸣，直接化出本体，体形大得骇人，足以压碎山峰!

楚风毫不惧怕，张嘴就喷出庚金剑气，刹那间而已，这只庞然大物身上就留下了数十道可怕的伤痕。

“嗖！”

黑冥鹏王的身体骤然缩小到一丈长，它展开双翅，探出爪子，扑向楚风。这是它的天赋能力。

那对爪子的确骇人，锋利得可怕。

“汪汪汪——”

楚风祭出赤色飞剑，斩向那对爪子。

“轰隆！”

黑冥鹏王的一对翅膀也劈了过来，比天刀还可怕，锋利得骇人，刹那间，黑色光芒大盛。

“砰！”

结果，楚风一拳就挡住了。

“噗！”

楚风张嘴，喷出雪白的庚金剑气，在黑冥鹏王身上又留下了几道伤口。

“啊——”黑冥鹏王大叫，剧痛难忍，又想动用音波功。

只是这一次楚风没有给黑冥鹏王机会，两者现在距离这么近，楚风迅猛出手，施展出大力牛魔拳和蛟魔拳，击向黑冥鹏王。

“砰砰砰——”

楚风一拳接一拳击在它的身上，羽毛漫天飞舞。

不过，黑冥鹏王的确很强，就算双翅都耷拉下去了，两只爪子也扭曲变形了，它依旧释放出惊人的能量。

当然，它现在还能活着也是楚风手下留情的结果，楚风想从它嘴里套出一些有价值的信息来，比如能量的运用技法，这是楚风很想得到的技法。

“咔嚓”一声，黑冥鹏王的喙都被楚风喷出的庚金剑气给削掉了一截！

“啊——”黑冥鹏王惨叫。它从来没有想到自己会被人打得毫无还手之力。

“砰！”

楚风最后几拳落下，让黑冥鹏王彻底瘫在地上不能动了。

“怎么样，我的技法如何？”楚风奚落它。

这只鹏鸟太傲慢，先前俯视他，还一副轻蔑的姿态，好像高高在上的神祇般。

“活该，让你嘚瑟！”蛤蟆冲了过来，大叫道，“亢龙有悔！”

“砰”的一声，蛤蟆也给黑冥鹏王来了一掌，打得黑冥鹏王横飞出去，满地翻滚。

黑冥鹏王躺在远处，气得险些昏厥过去。它看到了什么？一只蛤蟆居然也敢对它动手！

蛤蟆昂着头，看了它一眼，道：“看什么看，爷是神兽，血统比你高贵，你这种血统不纯的鸟，在我面前什么都不是！”

黑冥鹏王瞪眼，一只蛤蟆都敢跟它这么说话，它实在接受不了。

“别瞪眼，你还真不如这只蛤蟆。”楚风说道。

“噗！”

黑冥鹏王实在受不了这种刺激，咯了一口血后，昏了过去。

“醒一醒。”不知道过了多久，黑冥鹏王耳畔传来呼唤声，它睁开眼睛的刹那，看到了老猿以及其他被它关押起来的人。

他们都被楚风从后山放了出来。

“爸，妈，你们先去洗漱并休息一下，压压惊，回头我们吃大餐。”楚风正在跟他的父母说话。

老猿神色复杂，无比感慨，怎么也没想到楚风这么厉害，将黑冥鹏王都给打败了，简直不敢想象！

楚致远和王静蓬头垢面的，他们被关押了这么长时间，如果不是异人的话，还真危险了。

看到楚风后，他们哪怕受了苦，也满脸是笑。他们的儿子这么厉害，击败了域外降临者，将他们救了出来，两人又高兴又欣慰。

“说吧，你知道我想从你嘴里得到什么。”楚风逼问黑冥鹏王。

“呸！你什么也别想得到，我死也不会说。”黑冥鹏王到现在依旧桀骜不驯，一点也不配合。

“那没什么可说的。”楚风停了停，又道，“你是我拿下的第一个域外降临者，还是一只鹏鸟，如果你臣服，追随在我的身边，当我的小弟也不错。域外降临者都认我当大哥，这是多么好的兆头啊。”

“你痴心妄想！”黑冥鹏王冷冷地斥道。

“不臣服，那就死吧！”楚风向黑冥鹏王下最后的通牒。

山下，也不知道有多少人在等待着，谁都不知道凌山上究竟怎样了。

人们刚开始时也听到了动静，但听得不是很真切，因为山上有场域，将一切跟外界隔绝开来了。

“不用多想，楚风肯定活不了。想去挑战一只鹏鸟？估计他已经死了。”

“就算侥幸未死，估计也是那只鹏鸟为了折磨他而故意留他一命的。”

此时，来自各地的进化者都在等消息，世界各地大批的人都在看直播，可惜山上那些拍摄器材也无法捕捉到场域内的情况。

“还用多说吗？楚风不自量力，死定了！除了我们元磁仙窟的人，谁还能救他？偏偏他不识好歹，不愿加入我们。”有元磁仙窟的人摇头说道，脸上带着淡漠的笑容。

“琳公主，你跟他打赌没有任何意义，他快要成为一个死人了，或许已经是死人了。”也有人这么说道。

这时，观看直播的人突然惊呼起来，因为镜头中出现了一道身影，有人从场域中走出来了！

同时，已经登到山上的人也很吃惊，因为他们闻到了浓郁的香气。

“天啊！”有人心中生出古怪的念头，“难道楚风真的……”

“不可能！”那人当即否定了自己心中生出的念头。

随后，半山腰甚至山脚下都能闻到那浓郁的香气。

一名来自西方的女记者惊叫出声：“这是什么食物？我快抵挡不住这种香气的诱惑了！”

她甩动一头金色的长发，白皙而精致的面孔上写满惊讶，碧蓝的眸子睁得很大。

“或许，是大林寺金刚菩提圣树上的异果成熟了。”有人这么说道。

一些人面露惊容，觉得很有可能，这才合理。

“无论如何，楚风也不可能战胜黑冥鹏王，那是一个挣断了八道枷锁的域外生物，两者根本不是一个级别的，不能相提并论。”

到了现在，元磁仙窟的人依旧不相信楚风能胜出，一个废掉了的人怎么可能打赢域外降临者？但是，这话听起来像是有点心虚，说话的人还真怕发生让他目瞪口呆的事。

世界各地很多人在观看直播，关注凌山，听到现场记者的惊呼，觉得很惊奇。可惜，诱人的香气没有办法通过画面传给他们。

“是一只猿猴！”

很快，人们看清从场域中走出来的是一只白色的猿猴。

“不是楚风，我就知道，他再厉害也难以取胜，况且他废掉了，想依靠场域取胜太难。”元磁仙窟的人面露笑容，长出一口气，如释重负。

那名金发碧眼的女记者第一时间冲了过去，很大胆地问道：“请问，里面的香气是怎么回事？天啊，我的口水都要流出来了，能请我进去做客吗？”

也有其他进化者开口问道：“楚风呢，是不是被黑冥鹏王除掉了？大林寺金刚菩提圣树上的果实成熟了吧？”

现在，各地观看直播的人都在盯着屏幕，认真观看，他们也被勾起了好奇心，想要了解真实的情况。

猿猴张嘴，口齿不清，因为它满嘴都是食物，它是边吃边走出来的。

一群人目瞪口呆，那猿猴张嘴时，满嘴冒着金灿灿的光芒，那食物看起来晶莹剔透。

那肯定不是圣树果实。

当想到另一种可能时，所有人都感觉要疯了！

一些进化者面露震惊之色，难道楚风成功拿下了黑冥鹏王？一个废掉了的楚风竟然胜出了？

元磁仙窟的人觉得难以置信，喃喃自语：“不可能！”

这时，女记者仍在跟猿猴对话。

“猿猴先生，请你告诉我，这是什么食物？”

“是……公鸡肉。”猿猴这般答道。

一群人发呆，世界各地观看直播的人也都一头雾水。

“我就知道，事情没那么简单。”元磁仙窟有人脱口而出。

但是，很快他就后悔了。因为，猿猴接下来一本正经地说了一句话：“楚风说的，这就是公鸡肉。”

人们哗然，凌山附近沸腾！

到了现在，谁都知道楚风战胜了黑冥鹏王，人们全都大为震惊。

不久前，人们还担忧，觉得黑冥鹏王太恐怖，体形庞大，遮天蔽日，无人可敌。毕竟，黑冥鹏王挣断了八道枷锁，一降临就侵占了凌山，轻而易举打败了东方十大强者之一的老猿。

结果，这才没几天，一个废掉了的楚风露面，在所有人都不看好的情况下登山，将其拿下了！

“呱！”蛤蟆出现，爪子上还拎着一大块金黄的肉。

世界各地也不知道有多少人在看直播，其中包括许多顶级科研机构的人，他们此时眼睛都冒光了，那可是域外生物，是远古神话传说中的鹏鸟，其血肉价值无法衡量。

现在有些科研机构通过研究变异的生物，初步摸索出了进化路径，恨不得将更强大的生物都研究一番。

“蛤蟆先生，请问楚风是如何战胜黑冥鹏王的？”女记者提问。

“请叫我神兽！”蛤蟆当着全世界人的面，一本正经地纠正道。但是，没人相信，所有人都哈哈大笑。

“神兽，请细说战况。”女记者倒是很给面子。

“楚风跟我一样，神勇无敌，盖世无双，算是十万年一见的天才，见到小鸟后一巴掌拍过去，就将它拍死了！”蛤蟆牛气地说道。

如果它很谦逊，人们还愿意相信它说的话，但它这副姿态让人怀疑，人们一阵发呆后，总觉得它满嘴跑火车，根本就没一句实话。

各地来了很多进化者，也有不少媒体人。因为知道黑冥鹏王已经死了，他们都不再害怕了，全部蜂拥上前提问。

楚风终于露面，他满面红光，毛孔向外喷金光，浓浓的能量不断释放而出，浑身带着诱人的香味。

“我是来请大家吃肉的！”楚风一挥手。

接着，不断有猿猴走出，两两一起，抬着大块的肉。一瞬间，凌山上下飘满了让人无法抗拒的香味。

然后，一群人不顾形象，二话不说，直接冲上前去。

很快，更多的进化者拥来，就是元磁仙窟都有部分人上山，加入了抢夺食物的行列。当然，那部分人都避开楚风，不想自身太尴尬。

现在，全世界的人都惊呆了，这是什么情况？

所有人都无语了，盯着直播画面，看着众人包括知名人士抢夺食物，眼睛都直了。

凌山之巅，蛤蟆重回大林寺，威胁半死不活的黑冥鹏王："还不臣服？你全身的羽毛都被扒光了，一根都没剩，想直播吗？我可以成全你。"

外面，楚风宣布，他要重新编造美食排行榜。

很快，他看到了元磁仙窟的人，便问道："欸，你们琳公主呢？她赌输了，是我的了！"

这时，许多镜头对准楚风，而后又对准元磁仙窟的人。看热闹的不嫌事大，在场的记者都想大力报道。

戚琳也上山了，正想拉拢楚风呢，因为觉得他能力非凡，结果正好听到他这样的话语，转身就想走。

"在那里！"有记者发现了戚琳，镜头直接对准了她，将她暴露在了直播画面中，顿时引起了成片的惊呼声。

此时，世界各地许多人看到了戚琳，顿时惊为天人，因为她实在美貌，称得上倾城倾国，令人惊艳。

但是，楚风的声音很快响起，破坏了这么美丽的画面。

"愿赌服输，你把自己输给我了。"

第194章

天下第一

戚琳哪怕很放得开，现在面对直播也想躲避，因为她知道这可能是世界范围的直播，各地的人都在关注。

众目睽睽之下，谈把自己输出去的问题，这种感觉很糟糕！

瞬间，戚琳逃之夭夭。

“喂，别逃，说话算话。”楚风在后面喊。

作为一个挣断了六道枷锁的奇才，戚琳如果想逃，那些拍摄的人哪怕是进化者也根本追不上，她很快从镜头中消失了。

“寻人启事，谁看到她，记住把她交到我这里，她是我赢过来的人。”楚风冲着人们摆手。

密林中，戚琳直翻白眼，暗自磨牙，这些话可真不中听，什么叫交到他这里，真当她是他赢来的“东西”吗？

元磁仙窟一群人大怒，这家伙太直接了，还真想收走戚琳啊，她可是极地真正的公主。

但是，没人敢出头，这些降临者的后人都没敢找楚风的麻烦。

事实摆在眼前，黑冥鹏王都被楚风拿下了，这种战绩一出，天下谁不忌惮？

别说他们，就是极地那些沉眠的老妖怪，苏醒过来后也得掂量一番是否要出手，因为这个楚魔王实在让人看不透。

到现在，人们还不明白他是怎么拿下一个挣断了八道枷锁的域外降临者的。

“他到底有多强？”密林中，戚琳问身边那个披着斗篷，将全身包括头部在内都遮住了的神秘人。

这是从极地来的高手，是一位真正的降临者。他原本想登上凌山，跟黑冥鹏王谈一谈，避免争斗。

顺带着，如果楚风归顺元磁仙窟的话，他也可以帮忙说上几句话，尝试保住楚风的父母。当然，他代表早期的降临者跟新出现的降临者洽谈，这才是最主要的，其他事都是顺便而为。

可是，楚风直接将黑冥鹏王拿下了，超出了他的预料。

他远远地盯着楚风，回答戚琳的问题："远距离观察，感应不到他的强大气息，看起来很普通，但是能拿下黑冥鹏王，绝不简单！"

"会不会是用场域困住黑冥鹏王，然后拿下的？"戚琳怀疑。

"不排除这种可能。但是，我更倾向于他自身实力很惊人，根本就没有废掉，而且进化很迅猛。"披着斗篷的降临者说道。

事实上，现在所有人都被楚风的战绩镇住了。

可是，人们无法理解，他分明废掉了，怎么还能拿下黑冥鹏王？也有人跟戚琳一样怀疑他是动用的场域。

此时，外界很不平静，各方人马都在议论，从普通人到顶级财团都想知道真相。

有些财团很不淡定，才刚刚有底气，觉得楚风已不足为惧，甚至能被他们压制了，结果却传出了这样一则爆炸性的消息。

一些势力甚至有点惶恐，开始认真回想最近到底有没有得罪楚风，还真怕他找上门来算账。

最后，许多人擦冷汗，觉得楚风多半没有废掉，他瞒过了所有人，等着图谋不轨的人跳进他挖的坑中。

"幸亏黑冥鹏王降临，逼出了他的真正实力，不然我们以后都得倒大霉。"

"没错，这是一个坑货，太不是东西了，一直等着我们跳进坑里呢。"

各路人马都在议论，一个个都觉得有些后怕。

尤其是一些财团高层，那可真是心惊肉跳，他们可不想再被这个楚魔王登门讨债了。

当然，也有人不这么认为，始终相信楚风废掉了，只是他的场域天赋过于惊人，他已经走出了一条与众不同的路。

这部分人坚信，楚风这一战完全是靠场域拿下的黑冥鹏王。

不管怎么说，楚风的实力都极其惊人，想不引人关注都不行。

“天下第一！”有人甚至喊出这种口号，觉得楚风现在是最强大的进化者，或者是最强的场域大师，实力深不可测。

听到这种口号后，楚风脸色微黑，有人想让他成为众矢之的，没安好心啊。

他扔下所有人，回到大林寺，亲自审问黑冥鹏王，想要获取有价值的信息，并逼迫它臣服。

楚风没有除掉黑冥鹏王，因为，他不想真跟降临者战斗不休，他除掉黑冥鹏王的话，肯定会引发惊涛骇浪，以后无论哪个降临者出现，都会防备他，甚至与他大战。

这个世界上第一个除掉域外降临者的人，从某种意义上来说会登上黑名单，被域外生物重点“关照”，这可不是什么好事。

所以，他很想降伏黑冥鹏王，如果它能收起敌意，就此与他生出默契，相互照应，那么其他域外生物也不至于盯住他不放。

可是，黑冥鹏王很强硬，就算楚风放低姿态，想跟它和解，不再提降伏，它都冷笑连连。

“你也知道害怕？实话告诉你，我们那颗星球一共来了四个生物，我只是最弱的那个，若是我出事，其他三个降临后，必然会找上你。”黑冥鹏王冷冷地说道。

楚风自然知道那三个生物，一个是长有洁白羽翼的金发男子，一个是身材修长的紫衣女子，还有一个是色彩斑斓的猛虎。

太空探测器都曾经捕捉到他们的身影，他们目前都在卫星轨道上。

“你放我走，我可以考虑对你既往不咎。”黑冥鹏王突然这么说道，因为它刚才一阵惊悚，感受到一股寒意。

它那种强势姿态似乎引起了楚风不满，它还真怕楚风会直接除掉它。

“不必了，我仔细想过，还是送你上路好了！”楚风冷冷地道，态度突然大转变。

他觉得，这只鹏鸟的态度已经很明确了，它不会臣服，更不会一笑泯恩仇，等另外三个域外生物降临，它肯定会跟他再次大战。

与其如此，还不如现在直接除掉它，省心省力。

“别，我与你化解恩怨，我们也算不打不相识，一切就此揭过如何？”到了最后，黑冥鹏王反倒急了，不再强硬。

“你还是安心上路吧！”楚风黑着脸说道，下定了决心。

黑冥鹏王急促地说道：“你要知道，跟我同来的三个生物降临后，你一定会处境艰难，而如果与我和解，我们都会是你的朋友。”

它所有的强势与傲慢全都收敛了。

“他们敢来找我的话，斩了就是，一个祸患都不留！”楚风很干脆地说道。

“你……在走钢丝，在为自己掘坟墓！”黑冥鹏王大叫。它真的不想死，所有的强势都是基于楚风刚才没有动杀意，想要劝降，现在它也害怕了。

“我是一个立志要活捉神子与圣女的人，会害怕这些？最近过得太安逸了，来吧，域外的降临者如果都是跟你差不多的角色，来多少我斩多少！”

楚风这一番话语，惊得黑冥鹏王目瞪口呆，而后心里彻底发毛了。

“真要除掉它？”蛤蟆问道。

“没办法，这只鹏鸟不归心，注定要成为敌人，不如早点解决它！”说罢，楚风上前，张嘴喷出雪白而猛烈的庚金剑气，将这只庞然大物解决了！

不远处，老猿看得目瞪口呆，觉得楚风太干脆了，一只域外鹏鸟就这么死了。

一群年轻的猿猴都惊呆了，但很快又对楚风面露崇拜之色，这可真是一个牛气冲天的大魔王！

这时，楚风的通信器响了，是叶轻柔、欧阳青、杜怀瑾他们找他。

“老大，你除掉了域外降临者？真是险些吓死我们！”

接着，各路人马都开始联系他，他的通信器响个没完，他有选择地接通。

随后，他联系黄牛，问黄牛有什么好办法储存那足有八百米长的鹏鸟。

哪怕是放进玉瓶里，血肉蕴含的能量也终究会流失。

“提炼出它的血液，那可是好东西，蕴含着丝丝缕缕的祖鹏真血，提炼出来有大用！”黄牛告诉他。

黄牛心情极佳，说自己与大黑牛等都要出关了，不仅恢复了实力，而且寻到了异果，如今已经挣断了第六道枷锁。

楚风很高兴，黄牛一旦境界提升，实力绝对惊人，因为其掌握了无上呼吸法，且天赋超凡。

“祖鹏真血可以跟异果混在一起，炼制宝药。”黄牛告诉楚风。

“好，这下稳妥了，你赶紧出关，用不了多久，或许我就可以让你再次突破，我自己说不定也能更进一步。”楚风心情愉悦地说道。

域外生物即将不断降临，他的实力再次提升的话，他便可以不惧任何挑战。

接下来，楚风拉上蛤蟆和老猿，立刻开始行动，按照黄牛教的方法，提炼黑冥鹏王体内蕴含着的祖鹏真血。

显然，这项工程有点大。

在这个深夜，他们成功完成。

时间不能拖得过久，因为能量每时每刻都在流失。

最终，楚风得到了一小罐金色的血液，血液黏稠得惊人，非常耀眼，里面蕴含着真正的祖鹏真血。

这东西其实还能进一步提炼，所谓的祖鹏真血太稀珍，后世子孙的体内不可能蕴含很多。看着是一小罐，其实真正的祖鹏真血比这还要少很多，但是楚风觉得没有必要提炼下去了，炼药时反正还要蒸煮。

当夜，楚风带着父母离开凌山，老猿也走了，与楚风同行。

他们担心域外生物再次降临的话，会直接找到凌山来，还是暂避锋芒比较好。

楚风觉得，起码应该除掉与黑冥鹏王来自同一颗星球的另外三个生物再说。

“天下第一！”

“号外，号外，楚魔王迅猛崛起，坐上了天下第一高手的宝座。”

一日间，这种消息满天飞，各地的人都在热议。

楚风脸色微黑，总觉得有人在故意推动他成为众人关注的焦点，那样的话，域外生物降临后，肯定会先找他。

楚风让父母和老猿隐居起来，他跟蛤蟆则又出现在世人的面前。

戚琳第一时间找上门来，跟他接触。

“愿赌服输，你主动送上门来了？”楚风问道。

“我这人还是很诚信的，当然，我是女人，不是君子，所以我跟你的赌约有一部分有效。总的来说，我们可以常联系，多走动。”

戚琳不笑时，如仙子般出尘，一旦甜笑，则大眼水汪汪，笑靥如花，如同一个千娇百媚的魔女。

现在她就笑得很灿烂，眼波流转，动人心旌。

“你这是耍赖皮。”楚风直接这么说道。

戚琳翻白眼，道：“谁叫你这人不实在，总是欺瞒我们，让人不安。你能告诉我究竟是怎么除掉黑冥鹏王的吗？”

“我是进化者，实力天下第一。”楚风大言不惭。

这反倒让戚琳狐疑，不相信这些话，她甚至不避嫌，直接抓住楚风的手，亲自试探，之后愕然地道：“你不在王级领域？！”

楚风体内的黑白小“磨盘”可以随时驱散能量，让他看起来很普通，他人看不出究竟。

戚琳万分不解，开始动摇，难道楚风真的是靠场域取胜的？

随后，她说元磁仙窟的人与几家财团联手要探几座名山，郑重邀请楚风加入，优先给予他好处，比如采摘异果，让他先选。

探名山是一方面，另一方面，她想再次确定楚风的场域造诣到底有多高。

楚风欣然同意。

这一次，极地来了一些高手，比上次的阵容还要强大。

第一站，他们赶到悬田山，这座神山也是道教祖地之一。

在悬田山，楚风破解了部分场域，带着众人深入。

最后，极地的高手死了数人，财团的人死了十几人，楚风采摘到四颗异果后，告诉众人不能再深入了，此地凶险程度堪比虎泷山。

第二站，他们去了辕山，这是天下顶级名山，自古闻名。

在辕山，楚风发现了可以让人挣断第七道甚至第八道枷锁的神圣异果，奈何那棵古树扎根在一片神秘场域中，他也进不去。

这一次，极地又有高手殒命，财团也损兵折将，楚风和蛤蟆也挂了彩。

从辕山出来后，黄牛、大黑牛、西伯利亚虎王、驴王和金雕王出现，远远地就大喝着："谁敢绑架我家兄弟，当我昆林山无人吗？拿命来！"

事实上，无论是极地的人还是财团的人，都十分后悔跟楚风一起探名山，总觉得楚风是个丧门星，两站而已，就让他们损失惨重。

现在见有人兴师问罪而来，财团的人直接哭丧着脸高喊："求你们了，赶紧将他带走！"

黄牛等狂奔向楚风。

大黑牛、西伯利亚虎王、驴王呼啸而来，罡风卷地，飞沙走石，百草折断。

黄牛已化成人形，金色发丝如绸缎般光滑，面孔白皙漂亮，睫毛很长，大眼睛闪烁着智慧的光芒，坐在驴王背上一颠一颠的。

金雕王展开双翅，突破声障，翱翔在半空中，足有百米长，在地上投下大片的阴影，像超声速飞行器似的。

财团的人惊呆了，这可都是挣断了六道枷锁的凶禽猛兽。

"兄弟，你没事吧？"西伯利亚虎王冲到楚风近前，咧开血盆大口，露出如匕首般锋利的獠牙，问楚风。

附近，财团的人脸色发白。

"还好，就是在辕山略微受了点伤，没什么大问题。"楚风答道。他非常高兴，终于再次见到了这几个家伙。

"呱！"蛤蟆开口，纯粹是找存在感。

大黑牛通体乌黑，皮毛亮晶晶的，瞪着一双铜铃般的大眼，看起来像是一只太古凶兽。大黑牛带着狂风来到近前后，神色不善地盯着众人，伸出一只前蹄指着众人，道："你们太过分了，掳走我兄弟来山中做苦力，还让他受伤。"

财团的人真心叫屈，认真回想片刻，都出了一身冷汗。

首先，在紫旌山时，楚风名义上是帮各路人马温养兵器，结果八卦炉燃烧，也不知道烧死了多少人。

随后，恒岭之行，财团的人马一路当"炮灰"，数十人搭了进去，就是域外降临者李苍河都死了。

接着是悬田山、辕山之行，他们刚经历过，不仅什么都没有得到，而且前前后后又有一群人殒命了。

极地的人也都脸色阴沉，因为极地不仅死了一些年轻弟子，就是真正的降临者都有几个死了，下场很惨。

越是细想，财团与极地的人越是后背冒凉气，这还真不是说说而已，这个楚风简直就是丧门星，跟他组团行动的人很多没好下场。

在财团的人抱怨，摆出事实后，就是西伯利亚虎王和大黑牛都发呆，仔细想来，还真是邪门。

“话不能乱说，你们这是诋毁我兄弟，传出去的话不是坏他生意吗？谁还敢找他破解名山大川的场域？就这样吧，这次就算了，争取下次合作愉快。”大黑牛说道。

“没下次啦！”财团的一名老者满身是伤，连头上都缠着纱布，一副很激动的样子。

“砰！”

大黑牛动怒，瞪着前方，一蹄子猛力跺在地上。

“嗷！”

蛤蟆刚好被踩中，号叫一声，而后跳起来就要跟大黑牛拼命。

财团与极地的人都愕然，这是要内讧？他们倒是很希望大黑牛和蛤蟆打起来。

楚风傻眼，赶紧阻拦，喊道：“都是自己人！”

蛤蟆鼓着肚子，瞪着眼睛，十分不忿。

大黑牛也昂着头，一脸鄙夷地看着蛤蟆。

“兄弟，说好的神兽呢？忽悠谁啊，一只蛤蟆而已。”西伯利亚虎王唯恐天下不乱，凑到近前拱火。

连驴王都不安分，扬起驴蹄子跃跃欲试，想掂量一下这所谓的神兽的实力。这个软骨头最近实力大增，胆子也大了。

“别闹。”最后，黄牛紧绷着小脸，敲打驴王，才让驴王老实下来。

“各位，青山不改，绿水长流，日后再见。”楚风跟财团和极地的人告别。他不虚此行，采摘到了异果，心满意足。

“最好别再见！”有人嘀咕着。

“你是我赢下的，跟我走吧？”楚风调侃道，向戚琳示意。

戚琳顿时变了脸色。

极地的人都不拿好眼神看楚风，这次跟着他探名山大川损失惨重，如果不是忌惮他，担心他坑人，他们还真想先收拾他一顿，然后直接把他带去元磁仙窟。

“走喽！”楚风坐在蛤蟆背上，一拍它屁股，它便跳着离去。

一群人都无语，这就是除掉黑冥鹏王的狠人？怎么看他的样子都很逊，但是没人敢奚落与鄙视他。

直到离开很远，黄牛才跟楚风交流。黄牛等一直藏身在西部，最终都恢复过来，好处巨大，不仅重新进化，夯实了根基，而且挣断了六道枷锁，实力大增。

黄牛看着年纪很小，但是战力惊人，面对同阶对手所向披靡，在西部实战过很多次。

黄牛体内那个半物质半能量的“捣药罐”乃前贤所留，已经全面激活，作用类似于楚风体内的黑白小“磨盘”！

此时，太空中，长有洁白羽翼的金发男子、身材修长的紫衣女子和色彩斑斓的猛虎都神色难看。

因为，他们得到禀报，黑冥鹏王死了，被一个原住民除掉了。

这个世界上有些势力通过太空的空间站和探测器等，专门跟他们联系，与他们交流，告知他们所有的事。

“楚风！”

所以，他们还没有真正降临，就已经知道了“楚风”这个名字，更了解了凌山事件，此刻已经震怒。

外人很难想象要降临到地星有多难，地星有能量防御层，有神秘场域，而且有选择性地针对域外生物，动辄让他们灰飞烟灭。

黑冥鹏王历尽千辛万苦，种种艰险，终于降落在地面，并占据了名山，结果却死在了一个原住民的手里。

在他们看来，这是奇耻大辱。

“斩了他！”太空传来一声猛虎的咆哮，简直要撕裂天宇。

不远处，那四个站在陨石上的如同神魔般的生物此时也都睁开眼睛。目前，他们和金发男子等暂时达成了一致。

这些天，他们和金发男子等都没有采取行动试图降临，就是因为在协商如何划分利益。

现在，金发男子、紫衣女子和猛虎找到他们，双方短暂交流后，终于有了决定！

“嗷——”

那只色彩斑斓的猛虎昂首而立，不断咆哮，震动太空。

地面上，各大势力都吃惊不已，这只猛虎气势恐怖无比，像是要一口吞掉星辰。

“轰隆！”

猛虎身体不断变大，到了最后居然足有千米长，它猛地冲进大气层。

在此过程中，它遭到神秘能量阻拦，嘶吼着，挣扎着，散发出强大的威势，释放出惊人的能量。

接着，一块陨石坠落下来，陨石上有一道神魔般的身影，尾随着足有千米长的猛虎向地面坠落而去。

这个景象有些可怕。

“又有域外生物要降临了！”

“不可想象的强大能量在大气层中激荡，让监测仪器爆表！”

……

地面上，负责监测太空的军事基地内部顿时一阵大乱。

各国高层、各大势力的头领等人脸色全都变了，域外生物强势降临，这一次肯定会掀起无边的惊涛骇浪！

很多人意识到，楚风多半会大祸临头，那些域外生物只要成功降临，必然会联手对付他！

显而易见，这次那些域外生物主要是为他而来。

“楚风，快躲藏起来，麻烦大了，太空中的神魔和猛虎要降临了，要来对付你！”玉虚宫的陆通第一时间通知楚风，他很焦急，让楚风立刻躲进深山中。

因为，他觉得这次事情闹大了，一下子来了两个域外生物，都是恐怖强者，楚风肯定挡不住。

接下来，林诺依、杜怀瑾、龙女等人都很着急地找到楚风，劝他快躲起来。

消息快速传开，各方人马都知道了，域外生物在向地面降落，要对楚风出手。

然而，楚风很平静地道："躲避什么？他们刚降临时，肯定都会负重伤，正是我去对付他们的好机会！"

他看向黄牛、大黑牛等，道："你们先走！"

"走什么，一起干！"大黑牛大声道。

"我们带着那杆禅杖，去对付域外生物！"黄牛也挥动着小手，小脸上洋溢着霸气。

楚风神色严肃，道："金雕王，你现在也是挣断了六道枷锁的生物，速度能达到六倍声速吧？一会儿确定域外生物的降临地点后，你载我们立刻前往！"

域外生物马上要降临了，可是楚风依然不惧，还想主动出击，先下手为强！

第195章

反击域外强者

域外猛虎扑击，千米之躯庞大如山，从太空进入大气层，遭到了可怕的能量侵蚀。

成片的符文在虚空中亮起，交织成网，带着惊人的能量波动，向那只域外猛虎围拢而去。

“哧！”

高空迸发出刺目的光芒，“光浪”冲天，足有千米长的域外猛虎受到了阻击。

在它的后方，一块燃烧着的陨石横空而过，极其璀璨，带着骇人的气息，迸发出骇人的光芒。

陨石上，有一个人形生物岿然不动，他穿着黑色金属甲胄，连头颅与面部都被遮住了，只露出一双眼睛，眼神阴森而冷厉。

两大域外强者一前一后，冲向地面。

显然，以他们的肉体强度来说，哪怕直接摔在岩石上，他们也摔不死。何况他们身上都有大能的粗陋制品，足以带他们飞行。

此时，天宇中这一惊人的异象早已引发全世界关注。

各国没有隐瞒，将捕捉到的画面都直播了出来。世界各地无数人在紧张地盯着屏幕。

域外生物即将降临，如果没有意外，不用多想也知道他们会先冲楚风而去。

“楚风完了。”有人开口。

那只域外猛虎看起来比黑冥鹏王气势更盛，实力也强上一截。

而在它的身后，那块陨石上一动不动如同神魔般的身影似乎更加骇人，释放出一缕又一缕能量。

投效域外的人与势力早就跟太空的几个域外生物联系过，现在脸上露出淡淡的笑容，略显残酷。

他们希望那两个域外生物成功降临，那样，他们从此以后便有了强大的靠山。

“这个世界终究会覆灭，早些投靠域外强者总比被强力压制强，比愚蠢地抗争强。”有人自言自语，为自己的背叛找理由。

这些人中有的原本就是楚风的敌人，曾经隐忍很长时间。

“楚风，你很强，可以说有天纵之资，一个人而已，就压得我们抬不起头，可这次终究难逃一劫。”

他们看到那只足有千米长的域外猛虎俯冲下来，距离地面越来越近，摆脱了能量的侵蚀，突破了符文的阻挡，即将成功降临。

而那块陨石焚烧着，照亮天宇，也在疾速降落，快闯到低空了。

这很惊人，意味着两个域外生物即将成功降临！

“楚风，不管你是佯装废掉，还是真的出了问题，只是依靠场域的力量，现在都不值得去计较了，因为你死定了！”

“我很想知道楚风会怎么做，抗争肯定是徒劳的，我想他会开始大逃亡，躲进深山老林。”一些人断言。

然而，他们不会想到，一旦确定那两个域外生物的降落地点，楚风就会主动出击！

“会不会出问题？那可是两大域外高手，并不是一个！”驴王心虚，关键时刻，这个软骨头又怯弱了。

黄牛瞥了驴王一眼，长长的睫毛轻颤，看起来像一个粉嫩的洋娃娃，却那么镇定，让驴王的脸都臊红了。

“看来两个域外生物要降落在东方大地上，准备出击！”楚风开口。

“好，今天干票大的！”西伯利亚虎王说道。

“虎哥，来的有一个可是你的本家，你到时候下得去手吗？”大黑牛问道。

“说什么呢，今日我要大义灭亲！”西伯利亚虎王一副正气凛然的样子，其实在琢磨怎么才能夺取域外虎族的传承。

大黑牛睨视西伯利亚虎王，道："虎哥，你一本正经地说这些话时不脸红吗？你别这么一副很正义的样子，跟你的气质根本不相符。"

"嗷——"

猛虎啸长空，如同雷霆炸开！

在东方大地的上空，足有千米长的域外猛虎疾速降落，浑身条纹都在发光，像是一道又一道闪电交织着。

大地上，人们骇然！

在这个过程中，虎啸声震荡，随着域外猛虎临近大地，被人清晰地听到了。

此时，空中发生异变，那块焚烧着的陨石竟然突然爆炸，化作一团耀眼的火焰，焚烧天宇。

那个如同神魔般的人形生物身上的甲胄迸发出黑色光芒，一身能量恐怖无比，强得不可想象，哪怕还没有临近地面，就让许多高耸的大山颤动，甚至龟裂了。

要知道，他离地面还很远呢，居然就能传递下这么惊人的能量，简直像要毁灭万物。

各国负责监控的人都大惊失色，这个神魔般的人形生物应该比那只域外猛虎更加强大，绝对恐怖。

不过，他遇到了大麻烦，遭到了虚空中能量的侵蚀，不然，他脚下数百米长的陨石也不会炸开。

"不！"突然，他大叫起来。这是精神嘶吼，响彻高空，他居然非常惊恐，像是在剧烈挣扎。

"噗！"

谁都没有明白是怎么回事，这道如同神魔般的身影所在的空间就发生了爆炸。

他被一片神秘符文吞噬，接着，蓝色的火焰化成彼岸花形态的能量，在虚空中将他焚烧成了灰烬。

一个强大的域外生物就这么形神俱灭！

不少人愕然，尤其是那些投靠了域外的人，这个时候都在发呆，脸上的笑容还没有来得及收敛，便凝固在那里，身体略微发僵。

越是强大的生物越不易降临，付出的代价越大，这是黄牛曾经说过的话，现在应验了。

“嗷！”

域外猛虎发狂，惨叫不已，因为，它也麻烦缠身，临近地面时被火焰笼罩着，弄不好也会化成灰烬。

“砰！”

终于，它着陆了，将地面砸出了一个巨大的深坑，土石翻滚，如同浪涛一般拍击向高空。

它身上有大能的粗陋制品，发出光芒，包裹住它，使它最后关头没有完全硬砸向地面，不然，这片大地估计都要沉陷。

即便如此，地面也被它砸得不成样子了。

域外猛虎仰天嘶吼，声音传出数百里远。它虽然浑身是血，负伤不轻，但是性命无碍，没有伤到根本。

“我来了！”它一跃而起，冲出那砸出的深坑，足有千米长的躯体矗立在大地之上，像一座大山般。

它对天咆哮，煞气冲天，血盆大口张开后像是能吞下地面上的一切生物。

“报告，这只域外猛虎能量值异常，超越黑冥鹏王！”

看到监测仪器后，相关组织的人都惊呆了。

域外猛虎的能量值爆表，据初步估测，它应该比黑冥鹏王强一大截，接近甚至已经挣断了九道枷锁。

“嗷——”

虎啸山林，无数的大树断裂，叶片炸碎，地面隆隆震动。

“很有可能一只脚已经迈进了挣断九道枷锁的行列，或许是因为受了伤，它降落在地面后不在巅峰状态，看起来比在天空中时略显虚弱。”有人做出判断。

域外猛虎腰部负伤，走路时轻颤，看得出它在忍受剧痛。

“楚风，你躲好了吗？这是最后的机会，趁它还没有恢复，一定要有多远逃多远！”陆通很焦急。

其他人也是如此，给楚风发文字消息，让他暂避锋芒，不要硬抗这个可怕的域外生物。

“楚风，我为了对付你，提前一步从太空下来，你这个土著，无论逃到哪里我都要将你找出来！”域外猛虎咆哮，声音传出去数百里远。它太强大了，这等于在昭告天下。

另一片地带，楚风坐在金雕王背上，黄牛、大黑牛、西伯利亚虎王、蛤蟆和驴王也在。金雕王驮着他们，像是一架超声速飞行器，速度达到了六倍声速，径直向域外生物降落之地赶去。

时间不是很长，他们就临近了，被一些卫星捕捉到了模糊的画面。

此时，域外猛虎在疗治伤体，它站在原地，浑身发光，能量翻腾。

它的躯体渐渐缩小，最后只有十米长，因为目标太大，容易遭到袭击。

这一刻，人们吃惊地看到一只速度达到了六倍声速的巨禽凌空，飞过诸多大山，赶到域外猛虎降落的地点，实在太快了。

“想对付我？”楚风站在金雕王背上，脸上挂着冷笑，手持雪亮的金刚琢。

“轰！”

就这么一瞬间，那雪亮的金刚琢被楚风注入能量后，璀璨夺目，耀眼绝伦，简直比太阳还绚烂，被他全力掷出去后，速度无比惊人。

那只身体缩小了的域外猛虎发现了凌空而来的金雕王，也看到了扬起手的楚风，但是根本来不及躲避与抵抗。

因为，金刚琢快得不可想象，像是一道雷霆带着绚烂的光束，直接轰击下来。

“砰！”

恐怖的能量在域外猛虎身上炸开，巨大的冲击力仿佛可以毁掉一切，金刚琢爆发后威力巨大无比，让人无法抵抗。

“嗷——”

域外猛虎凄厉地嘶吼着。

金刚琢虽然体积小，但蕴含的能量太恐怖，一旦爆发就是毁灭性的。

况且，楚风的金刚琢击中了域外猛虎的要害，正是受伤的腰部。它遭受了可怕的重创，行动都不便了。

世界各地，人们瞠目结舌。这是什么情况？楚风主动找来了，要解决这只域外猛虎?

先前还有人脸上挂着冷笑，认为这个域外生物一旦恢复体力，身体痊愈，就会对付楚风。哪里料到，楚风胆大包天，竟然主动出击!

一切都反转了，人们本来还以为楚风会躲进深山，逃向荒凉的区域，没想到他第一时间赶到现场对付域外猛虎。

无论是东方还是西方，世界各地的人都惊呆了!

“嗷——”

域外猛虎身上的斑纹射出一道又一道炽烈的光芒，同时，它张嘴喷出一股黑色的气流，向楚风他们席卷而去。

“快躲开！”黄牛喝道。

“轰！”

金雕王载着他们振翅而起，速度实在太快，导致空中发生大爆炸，腾起朵朵蘑菇云。

山林中，一座山被域外猛虎喷出的黑色气流擦中，无声无息就少了半截，这个景象吓了所有人一大跳。

黄牛小脸绷紧，道：“猛虎一脉主杀伐，煞气最重，那是它喷出的虎煞，一般的人被侵蚀后会形神俱灭，就是很多强大的进化者都扛不住！”

不过，黄牛强调，哪怕是猛虎一脉，孕育的虎煞也不是很多。

这只域外猛虎又急又怒，恨不得一下将他们全部除掉，所以才一上来就动用了虎煞。

“病猫，拿命来！”大黑牛喝道，同时将手中的禅杖高举过头顶，浑身发光，向禅杖中注入能量。

在大黑牛的背后，一道巨大的金色身影浮现，神圣无比，那是一尊金身老佛。

一刹那，佛光普照，十分绚烂，照亮虚空。

佛族能量流转，像是山洪倾泻，又如火山喷发，这片天空顿时沸腾，隐约间传来阵阵诵经声。

全世界的人都在关注这里，此时看到那尊金身老佛，都面露惊容。

大黑牛“嗷嗷”直叫，挥动禅杖，“轰隆”一声向山林中的域外猛虎砸去。

瞬息间，佛光如滚滚岩浆，席卷山林，天空中那尊金身老佛竟然动了，随着那杆禅杖向下拍出一掌。

“轰！”

佛族的特殊能量压制异类，带着佛光的大手从空中拍落下来，真是恐怖至极，让那凶狂的域外猛虎都心里一阵发毛。

“嗷！”

域外猛虎怒啸，再次喷出虎煞，同时挥动一双巨大的爪子，迎向高空，进行防御。

它的身体虽然不灵便，但也还是动了。

这片地带，虎煞、佛光一起爆发！

“砰砰砰——”

山林被毁，大树一棵一棵地炸开，山头都断掉了，破坏力异常惊人。

域外猛虎惨叫，它在这一回合中吃了亏，虎煞被那只带着佛光的大手抵住，自身也被压制，嘴里有血流出，身体痉挛。

尽管如此，它口中喷出的虎煞还是有一部分冲天而上，险些擦中金雕王庞大的躯体，震荡高空。

“哞，我不行了，我得休息一会儿。”大黑牛挥动完禅杖后，顿时手脚发软，差点累得虚脱。

这件武器太古怪，能疯狂地将催发者一身的能量吸干，也正是因为如此才威力巨大。

“楚风，蠢牛，还有那只野雕，我要斩了你们所有人，你们一个都别想逃！”地面上，域外猛虎嚎叫。现在它周身能量翻腾，形成一道光幕，笼罩住它的身体。

它的腰部更是能量翻腾不已，它想修复腰部的伤，使之不影响战斗。

这一刻，它身上的斑纹都在发光，炽烈而刺目，伴着可怕的能量波动。

猛虎一脉天赋很高，身上的斑纹是祖辈留下的印记，隐藏着传承，是蕴含着天地道理的纹路。

“给我！”黄牛开口，接过禅杖，准备发动攻击。

同一时间，楚风竟然从金雕王背上跳了下去，而后运转强大的精神力，“嗖”

的一声将金刚琢从远处的土石中吸起，取到手中。

域外猛虎一下子盯住他，目露凶光，“呼”的一声向前扑去，展开攻击。

“打！”天空中，黄牛双手举起禅杖，向下砸去。

金身老佛再现，高达数百米，口中发出诵经声，一只手向下拍去，顿时佛光大盛，照在山林间。

“嗷！”

域外猛虎怒吼，躲避开来，它的气势顿时被削弱了。

楚风再次对着它祭出金刚琢，金刚琢速度太快，发出雪亮的银光，并且威势惊天动地，像是九天惊雷降下，缭绕着闪电，伴着惊人的能量。

空中发生了爆炸，那里的景象有些奇异，空间都像是炸开了。

域外猛虎怒吼，它行动不便，躲避不开，只能硬抗。它挥动大爪子，奋力抵住金刚琢。

虎啸声响起，惊天动地，整片山林乱叶翻飞，无数叶子炸碎。

域外猛虎惊怒交加，它的右前爪被打得骨折，同时尖甲断落在地上，剧痛难以忍受。

这一击而已，就几乎废掉了它的右前爪，这才刚开战，简直让它难以置信。

它自信满满而来，结果一降临就被重创。

“砰！”

同时，天空中又有一只大手拍落下来，将它拍得横飞而起。

这是黄牛发动的第二击！

显然，黄牛挣断了六道枷锁后，体内的神秘器物——“捣药罐”全面激活，其实力大大增强。

因为，黄牛可以借助圣人所留的“捣药罐”源源不绝地吸收外部的能量，以补充自身所需。

“收！”楚风大喝。金刚琢在紫旌山的八卦炉中熬炼后，也进化了，跟楚风建立起了莫名的联系，加上他自己得以进化，精神力变强，他瞬间就能将金刚琢寻回。

“呱，让我也来一下！”蛤蟆兴奋无比地喊道，从黄牛手中抢过禅杖，同时运转不久前学到的大雷音呼吸残法。

现阶段，楚风没敢教蛤蟆完整的大雷音呼吸法，怕出大事，担心以后佛族会找上门来算账。

“轰！”

禅杖发光，佛族的特殊能量滚滚而起。蛤蟆大叫道：“去吧！”

在它的大叫声中，金身老佛再次浮现，又是一掌拍落，打向地面的域外猛虎。

“嗷——”

今天，这只域外猛虎算是倒了大霉，居然这么被动地挨打，而且还难以躲避。

最主要的原因是，它降临时腰部负了重伤，被拥有火眼金睛的楚风看透了虚实，又用金刚琢给它来了一下，致使它行动更加不便。

“砰！”

域外猛虎横飞而起，皮毛上满是血。

“打！”楚风喝道。金刚琢又一次飞出，将域外猛虎的另一只前爪也砸得骨折了。

世界各地，人们目瞪口呆，简直不敢相信自己的眼睛。这就是域外强者？也太惨了吧，被压着打！说好的睥睨东方，征服名山呢？

那些投靠了域外的人与势力这个时候更加难以置信，全都不能接受这个事实。他们通过直播画面看着那只被打得翻滚的域外猛虎，都瞠目结舌，而后头大无比。

这跟他们想象中的完全不一样！

山林中，战斗激烈，到最后，那些投靠了域外的人与势力期待看到的画面还是没有出现。

战斗的确是一边倒，却不是域外猛虎压制楚风他们，而是楚风他们压制域外猛虎。

黄牛累得不行了，不再挥动禅杖，这东西太耗费能量。

楚风也在大口喘气，因为他每次都是将自身的能量注入金刚琢后，再将金刚琢打出去。如果不是体内有黑白小“磨盘”，他也无法这样不断投掷。

域外猛虎此时很惨，浑身是伤，怒吼连连，一身战力锐减。它都有点惊悚了。

“据监测，域外猛虎的能量值直线下降，它现在的实力估计跟挣断了六七道枷锁的生物差不多。”有组织在密切监测着，监测仪器上的数字不会说谎。

“本家，休要慌张，我救你来了。”在域外猛虎被打得战力锐减时，西伯利亚虎王终于登场，向前扑去，双目火热，不知道的还真以为两只老虎关系密切呢。

“本家，有没有什么传承教给我，让我跟他们决战时能发挥出更强大的力量？”西伯利亚虎王叫道。

“滚！”域外猛虎不上当，目光冷厉。

“你逼我大义灭亲，敬酒不吃吃罚酒，来，来，来，让本王告诉你什么是王者风范！”

西伯利亚虎王让黄牛、大黑牛和蛤蟆帮忙，一同按住域外猛虎的四肢，然后自己才扑上去，一副很威风的样子，道：“看，这就是王者风范！”

“虎哥，咱能别这么无耻吗？”大黑牛都看不下去了。

西伯利亚虎王则在域外猛虎身上搜了一番，最后黑着一张脸，道：“你的兵器呢，你的储物空间秘宝呢，怎么都没有？”

西伯利亚虎王很失望，什么都没找到。因为，域外猛虎的秘宝在它降临地星的最后一刻，全都碎掉了。

“嗷！”

域外猛虎气得肺都要炸了，掀翻西伯利亚虎王等，发狂拼命。

“砰砰砰——”

西伯利亚虎王等都被撞得横飞出去。

“还想翻天？亢龙有悔！”蛤蟆大叫着，双掌拍出，顿时罡风肆虐。

“砰！”

域外猛虎咯血，它现在虚弱无比，受伤太重。

“蛤蟆，不错，实力了得，趁现在给自己起个名字吧。”大黑牛觉得蛤蟆的实力很惊人，渐渐看它顺眼了。

“嗯，当着天下人的面，我为自己正名，从此以后不准叫我蛤蟆，我叫上官风，风华绝代的风！”

世界各地，许多人无声地张着嘴巴，目瞪口呆地看着直播画面。谁都无法相信，域外生物降临后会是这么一个结局，而蛤蟆还有闲心为自己正名呢！这也太另类了，许多人觉得不真实。

域外猛虎还想硬撑着发动攻击，楚风张嘴间喷出一道雪白的庚金剑气，让域外猛虎彻底断了气，横尸山林中。

“楚风又除掉了一个域外生物！”各地，人们震惊万分。

第196章

惊艳

域外猛虎战死一段时间后，本体彻底显露，从刚才的十米长变成足有千米长。

楚风他们暗中出手，将山林中的探测器等全部毁掉后，一起发力，开始提炼祖虎真血。这是黄牛的提议，这种域外猛虎血统超凡，体内藏着丝丝缕缕的祖虎真血。

不久后，他们从足有千米长的虎躯中提炼出了一小罐祖虎真血。祖虎真血发光，银灿灿的，散发着非同一般的神秘气息。

“这东西可以跟异果混在一起炼药，留着有大用，在现阶段称得上是瑰宝。”黄牛很开心。

西伯利亚虎王更是感觉这东西对自己有大用，或许能从中挖掘出秘密，让自己进化。

楚风答应西伯利亚虎王，除了用来炼药，这罐祖虎真血会给其留一半。

最终，他们离开了这片山林。

至此，这一战彻底落幕。

在接下来的时间里，世界各地的人都在谈论域外生物降临，结果被楚风他们除掉了的事。

“这个坑货果然没有废掉！”各大财团高层的脸色变了，通过这一役，他们可以确定楚风没有废掉，不依靠场域也很强大。

“还好，先后来了两个域外生物，让我们看清了楚风真正的实力，不然，这坑货肯定要坑我们！”财团的人感慨，暗暗庆幸。

这一事件一出，各地哗然，有人欣喜，也有人哭丧着脸。

“楚魔王依旧很强悍啊，从未退出进化之路！”一些人高兴地说道。这些人曾经为楚风被废掉感到无比遗憾和伤感，十分同情楚风，现在知道楚风没有废掉，都由衷感到高兴。

“陆地第一高手，这不是说说而已，他不是依靠场域，而是自身无敌。凌山大林寺之战如今毫无争议，那只鹏鸟死得不冤！”各地的人们都在议论。

极地元磁仙窟的人也不例外，一个个脸色不是多好看，他们居然看走了眼。

就是戚琳脸色都略微发白，她以为自己能驾驭的场域研究者居然是一个大鳄，曾潜伏在他们身边。

“太阴险了，我以前还真相信他废掉了，居然是个骗子，一路混在我们当中，跟我们一起探名山，这绝对是想利用我们，还好真相曝光了！”有人庆幸。

“难怪啊，连他那坐骑蛤蟆都在恒岭将我们当中的某些人打败了。”

听到这样的话，曾经跟蛤蟆大战八百多回合的赵崇脸都快成黑锅底了，他怒视揭短的人。这让他情何以堪？

海族知道后反应不一，南域海黑龙一族震怒，该族跟楚风结了死仇，根本没有办法化解，因为老龙王的两个儿子前后都死在了楚风的手里。

东海一脉的龙女则很开心，越发觉得跟楚风合作很靠谱，说不定真能进入东海海眼的真龙巢穴。

姜洛神、林诺依和玉虚宫之主等人也都好半天回不过神来。

“老大，你太不够意思了，明明没有废掉，却瞒着我们！”杜怀瑾、叶轻柔等人抱怨。

胡生、熊坤也都目瞪口呆，而后长出一口气，庆幸前段时间没有对楚风落井下石，还算“不离不弃”。

投靠了域外的人与势力则有些害怕，甚至恐惧，万一被楚风知道，他们绝对吃不了兜着走。

各地议论纷纷。

楚风则悄然消失一天，去见他的父母。

他叮嘱他们继续隐居，暂时不要出去，并留下异果等食物，让老猿帮忙照料他们。

老猿也想蛰伏一段时间，黑冥鹏王死在凌山这件事现在还没完呢，毕竟还有与其来自同一颗星球的域外生物没有下来。

域外第一时间得到消息，太空中那个长有洁白羽翼的金发男子一声大吼，直接震碎了一颗卫星，他很愤怒。

域外生物出现在太空中已经很不易，而降临在地面那就更艰难了。

黑冥鹏王和猛虎都成功了，足以让无数域外生物惊叹、羡慕，其结局却让人无语，都被一个本土进化者除掉了。

这实在是让他们难以接受的事实。

就在地面上的人和太空中的人情绪波动剧烈，无法平静时，宇宙深处异动，有大战爆发！

能量涌动，似乎是冲着地星的方向而来！

不过，这些还很遥远，起码现在地星上的人还感知不到。

随后，楚风现身。他甘愿在明处，想吸引太空中的那几个域外生物下来，以根绝后患。

可是，那几个域外生物很谨慎，没有妄动。

楚风准备回雷天城，同行者有黄牛、大黑牛、蛤蟆、西伯利亚虎王、驴王和金雕王。

“我们这个组合是不是也起个名称？”路上，大黑牛提议。大黑牛觉得，他们这个组合有禽有兽，不如叫“禽兽军团”。

结果，楚风他们都睨视大黑牛。

大黑牛不死心，道：“我觉得很好啊，等哪天我们征战星海，踏足宇宙深处，禽兽军团必定会扬名万域！”

“我觉得叫‘神魔军团’比较好，楚风是个魔王，而我们将来有可能进化成神兽。”西伯利亚虎王说道，而后特别声明，蛤蟆不在此列，因为它无论怎么进化，都跟神兽不搭边。

蛤蟆气得不行，大叫着，说只有它是真正的神兽，其他的都是低等族群。

这惹了众怒，一群王级强者大闹起来。

楚风回到雷天城后，第一站拜访的就是玉虚宫。他一出现，顿时让这里大乱，最后被告知，玉虚宫之主不在。

事实是，玉虚宫之主跑了，他心中不安，怕楚风出现在雷天城是为了对付他！

消息传出后，引发外界轰动。

相当一部分人嘲笑玉虚宫之主，早知今日，何必当初？

“楚风，你能恢复过来，并且实力这么强大，我很高兴，终于可以长舒一口气了。”再次与楚风见面后，陆通如释重负，不然他总觉得亏欠楚风，最近都快得忧郁症了。

“老头子，别在玉虚宫待着了，跟我走吧，来我们的军团当大管家。”楚风正式邀请陆通，挖玉虚宫的墙脚。

“什么军团？有什么目标？”陆通诧异。

“禽兽军团！”

“神魔军团！”

“圣人军团！”

这是大黑牛、西伯利亚虎王等不同的回答。

蛤蟆则咧着大嘴说目标：“我们即将征战星海，遨游宇宙，踏足十大星球，一路擒拿神子、圣女。”

“说人话！”陆通说道。

“爷是神兽，当然没法说人话，说的是‘神话’！”

几人无语。

这段日子，楚风都在山川间转悠，远离城市生活很久了，因此回到雷天城后，他带着大黑牛等开始享受生活。

某一出名的私房菜馆内，大黑牛、西伯利亚虎王、驴王等正在开怀畅饮。

驴王喊道：“老板，这真是百年老窖原浆吗？太好喝了！不过本王现在口渴了，来瓶百年矿泉水吧！”

私房菜馆的老板真不含糊，直接给驴王送来一瓶浑浊的水，告诉驴王，这是五百年的矿泉水，想要多少就能灌多少，别客气。

楚风赶紧带着大黑牛几个离开，这几个家伙都快要现出本体了，再不走估计乐子就大了。

回到城市后，他们经常出没于一些久负盛名的食府，享用珍肴、美酒。

这个晚上，楚风带着他们来到云光大厦第二十七层，自备食材而来，因为他们听闻这里的大厨手艺超绝。

云光大厦第二十七层这家餐厅很有名，平日间经常有名人来此享用美食，享受十分周到的服务。

一到这里，楚风就看到了一道绝美的背影，看着有点眼熟，但一时间竟然没有想起来究竟是谁。

楚风立刻走了过去，想看到正面，他觉得自己一定见过这个穿着非常时尚的女郎，想知道是谁。

“看这背影，我给打一百二十分，简直超出了完美的范畴！”大黑牛咋舌。

西伯利亚虎王、驴王也是双眼发直，暗自点头，那背影的确非常美，他们也想走过去看看正面。

然而，没等他们走到近前，时尚女郎就已经转过身，看了他们一眼，他们顿时受到了深深的震撼。

事实上，附近其他人也都有些发呆，因为这个时尚女郎太美了，美得有些不真实。

时尚女郎服饰新潮，完美地展现出了姣好的身段。她化着淡妆，红唇艳丽，睫毛很长，大眼迷离醉人，面孔白皙精致。

人们第一眼望去，只感觉她美得近乎虚幻。

附近的人都被这种美所吸引，都在发呆，大黑牛和蛤蟆也不例外，甚至连黄牛都微微失神。

唯有楚风跟活见鬼一样，他起初也被这种美震撼了，但是很快就感到惊悚，因为他认出了这个时尚女郎！

这不是虎泷山的那位吗？被镇压无数年都难以毁灭的古典绝世丽人，怎么摇身一变成了时尚女郎？

这是惊艳还是惊悚，楚风分不清。

颠覆！无比强烈的颠覆感！

这跟楚风印象中虎泷山的那位身份非常不相符，如果不是真的认出，他根本不敢相信。

一位绝代大妖，一位在“道教圣苑”被镇压漫长岁月而不朽的强大进化者，一个与世隔绝无数年才挣脱封印而出的古典丽人，再次相见竟完全不同！

她的发丝如绸缎般光亮，在她走动时轻轻颤动，泛着光泽。

她身段完美，非常高挑，脱掉高跟鞋，仅雪白玉足着地的话也得有一米七五以上。

她穿着斜肩裙，露出雪白的右肩，腰肢纤细，曼妙动人。

似乎是为了跟上半身的露肩相呼应，她的裙摆一侧少了一截，在对称与不对称的选择上恰到好处。

她的双腿白皙笔直，一双玉足像是羊脂玉般细腻，趾甲上涂着鲜艳的红色指甲油。如果别人这样，或许会显得过于艳丽，而她这样却完全没有那种感觉。莹白与亮红对比，衬托出一种出尘的美。

她的脚下是一双水晶高跟鞋，正好将那双完美无瑕的双足清晰地呈现了出来。

这跟楚风印象中的那个神秘而强大的女子截然不同，她现在除却仙气与优雅，还有强烈的个性与时尚感。

楚风一度怀疑自己认错了人，古代进化者摇身一变成为都市时尚女郎，对他的冲击太强了。

餐厅里所有人都眼睛发直，盯着那个女子，现场一度非常安静，落针可闻。

来自虎泷山的女子相当淡定，像是早已习惯如此。

毫无疑问，在古代，她就风姿绝世，走到哪里都是万众瞩目的焦点。

片刻后，人们才陆续惊醒，有人惊呼，有人匆忙拍照，想要将这个美丽到近乎梦幻的丽人拍摄下来，留着欣赏，更有一些人上前，想要结识她。

西伯利亚虎王也整理衬衣，向前迈步。

西伯利亚虎王化成人形后卖相不错，身材高大。他走到女子近前，组织语言，道：“这位美丽的仙子，很荣幸能够与你相遇、相见……”

就在这时，身材更魁梧的大黑牛将西伯利亚虎王挤到了一边，他脱掉黑色西服，摘掉墨镜，将西服与墨镜硬塞进西伯利亚虎王手里，像是对拎包的小弟般。

“这位尊贵的女士，你好，我是关谷涵。”大黑牛自报姓名。

这是大黑牛为自己起的名字，源自函谷关，按照他的话说，这名字意境深远，妙不可言。

一句问好后，大黑牛继续道：“我想到了旧日时光，想到了我青涩而甜蜜的年少时光。在数百年前那小雨斜飞的春季，看到那出尘绝世的柔和面庞，我心颤动。今天这种感觉重现了。”

西伯利亚虎王被挤到一边，心里很不爽，此时听到大黑牛的话，真心觉得肉麻，身上起了一层鸡皮疙瘩。

“什么意思？”蛤蟆不合时宜地插嘴，小声问道。

“在数百年前，老黑的初恋是高原上的一头青牛。”驴王告知蛤蟆。

“这样拿来对比，不是亵渎眼前的神仙姐姐吗？”蛤蟆说道，并且挺着大肚子上前，硬跑到大黑牛前面去了。

“添什么乱！”

“一边玩泥巴去！”

大黑牛、西伯利亚虎王联手，将蛤蟆挤到后面，当然，那些话都是用精神力传音的，在那个女子面前，他们不好直接开口教训蛤蟆。

而后，他们在那里卖力地恭维女子。

楚风手扶额头，很想对他们说，咱们能别这么作死吗？

事实上，不少所谓的名人也凑上前，其中不乏财团子弟。

这些人原本都很怕楚风，一直担心楚风找他们麻烦，但是现在都不管不顾，就是先秦研究院曾被楚风险些打死的齐晟——齐宏林的长孙，都赔着笑脸，恭维女子，而无视楚风。

几乎所有人都围了过来，称得上是众星捧月。

只有个别人脸上露出狐疑的神色，因为拍摄过后，他们仔细去看照片，发现一片空白，什么都没有留下。

也有人拍摄到一道朦胧的身影，不能清晰显示，像是被神秘力量隔绝了。

他们怀疑，是不是自己的拍摄器材出了问题。

楚风拉了拉大黑牛和西伯利亚虎王，想带着他们后退。

“别拉我，兄弟，我跟你说，老牛我的春天又到了，一瞬间，我觉得自己青春焕发，好像回到了十八岁那一年。”大黑牛回头，而后狐疑地道，“你拉我什么意思？该不会你也……我可警告你，咱们熟归熟，兄弟归兄弟，但这种事没法让，各凭本事！”

西伯利亚虎王也很直接地对楚风说道：“我觉得我的春天也来了，兄弟，你别拦我，最好也不要和我竞争！”

楚风很想给他们一人一巴掌，暗中用精神力传音：“两位大爷，那位姐姐你们惹不起，不想死就赶紧跟我走，千万不要再多说！”

然而，什么用都没有，大黑牛和西伯利亚虎王一致怀疑楚风的用意，并且表示不屑。

“兄弟，我们知道你是坑货，想支走我们？没门！”

这时，出乎所有人的预料，那淡定而绝世的女子莲步款款，分开众人，直接向楚风走去。

她什么话也没说，只是扬了扬白皙的下巴，示意楚风跟着，便向前方的一个包厢走去。

楚风头大，没有人比他更清楚这个女子到底有多强，“道教圣苑”中的无上重器——青皮葫芦都困不住她，被她生生击爆。

别看她举止优雅，一副时尚丽人的样子，天知道她那轻盈的身躯中到底蕴含着多么恐怖的能量。

见楚风不动，女子回首，依旧是那么安静，美眸深邃，看了一眼楚风。

她长长的睫毛一颤，美眸眨动，许多人都被这种风姿迷倒了，呆呆出神。

唯有楚风肌肉绷紧，汗毛倒竖，如临大敌，他依旧记得当日，女子眸子眨动间，便绷断了神金锁链，让“道教圣苑”的炼妖地都崩塌了。

“老大肯定‘沦陷’了，你们看，他都走不动了。”杜怀瑾、欧阳青他们应约赶来，正好看到这一幕。

“是啊，难道是一见钟情，激动得路都不会走了？”驴王闻言点头。

大黑牛和西伯利亚虎王闻言，都黑着一张脸。

至于楚风，则恨不得立刻逃走。

什么一见钟情！

楚风初见她时，的确震撼于她的美丽，异常惊艳，但现在只感觉惊悚。到底是逃，还是跟上？

楚风清楚，当日这个女子脱困前，曾经诱惑众人进攻青皮葫芦，帮她破解外面的场域符文。

可是，楚风当时采摘完炼妖果，掉头就跑，什么忙都没有帮，她该不会是想跟他算一算账吧？

最终，楚风还是跟了过去，进入包厢，看起来很老实，跟平日的他完全不一样！

“楚风沦陷了，你们看到没有，他平日间油嘴滑舌的，可现在都不会说话了，典型的心生爱慕之情的表现啊。”驴王在那里点评。

滚！楚风很想冲出来这么大骂。

第197章

来头极大

楚风跟女子进入包厢，站在距离女子较近的地方。他发现，对方穿着水晶高跟鞋比他还要高一些。

她皮肤细腻且有光泽，身上有一股清香，不像是香水味道，而像是一种自然的体香，很淡却很好闻。

她绸缎般的秀发垂到腰际，双目清朗，精致而绝美的面孔上神情淡定，整个人自始至终都十分安静，镇定自若。

她在审视楚风，而楚风也在观察她。

楚风心中惴惴，当初他可是摘完炼妖果就跑了，根本没有去营救她。但要说今天是找他算账也不至于吧，真想收拾他的话，她一挥手，估计他都挡不住。

他琢磨着该怎么套近乎，怎么称呼这个古代进化者。

妖精？这么称呼估计会被一巴掌拍死！前辈？这么漂亮的女人多半非常在意年龄，不能触霉头。妹妹？太肉麻，估计还是会被拍死！

“妖神姐姐，你找我什么事？”楚风相当“乖巧”，这可是生平第一遭。

因为，他深知这个古代进化者太可怕，天知道她究竟有什么来头。

更重要的是，“道教圣苑”的炼妖地都没能压制住她，时光流逝，她强力脱困，依旧风华绝代。

“妖？”终于，女子开口。这是她第一次出声，她声音略带磁性，非常好听，眼睛中露出异样之色。

楚风神情一滞，难道说错话了，这位不是大妖？当时她可是从“道教圣苑”最为危险的炼妖地出来的！

“神仙姐姐！”楚风直接改口，从来没这么老实过，以他爱贫嘴的个性，这可真是稀奇。

显然，这个风华绝代的女子对这个称呼还算满意，这次没有发出疑问。

外面，一群人凑到包厢门前，都在听他们的谈话！

“太肉麻了，这是楚魔王说的话吗？他居然在叫神仙姐姐！”有人小声笑道。

“楚魔王沦陷了，不过情有可原，这个女子的魅力谁也挡不住！”

“咦，那边还有个老和尚看向这里呢！”

不远处，千叶一张脸顿时黑了下来，老衲只是来吃个饭而已，碰巧遇上这件事，不就多看了几眼吗？

一些人认出他来，千叶是来自菩提基因的高僧，和千迦一起被称作迦释门徒，曾在卫城山与白蛇大战。

在相当长的一段时间里，人们都以为他战死了，没想到他并未发生意外。

包厢中，楚风也黑着一张脸，他听到了外面众人的议论，直接释放能量，封锁了包厢，不让众人再听到两人的谈话了。

女子则相当淡定，自始至终都没有情绪波动，显然早已习惯被人关注与议论。

“我想知道，跟在你身边的那只神兽是从哪里寻到的？”女子开口，主动问楚风，竟然是询问这个。

楚风大吃一惊，这个女子未免太厉害了，只看了一眼，就知晓蛤蟆是神兽！

他身边的几个家伙只有蛤蟆没有化成人形，依旧保持本体，从来没有人认为它跟神兽有关联。

“那只蛤蟆是我在肽山捡到的。”楚风告知女子。当然，他说的是捡到的，没说是制伏的。

“这样啊，怪不得看着眼熟，感觉像是我家丢的。”女子点了点头，说得相当自然。

楚风目瞪口呆，这是要闹哪一出？很快他反应过来，这个女子是要抢神兽，掳走蛤蟆？

可是，她给出的理由也太离谱了吧！竟然说是她家丢的，实在让人不知道说什么好。

女子转动雪白的颈项，侧头看向楚风，道："你不信？"

楚风头大，这是在威胁他吗？

他还真不想委曲求全，因此没回应。

"很像是我家养的神兽，看血统很纯正，不会有假。"女子继续说道。

楚风无语，因为血统纯正就像是你家的，这是多么自负的话，你家到底有多强大？！

"姐姐，那真是我在肽山捡到的，没觉得它是谁家养的，那是野生的。"楚风说话，因为他真不愿被敲竹杠，让人用那么不靠谱的理由抢走蛤蟆。

再怎么说，蛤蟆也是一只神兽！

这种生物一旦成年，实力便会强大得骇人，就是域外的无上大教都会眼红。

所以，如果有可能，楚风真不愿意交出蛤蟆。

女子淡定地开口道："没有错，很久以前，我家有人在肽山居住，估计就是那个时候遗失的。"

这是打定主意要强夺吗？楚风心里不爽，因为他一时间真的无法相信女子说的话。

"神兽都能弄丢，这心得有多大啊。"他咕哝着，发泄心中的不满。这种事太离奇了，他很难相信是真的。

女子道："当时养了不止一只，估计遇上了一些突发事故，导致意外发生。"

楚风越听越觉得不靠谱。在当世，遍寻星海，都难以找到一只神兽，据闻只有十大星球可以找到，其他地方都绝迹了。这女子竟然说她家养了好几只，真是什么话都敢说！

楚风心中不忿，道："姐姐，你家养的神兽不止一只，都干什么用啊？"

"拉车，炼药。"女子随口答道。

楚风傻眼，这女子口气真大，堂堂神兽居然沦为拉车兽，更不可忍受的是，还用来炼药？

女子很淡定，道："我知道，你心中在怀疑，不相信我说的话，不过你可以叫那只神兽进来，它体内应该有我家留下的印记。"

"那都是什么时候的事？"楚风狐疑。

“很久很久以前，这颗星球还没有没落的时候。”女子说道。

楚风顿时一阵头大，难道他一开始就猜错了？

如果选择相信她说的话，简直让人惊悚！漫长岁月前的一个家族，养着几只神兽……这个女子到底是什么年代的生物？难道她不是异类，而是人族进化者？

“姐姐，难道你活了漫长岁月，是一位老前辈？”

果然，“前辈”这样的词不招漂亮女人喜欢。女子很平静地开口道：“我还年轻。你捡到的神兽历经的岁月也不算短，但它不一样年幼吗？”

听到这样的话语，楚风动摇了，难道这女子说的话是真的？

楚风二话没说，推开包厢的门，将蛤蟆喊了进来，然后重新以能量封锁包厢，不让外面的人听到包厢中的谈话。

女子什么话都没有说，皓腕抬起，纤长玉指一点，一道光飞进蛤蟆的体内。

蛤蟆顿时悚然，喊道：“楚风，你是不是把我卖了，换取了什么利益？爷不服！”

这时，它的体内忽然飞出一道光束，那是它的精神能量，当中包裹着某种印记，像是一个族徽。

“看到了吗？那是我家的人留下的。”女子说道。

蛤蟆一脸发蒙，这是什么情况？

楚风心惊，他想了想，把事情的经过告诉了蛤蟆，让它去判断，同时让它努力回忆，当年它还在金卵里时是否听到过什么家族，是否有主人。

“你是说，这位神仙姐姐要跟我认亲？”蛤蟆听闻后睁大眼睛。

女子很平和地纠正道：“错，不是认亲，你可能是我家遗失的神兽，当时还在卵中。”

蛤蟆听后，直接叫道：“啊，太好咯，神仙姐姐，我投靠你，绝对要认你啊！”

在它看来，这个女子比楚风强大多了，天知道进化到了什么层次，跟在她身边绝对安全，且好处多多。

更重要的是，这个女子如此漂亮，追随在她身边，多赏心悦目啊。

“你还有节操吗？直接就叛变了！”楚风心里实在不忿。

“我本来就跟你没什么关系，是你强行将我掳走，我迫不得已才投靠你。现在终于到了拨乱反正、弃暗投明的时刻，我……太高兴了，自然要跟你划清界限！”蛤蟆高调地宣布。

楚风气得不行，瞪着它，道：“我提醒你一句，这位姐姐家里养神兽，一般都是用来拉车、炼药的。”

“胡说！”蛤蟆斜着眼睛瞪他，一脸不相信的神色。

“是的，他说得没错。”女子点头，很淡定地开口，根本没有否认，像是不屑于那样做。

蛤蟆听闻后，吓得一个趔趄，险些一头栽倒在地。

而后，它直接抱住楚风的大腿，道：“大哥，我跟你走，咱俩亲得不能再亲了，你可千万不要丢下我啊，这辈子我都要追随你，打死都不离开！”

它这副样子，让楚风无语了。

女子轻叹道：“漫长岁月逝去，沧海桑田，我家的神兽可能只剩下你一只了，我原本想收留你在身边，好好待你，但人各有志，既然你不愿，选择了他，那就随你吧，我给你自由。”

听到这种话后，蛤蟆再次傻眼。

它很想大叫，我不想选择他啊！但是，它刚才已经叛变两次了，如果再一次没节操地改换门庭，这女子会怎么看它？

“神仙姐姐，其实，我……”它说不出话来。

“不用担心，我不会为难你，以后你就跟着他吧。”女子淡然地说道。

蛤蟆都快哭了，它真不是这个意思，对方怎么就领会不了它的意思，不加以挽留呢？

接着，女子盯住楚风手腕上雪亮的金刚琢，道：“这个材料以前是我的。”

楚风刚刚稍微平静下来，结果听到这样的话，脸色又变了。

他很想说，姐姐，咱不能这么贪心，怎么什么都成你的了？

他在肽山捡到一只神兽，被说成是她家丢的，现在连他在昆林山请炼兵圣树打造的金刚琢都要易主了？

“你不相信？”女子侧头看他，双目美丽而深邃，红唇鲜艳而滋润，像是知道他在想什么。

楚风犯嘀咕，这是在威胁他吗？

“这是我在昆林山挖出来的。”楚风嘀咕着。不管怎么说，必须说清楚这是他的东西，金刚琢绝对不能易主。

“这就对了，以前那里栖居着很多进化者，我在那里也有一座别院。”女子点头，一副本就是如此的样子。

楚风不淡定了，金刚琢是他的强大兵器，无论如何也不能让出去。

然而，女子接下来的一番话语让他心中更加不能平静，她直接说出金刚琢的原材料是一块黑乎乎的石头，有人头那么大，跟事实非常相符。

“当时，有人告诉我这是一块究极材料，也有人说这可能是一块废料，我一时用不上，便把它放在一个花盆中当景观石用了。”

楚风一阵发呆，面对一块可能是至宝的石料，她都能那么淡然，把它扔在一边，当成盆景点缀？！

“你就不想切开那石头看一看到底是什么材料吗？”楚风忍不住问道。

女子很自然地回道：“用不上，我又不缺兵器。留着不切开还能保值，无论是给自己一点期待，还是当礼物送人，都是不错的选择。直接切开石头的话，那就是损失。”

楚风听到这样的话语，更加不淡定了。她到底来自什么家族啊？面对可能是究极材料的东西都反应淡然，只有一点期待。

楚风很想知道，这是怎样的一个家族，究竟有多强，有怎样的底蕴。

他想了解那个时代，了解那一段被迷雾笼罩着的断层历史，洞悉这颗星球没落前的各种隐秘，最好能从这个家族入手。

所以，他没话找话：“姐姐，你将这么稀珍的石料放在花盆中，想来那盆景也不是凡物吧？”

女子点头道：“嗯，花盆中栽种了一株九转神草，开花时非常绚烂，漫天都是光雨，花香能飘散到一座大型城市的每个角落。”

楚风浮想联翩，那景象真是不可想象，关键是这女子说花儿很美很香，这完全忽略了重点啊，那可是一株神草，她竟然完全不在意！

她所在乎的只是神草开花时的绚烂与美丽，以及那沁人心脾的花香。

花儿盛放，居然能让一座大型城市内的所有生物都闻到芬芳，那是多么惊人！那花儿绝对能让人实现超级进化！

蛤蟆也在一旁听着，口水都要流出来了。

它很没气节，一边擦口水一边道："神仙姐姐，咱们家族昔日那么强大，我很想重振家门！"

它没好意思直接说重回家门，但意思差不多，它又想叛变了。

结果，楚风一脚就将它踹到一边去了。

"那九转神草还在吗？它药性很强？"楚风问道，也十分渴望。

"当年发生变故，不知道它如今落在哪里，想来应该在某一片星域中，有机会我去找一找。它开花时真是美得让人惊艳，十分难忘。"

又来了！楚风觉得，层次不同，看问题的角度也完全不一样，他关注的是那株名动古今的神草的功效，这位姐姐倒好，仅仅是在怀念它的美丽！

这可真是让他无语，外加羡慕。

像是想起了楚风所问的神草功效的问题，女子偏着头，白皙细腻的脸上露出思索之色，道："它药效不错，花朵凋零后结出的果实每一颗都有龙眼那么大，浑圆金黄，名叫九转金丹。"

楚风目瞪口呆，九转金丹？这种传说中的进化神丹不都是药剂宗师炼制出来的吗？怎么到女子嘴里就变成了是一种植物上长出来的？

"姐姐，九转金丹是药剂名。"他提醒道。

"人为炼制的九转金丹药效不足，只是自然生长出的九转金丹的替代品，有瑕疵。"女子淡定地说道。

楚风不禁眼红。将一株九转神草当盆景用，随随便便摆在窗台上，将究极材料当景观石，随意扔在花盆中，这真是无法想象，她到底来自一个什么样的家族？！

"姐姐，你们平日都是怎么过的？"楚风问道，对她以前的日常生活充满了好奇。

蛤蟆也想知道，当年豢养它父辈以及其他神兽的家族的日常状态到底有多非同寻常。

"很普通，有人喜欢斗兽，有人喜欢赌石，有人喜欢埋头练功，无论怎样，都不过是为了活着，区别在于有人消极，有人积极。”女子很平静地说道，脸上毫无波澜，没有一丝烟火气。现在的她宛若广寒仙子，清冷而超脱，像是正在说一件与己无关的事。

“斗兽，是什么级别的？”蛤蟆小声问道。

“神兽、圣兽。”女子淡定地告诉它。

别说蛤蟆，就是楚风都一个趔趄，这真是太强悍了！

蛤蟆有点底气不足了，难道它身为神兽，在这个家族中也只是扮演很普通的角色？

“赌石呢，什么级别的？”楚风问道。

“你那金刚琢的材料原本就是一块原石，你说呢？”

听到这样的话语，楚风彻底被镇住了，一愣一愣的。

他太羡慕了，如果女子所说都是真的，这种家族的子弟平日间都会做什么？他不由自主地想象起来。

闲时，乘着神兽拉的车，遨游星海，走亲访友；无趣时，斗神兽，赌原石；更无聊时，找一个可以映照诸天的无上强者，去拜拜师，学学艺……

一时间，楚风心驰神往，那是怎样的一种生活，让他简直要嫉妒了。

“神仙姐姐，你看，你们家还收弟子吗？”楚风开口，一脸灿烂的笑容。

在蛤蟆看来，这是在献媚，它斜着眼睛看楚风。

女子那美丽的脸上露出似笑非笑的表情，道：“你确定？我家早已风流云散，成为历史的尘埃。跟我家扯上关系，很多星域的人应该都会追击你，你将成为诸多星球的敌人、通缉要犯。”

楚风吃惊，这是什么家族，这么多年过去了还能如此？昔日的影响力太大了吧！

蛤蟆也吓傻了，怎么感觉这位姐姐是故意吓它和楚风的呢？

楚风觉得这种时刻不能骑墙，便直接道：“神仙姐姐，我们不怕！”

蛤蟆很想说，我怕，别拉着我！但是，它被楚风按着，动弹不得。

女子摇了摇头，道：“算了，为了你们好，我们还是保持距离吧，我不会收你们的。”

她直接拒绝。然后，她看了一眼楚风手腕上的金刚琢，长长的睫毛颤动间，美目中露出莫名的光彩。

楚风很想说，你怎么还没忘记金刚琢啊，还想要回去？

他赶紧打岔："姐姐，我怎么觉得这个世界上什么都是你的？"

他还真有点怀疑，这女子是真正平静自然，还是一个大骗子？

他有点庆幸，石盒以及三颗种子没带在身上，不然保不准也是这个女子的！

他最近暴露了实力，不久后可能又要跟域外生物开战，还要防备二十二年前的降临者，现在用不上的秘物都暂时藏起来了，怕万一战败而落入敌人手中。

他总觉得，那三颗种子关系甚大！

"金刚琢就送你了。"女子看着他，道，"看你是纯血人族，身上并没有其他血脉，说起来你有可能也是我家的。"

"咯！"

楚风呛住了，这是最后给他挖的大坑吗？不要他的神兽，不要他的金刚琢，最后直接要他这个人，那岂不是他身上的东西都是她家的？

女子开口道："当年这个世界上强族很多，纯血人族在我家领地中，所以都是我家的。"

"姐姐，我是要成为你家的人，还是要成为你家的财产啊？"楚风道，他有些无法接受。

"你胆子倒是不小。"女子瞥了他一眼，而后盯着他看了又看，道，"说起来，你和我未婚夫倒真的有点像。"

楚风一听，立马挺起胸膛，一副英姿焕发的样子。

蛤蟆更是很不要脸地开口道："神仙姐姐，你不知道，楚风曾沉睡冰雪中，已经失忆，难道说你们……"

为了踏上一条灿烂的进化之路，它也是豁出去了。

第198章

心思难测

这种话都能说出口？楚风无语。

风华绝代的女子听到这样的话语后，依旧相当淡定，道：“曾有一段时间，我在考虑是否要狠狠惩罚我那未婚夫出出气。”

别说是楚风，就是蛤蟆都有些头大，这可真是白套近乎了。

“这……神仙姐姐，既然如此，你想要出气的话尽管来吧！”蛤蟆张嘴说道，并且睨视楚风。

“这个坑货！”楚风心里大骂。真不能由着它乱说话，没事套什么近乎，结果惹来麻烦。

楚风自己也讪讪的，他还真是有些不解，这位姐姐的未婚夫很可恶吗?

“姐姐，人的相貌不可控，那是父母与上天给予的，总有些人会相像，但是性格绝然不同。”楚风强调。他可不希望自己莫名其妙地被恨上。

女子道：“严格来说，你和他只是笑容有点像，第一次被家人安排相见时，我就觉得他的笑容太坏，所以很反感。”

“事实上，也只是一开始反感，后面觉得那个人还是不错的。”女子补充。

楚风脸上又露出笑容，道：“我天生爱笑。”

蛤蟆开始动歪脑筋了，道：“神仙姐姐，既然楚风跟你的故人略像，你就把他留在身边，让他听你号令，也算是睹物思人，留个念想。”

楚风真想骂人，怎么说话呢，太不中听了！当他是物品吗?

女子偏着头，看了蛤蟆一眼，又看向楚风，平静地开口道：“只是略像，没有我未婚夫英俊，也没有他聪敏，进化天赋也不及。”

楚风真想翻白眼，这位姐姐说话还真是不顾他人感受，有这样当面打击人的吗？他还真不服气！

他自我感觉良好，觉得真要和那个人处在一个时代，一定不比那个人差。

同时，他觉得这个倾城倾国的丽人说话总是神转折，起初说他和她未婚夫像，结果蛤蟆搭腔套近乎后，却听到“惩罚”“出气”这些话。接着他与蛤蟆刚一推托，又听到她说她只是初期不喜欢她未婚夫，看样子后面很欣赏？

蛤蟆又在那里套近乎：“逝者已矣，神仙姐姐，你就节哀吧，说不定楚风就是上天给你的最好的安排。”

难得它这次没拆楚风的台。

女子诧异，道：“我未婚夫还活着，他应该很难死去。”

“啊？！”蛤蟆有点晕了，觉得又表错了情，道，“历经惊人的变故，他……还活着？！”

女子淡然说道：“他的师尊通天彻地，亲自出手将他带走了。这么多年过去了，想必他进化到了极致层次，或许将来可以成为映照诸天的一员。”

蛤蟆睁大眼睛，惊呆了。

楚风也倒吸了一口凉气。

“神仙姐姐，你总是神转折，我都不知道你对那个人到底是什么态度了。”蛤蟆垂头丧气，几次套近乎都失败了。

“那个人算一代天骄。”女子评价道。

这个评价很高，能得到她这样的评价，那个人一定非常了不得，绝非寻常天才可比，或许是傲视一段岁月、威震一个时代的旷世人物。

楚风开口道：“那位肯定靠不住。姐姐，你我第一次相见时，你可是被镇压在‘道教圣苑’之下，而你那未婚夫却在宇宙中迸放光芒，不说当年，事后他都没来寻你吗？该不会是要和你划清界限吧？”

“有些复杂，旧事我不想再提。”女子神色恬然。

“往事如东流水，没有什么可思忆的，神仙姐姐，以后我们帮你恢复昔日荣耀。”蛤蟆开始吹牛了。

而后，它暗中用精神力向楚风传音：“别说我没帮忙，你的笑容和那个人的笑容一样，没事多笑，说不定就会……”

它话还没说完，楚风就迅速阻止了它，警告它别乱说话，这位姐姐太厉害，所谓的精神力传音估计都不靠谱，能被截听到。

“你猜对了，你们用精神力传音，我也能听得清清楚楚。”女子点头。

蛤蟆头晕，真想一头撞在地上。

楚风也在擦汗，这位真是厉害得邪门，什么都瞒不住她，他都有些怀疑她是不是练成了可以看透他人心思的本领，不然，他们心里想什么怎么总是被猜中啊？

这个美丽得近乎不真实的女子侧头看了楚风一眼，道：“我给你一个机会。”

蛤蟆听闻，竟比楚风还上心，颇为期待，难道这个女子真对楚风另眼相看？

女子看着楚风，道：“金刚琢、神兽，我都不要，送给你了。以后你是我的人。”

蛤蟆一听，十分兴奋地大叫起来，觉得以后有强大的靠山了，从此必定进化迅猛。

女子瞥了蛤蟆一眼，第一次动手，隔空轻轻弹指，一道光落在蛤蟆身上，直接让它嘴歪眼斜。

这像是一种警告。

然后，她又看向楚风，道：“你这一脉应该是我家昔日领地的人，你如果愿意，也还算是我家的人。”

“这个……我先……考虑一下？”楚风一百二十个不乐意，连人都是她家的了，身上的东西还跑得了吗？

“哎呀，我这是怎么啦？”蛤蟆哀号。它嘴歪眼斜，恢复不过来，怎么努力都不行。

“小小惩罚，一年后自动消除。”女子说道。

蛤蟆一听，脸色都变了，这种状态要持续一年？让它怎么见人啊！

之后，楚风提及地星的旧事，想问女子曾经的那段岁月究竟发生了什么。

女子摇头，告诉他层次不够，千万别沾上那段旧事，不然可能会大祸临头。

她不再多说，楚风也不好再问。

随后，女子起身就要离去，蛤蟆热情邀请她吃绝世珍肴，拼命拍马屁，想把嘴巴与眼睛恢复过来。

楚风也开口挽留，最终女子点头。

接下来，黄牛、大黑牛、西伯利亚虎王、驴王都被放进来了，此外还有杜怀瑾、欧阳青他们。

楚风从玉瓶中取出自带的食材，交给餐厅的人加工，说要宴请最尊贵的客人，一定要让那位大厨尽情施展出才华。

楚风重新进入包厢后，发现大黑牛、西伯利亚虎王谈兴甚浓，对那女子无比殷勤。

楚风顿时一阵头大，赶紧喊住大黑牛与西伯利亚虎王。

“兄弟，咱说好的，公平竞争，老哥我数百年来终于再次动了心，你不能这么霸道！”

“是啊，兄弟，我感觉我再次回到了青春岁月，你别捣乱！”

这两个家伙自我感觉良好。

“两位老哥，这是‘道教圣苑’——虎泷山的那位！”楚风很直接地告知他们隐情。

无论是大黑牛还是西伯利亚虎王，都去过虎泷山，并且曾经远远地看到过青皮葫芦中镇压着的女子，这个时候得知真相，他们顿时变了脸色。

大黑牛一蹦很高，“哞哞”直叫。

西伯利亚虎王更是差点掉头就跑。

这简直是要吓死人!

嘴歪眼斜的蛤蟆此时为他们讲述女子惊人的来头与家族。

听到斗神兽、遨游宇宙、将九转神草当成盆景种种近乎荒诞的事情后，大黑牛、西伯利亚虎王头皮发麻，恨不得立刻逃走。

楚风带的食材被餐厅做成珍肴送上来后，蛤蟆、大黑牛殷勤招待，伺候女子享用食物。

女子举止优雅，动作优美，慢慢地吃食物，偶尔喝上一口红酒，俨然一个都市丽人，很难将她与那恐怖的身份联系起来。

“厨师手艺精湛，堪称大师级，只是食材太差劲。”女子点评。

楚风他们听得无语，这已经可以说是这个世界上最好的食材了。

“走喽，我回虎泷山去小憩。”最后，女子站起身，微微一笑，跟他们告别。

“我们也走！”楚风说道。

“去哪里？”大黑牛等都面露疑惑之色。

楚风道：“今天听闻那个家族的成员平日间遨游星海，我心有感触，咱们也去体验一下那种感觉，经历一番。”

“真的假的？走走走！”

“没了，这么快就不见了！”

大黑牛、西伯利亚虎王等微醺，追出来想目送那美丽惊人的女子离开，结果发现她一眨眼就不见踪影了。

她实在太快了，刚才分明还看到她那婀娜而曼妙动人的背影，结果刹那间就像人间蒸发了一样。

楚风拥有火眼金睛，可是一动用，就感觉眼睛剧痛，如针扎般。恍惚间，他看到空中有一道闪电划过，而后一切归于平静。

那个女子神觉太可怕，施展秘术压制了他眼睛的特殊能力，让他刚才无法凝视她。

“真遗憾！”楚风自言自语。

一群人离开雷天城。

最近几天，他们相当“接地气”，每天出入食府，各种好酒都喝遍了。

怎么遨游星海？出了雷天城后，被夜风一吹，他们酒醒了几分。

那个女子所在家族的人遨游星海，斗神兽，赌究极原石，他们怎么可能相比？相差太远了！

“不能遨游星海，那就遨游东方吧！我们去各大势力看看！一些人曾想绑架我，我们去‘拜访’一下。”楚风说道。

他在普梦山时，曾经有几批人马夜袭，想要将他掳走。那个时候，大家都以为他废掉了。

太极老宗师当时说，曾有比他年岁还大的上代拳法宗师登门，暗中出手攻山，而且不止一人。

那一夜，太极老宗师感受到故人的血气。一人来自八极门，接近一百三十岁，练拳通神，所向披靡；还有一人出自八卦门，血气如海，拳意演绎出神通之能，着实恐怖。

楚风一直想参悟那些古拳谱，现在想要去各地走上一遭。

“当然，那些财团也顺便‘拜会’一下。”楚风说道。

西伯利亚虎王点头，表示同意：“对，这群浑蛋太坏，昆林山落难后，他们可没少推波助澜，现在昆林山被各方共管，该讨要点利息了。”

前阵子，昆林山诸王落难，境界跌落，都退出了昆林山，蛰伏起来，导致昆林山易主。

可以说，财团在其中出了大力。如今，财团和玉虚宫、海族等共管昆林山，排斥昆林山原有人马。

老僧人等出关后，正在昆林山跟那些势力谈判，想让那些势力离开。

“嗯，我们去各地走上一遭后，想必各方人马会识趣，迅速离开昆林山。”驴王也赞同。

“黄牛，炼药究竟需要什么特殊物质？”楚风询问道。

他这次并不准备闹出大动静，只是想寻找一些有价值的东西，提升自身实力。

他如今有一些异果，而且不算少，足以让人挣断第六道枷锁，他想借助紫旌山的八卦炉炼制宝药。

各种异果混在一起，加上祖鹏真血等，或许能炼出了不得的宝药，从而让他再次进化。

“神兽血很关键，能化腐朽为神奇，但这种东西太珍贵，一般人得不到。”黄牛慢慢道来。

不过，楚风手中有从黑冥鹏王的身体中提炼出的祖鹏真血，以及从域外猛虎的体内提炼出的祖虎真血，虽然不多，但应该够炼宝药了。

沿途，楚风离队，让黄牛等去前方等他。

他连夜赶到卫城山山脚下，他的老家星阳镇就在这里。

楚风私下见了赵三爷，给他留下一些异果。大雷音弓就是赵三爷送给他的。

楚风也去了杂货铺，暗中见了刘伯，也给他留下异果。

当初在镇上时，这两个老人跟他的亲人没什么区别。

楚风来得快，去得也快。这不是他第一次回来，不过他都是暗中回来的，不想被人发觉而给老人带来麻烦。

接下来的几天，各大财团人心惶惶。

不过这次，楚风他们很温和，没有像过去那样攻打财团，而是很客气地向财团借宝库中的东西。

楚风居然在财团的宝库中找到了几本场域书籍，这种东西十分稀有，让楚风如获至宝。

楚风他们寻找着他们需要的东西，他们想炼药，以迅猛进化，提升自己。

“黄牛，还差什么？”

“差最为关键的雷击木，最好是被雷击后又活了下来的数千年的桃木，当然，其他被雷击过的异树也行。”黄牛告知楚风，雷击木被雷击而不死，蕴含着先天生机，不可多得，用来炼药的话必然能保证炼成。

然而，他们找了几家财团的宝库，都没有找到雷击木。

不久后，龙女让人来送信，告知楚风，东海有雷击木，想要多少有多少，因为那真龙巢穴有相当一部分是用雷击木搭建的。

楚风听闻后顿时傻眼，真龙巢穴有差不多整巢的雷击木？！

让楚风感到遗憾的是，他愣是没找到八极门所在地，也没有查到八卦门在哪里，他还想跟那两位一百多岁的拳道泰斗切磋一番呢。

宇宙中，一片黑暗。

此时，距离地星很遥远的宇宙深处，金属光泽点点，那是一艘战舰，渐渐露出了庞大的身影。

“轰！”

战舰开火了，前方一颗星球直接毁灭！

宁静被打破，星空中散发出了恐怖的气息。

可以看到，在那艘庞大的战舰后方，成片的战舰浮现，密密麻麻，铺天盖地，简直要遮住这片星空。

再次实现一次空间迁移后，它们从连接两个不同空间的隧道出来，往地星的方向而去！

一场巨大的风暴即将来临！

第199章
征战太空

楚风他们一路“拜访”，收获颇丰，但始终没有找到雷击木。到底要不要去东海呢?

楚风总觉得，现阶段去海中不太稳妥，海中秘密更多，有飞碟，也有天外坠落的“魔方”等。

此外，海中一些霸主比陆地上的生物更强，比如南域海老龙王，其子嗣都挣断六道枷锁了，老龙王必然更强!

一条活了一千多年的老蛟蛇，其实力不可揣度。

加上南域海老龙王等一干霸主一直在追寻化龙果、海神果，一旦得到，实力必然突飞猛进，现在不知道什么情况了。

除却一干霸主，海族肯定还有隐世高手。

“的确得小心，大海浩瀚无垠，肯定高手如林，有诸多古怪之处。”大黑牛等也很是谨慎。

其实，楚风最担心的是，二十二年前是否有域外生物降落在海中，海底资源无穷，那种生物多半会更恐怖。

既然陆地上有降临者，海中也多半会有相对应的强者!

太空中，一颗卫星附近，长有洁白羽翼的金发男子、身材修长的紫衣女子，以及三个身穿黑色甲胄如同神魔般的生物，都站在一起，相距不远。

此时，他们正在商议，准备一同降临!

投靠了他们的人早已告诉了他们详情，猛虎的惨死着实刺激了金发男子等人。

“降临，诛灭楚风!”

这是他们的决定。他们虽然还没有真正降临，但是已经知道了楚风这个人，了解了他过往的一些事。

黑冥鹏王有句话说得没错，它是几个域外生物中最弱的一个，后面的一个比一个进化层次高。

猛虎只比黑冥鹏王强，接下来的紫衣女子与金发男子更强。

当然，那三个如神魔般的生物也非常强，实力深不可测。

很快，一个不好的消息传到地面，几个域外强者不加掩饰地表达对楚风的厌恶，声称谁敢跟楚风开战，谁就会获得他们的友情。

域外强者发声，号召人去对付楚风，这很突然，也很惊人！

“看来楚魔王让那几个域外强者愤怒至极了，反应这么激烈，竟然号召这个世界的人去对付他。”

“这管用吗？不过是离间一些组织与楚风的关系而已，让人们有所忌惮，不敢跟楚风走动过密。谁敢对楚魔王下手？我看，都不敢！”

一些人交流着，表达自己的看法。

显然，消息传出后，各地都不能宁静，五个域外强者都发声了，扬言要对付楚风，这是大事件。

哪怕楚风很厉害，非常勇猛，已经击败了两个域外生物，人们依旧不怎么看好他。

谁都知道，域外生物以后会不断降临，楚风真要与全部域外生物为敌的话，就是比现在厉害十倍也必死无疑。

“我想，也仅是这几个域外生物与楚风不睦，以后降临的域外生物不见得会与他发生冲突。”

“你说错了，哪怕来自不同星域，但毕竟都是外来者，以后降临的域外生物不会容忍他们眼中的土著压制他们外来者，必然会杀鸡儆猴。”

许多人觉得楚风很强，有天纵之资，但是未来究竟会怎样很难说得清。

事情不断发酵，甚至有访谈节目请所谓的知名进化者点评这件事，掀起了不小的波澜。

“总的来说，楚风很强，潜力巨大，但是他接下来面对的是大批的域外强者，谁都不知道最终会降临多少……”一些所谓的知名进化者认为楚风站在风口浪尖，这对他很不利，哪怕这次他熬了过去，以后还有其他域外生物会拿他开刀立威。

这种访谈节目一出，引发人们热烈讨论。

“我地狱党愿意追随域外强者，去对付楚风！”

就在这一日，有一个组织发出声明，声称要跟太空中的几个域外强者站在一起，即将讨伐楚风。

人们顿时哗然，还真有人要去对付楚风？

所谓的地狱党是西方的一个组织，历来很神秘，在天地剧变后实力大增。

这种表态自然掀起了轩然大波，许多人谴责这个组织。

“这个组织过去经常进行破坏性的活动，现在又投靠了域外强者，还能更不要脸吗？”

“太无耻了，投靠域外生物，对付自己人，这个地狱党真该去下地狱！”

很多人发言，表达对这个组织的愤怒。

当然，也有人支持，替这个组织说话。

随后，地狱党召开新闻发布会，阐述自身观点，说他们只是看不惯楚风无法无天，过于霸道。

“为了和平，为了还世界一个有秩序而安宁的环境，像楚风这种大魔王，应该铲除、剿灭！”

听到这种话语时，有人惊愕，有人愤怒，还有人想笑。

“这个地狱党成员是来说相声的吗？你们过去经常制造混乱，现在也好意思声讨楚风？”

事实上，楚风他们知道消息后，很想第一时间动手，将地狱党连根拔起，先一步杀鸡儆猴。

奈何这个组织经过了数十年的发展，组织严密，一直活跃于黑暗中，藏在地下世界，外人根本找不到。

“我们充满善意，为了全人类考虑，才毅然做出这个决定——讨伐楚风，迎接域外文明。试想，域外强者到来，将会带来高等文明的火种，为了让我们的世界拥有更先进的文明，我们需要接纳，而不是排斥！”

黄牛叹道："当奸细都能说得这么理直气壮、冠冕堂皇，这个组织有进步。"

楚风却笑不出来，阴沉着脸，因为，地狱党声称即将展开行动，从楚风身边的人开始。

"你们找死！"楚风低语。刚过了几天舒服的日子，就又有麻烦了，他很恼火，而且，这个组织触动了他的底线。

随后，另一个名为血魔党的组织发表讲话，称他们也将追随域外强者，要对付楚风，为这个世界迎来高等文明。

不过，血魔党虽然发狠话了，但是还没有行动，只是表态而已。

"很好，文明无域界，跨越族群，我们降临后，会带来高等文明的火种，与大家共建家园。"域外，有人回应。

"开战吧，我想看一看你们的行动，都有谁敢向楚风以及他身边的人下手！"那个长有洁白羽翼的金发男子鼓动道。

他原本想等自己降临后去对付楚风，但是意外看到一些组织效忠，他感觉很有意思。

"谁能除掉楚风或者他身边的人，我们将为他伐毛洗髓，帮他进化，并赐予他来自宇宙深处的高阶进化传承！"到了后面，卫星轨道上的几个域外生物都开口，撺掇那些组织去找楚风麻烦。

他们自己则在紧锣密鼓地准备降临！他们希望地面乱一些，这样他们降临时就可以不被打扰。

后来，地狱党、血魔党还真派出人马，进入东方境内，想适当地采取一些行动，做给域外强者看。

但是，结果很可怕，仅地狱党逃回去一人，表现得很惊恐。

"太可怕了，我们才进入东方，就被那里的煤矿主活捉，送到地下去挖煤，太不人道了，我抗议！"

许多人无语。

毫无疑问，这是陆通所为，他即将离开玉虚宫，利用现在的权力，帮楚风解决一些小跳蚤。

楚风听闻时，啼笑皆非。

同时，龙女亲自找上门来，邀请楚风去东海探真龙巢穴，告诉他那里的雷击木要多少有多少。

楚风原本想拒绝，因为他还没有做好准备，他觉得自己实力尚不足，时机也不够成熟。

然而，看到龙女的飞行器后，他改变了主意。这是一架飞碟，拥有超快的速度。

楚风询问后了解到，龙女直接从东海而来，驾着这架从海底遗迹中获得的飞碟，可谓风驰电掣。

“这架飞碟的武器系统怎么样？”楚风双眼放光。

“很强大，真要被击中，估计枷锁境的生物很难活下来。”龙女告知楚风。

楚风顿时眼神炽热，他告诉龙女，让他帮忙探海底的真龙巢穴没问题，但前提是他能借她的飞碟一用。

“可以，没问题。但是能问一下你要用飞碟做什么吗？”龙女好奇。

“对付太空中那几个域外强者！”楚风说道。

龙女吃惊得张大了嘴巴，他想……征战太空？！

这一日，陆通紧急联系楚风，告诉他域外强者开始降临，而且五大高手同时俯冲向地面！

“楚风，你死定了！”起初非常顺利，金发男子展开洁白的双翼，接近地星，眼睛发光。他发誓只要成功降临，就立刻诛灭楚风等人。

“一个土著而已，也敢除掉黑冥鹏王和猛虎，真是找死！”很难想象，那个身材修长的紫衣女子竟这么凶悍，说出这种话来。

那三个如同神魔般的生物都踩在陨石上，散发出恐怖的气息，向地面落去。

“楚风，我马上要离开玉虚宫了，在走之前送你一份大礼。”陆通告诉楚风，让他注意观看直播。

事实上，五个域外强者降临，虽然想隐瞒，但很快就被卫星捕捉到画面，全世界直播。

“你们这群自负而倨傲的侵略者，我代表地狱党惩罚你们，接受末日的洗礼吧！”就在这时，有疑似地狱党的人蒙着面，发布消息。

“轰！”

接着，西方有几枚超声速炸弹呼啸着，向高空中五个域外强者的方向飞去。

“不是我们发射的！”地狱党的人先是发呆，而后慌神，不知所措。

“我血魔党也要诛灭你们，犯我家园者，虽远必诛！”

听到这样的话语，人们目瞪口呆，发生了什么？

接着，人们看到另外几枚超声速炸弹也呼啸着，飞向天穹。

同一时间，陆通告诉楚风，原本属于那两个组织的超声速武器今日被陆通替他们下命令发射了。这是陆通以玉虚宫的名义悄悄盗取的权限。

然后，陆通离开玉虚宫。

那些超声速武器效果好得出奇，腾空后发生了大爆炸，谁都没有想到，这给那五个域外强者造成了巨大的困扰。

因为，他们为了抵挡那种爆炸，动用了自身的能量，结果使得虚空中的神秘符文力量加剧。

有人当场陷入危险的境地，险些死掉。

“地狱党、血魔党真的仗义啊，你们看，这些超声速武器起了大作用，有可能会让域外强者灰飞烟灭！”观看直播的人莫不发呆，而后许多人称赞。

此时，地狱党和血魔党的人都要哭了，很想解释，这不是他们干的！

楚风看得双目发光，而后，他进入借来的飞碟中，带着大黑牛、蛤蟆等起航，准备进行太空大战。

举世瞩目，全世界直播。

域外强者来了，一下子就是五个，而且个个强大，更胜以往的黑冥鹏王与猛虎！

他们一起降临，若是失败也就罢了，一旦成功天知道会发生什么。

最开始，不少人心中忐忑，十分惶恐。当然，那些投靠了域外的人和组织则激动不已，如果五个域外强者成功降临，他们就会成为域外强者的代言人，地位肯定也会随之提升！

然而，眼前发生的事情让人瞠目结舌，出乎所有人的预料。

“啊——”

高空中，一个身穿黑色金属甲胄的生物站在陨石上，起初宛若神魔般俯视大地，现在却在惨叫。

那些超声速炸弹刚才都已经爆炸，景象十分可怕，然而，谁都没有想到炸弹引发的后果更为可怕。

剧烈的爆炸没能炸伤域外强者，因为他们非常强大，不惧热武器。

但是，天空中的能量太剧烈，导致虚空中浮现的神秘符文异常灿烂，引发了极其恐怖的后果。

这是地星自身的神秘力量，此刻被引了出来。

“咔嚓！”

天空中，一个如同神魔般的域外强者咆哮，他脚下的陨石裂开了。

接着，“轰”的一声，陨石爆碎，光芒冲天，这是神秘符文交织，形成了碾压性的力量所致的。

那个域外强者身体颤抖，身上的甲胄破损，接着他开始咯血，身体出现了可怕的裂痕。

虚空中的神秘符文笼罩着他，能量翻腾，正在对他进行无情的攻击！

“噗！”

那个域外强者身上的甲胄散落，他惊怒交加，大声嘶吼，不断挣扎，但是于事无补，最终形神俱灭。

一个域外强者就这么死了，不是被炸弹炸死的，而是因神秘符文而死的。

世界一片寂静，所有看到这一幕的人都觉得不真实，实力超越黑冥鹏王和猛虎的域外强者竟这么死了。

“地狱党霸气！”

“血魔党威武！”

很多人大叫。在他们看来，这两个组织关键时刻可真不含糊，反过来对域外强者下手，除掉了一个超级强者。

人们觉得这难能可贵，这两个组织哪怕过去名声不是很好，现在也值得称赞。

“他们假意投敌，麻痹域外强者，关键时刻挺身而出，诛灭入侵者！”

“侠之大者，不将个人名声放在心上，宠辱不惊，真可谓沧海横流，方显英雄本色。”

有人这么赞美这两个组织。

至于地狱党、血魔党的成员，此刻都早已傻眼，而后直接哭了。这种赞美简直是不可承受之重，域外强者如果成功降临还不活吞了他们？

他们很想认真解释，但是谁信啊。

“稳住，每临大事有静气！”地狱党头子这么安慰自己，也劝告手下保持镇定，不要慌张。

“静观其变。”血魔党头子也脸色发白地下命令。

炸弹造成的后果超出人们的预料，引发全民热议。

各国高层和一些顶级大势力的高层都眼睛冒光，几枚炸弹一出，就除掉了一个域外强者，这是远超预料的战果。

现在很多人信心倍增。

这个世界上这种武器可不少，真要是撕破脸皮开战，绝对能将贸然俯冲向地星的域外生物除掉。

这是意外之喜！

经此一役，很多人觉得地星远没有想象中那么脆弱。

当然，也有人泼冷水，认为那些神秘符文或许不能持久，终究会磨灭。

更有居心叵测的人劝阻，千万不能动用热武器，域外生物不好惹，还是要以和为贵，绝对不能再动武。

“快看，飞碟！”人们惊呼。

一架银灰色的飞碟冲霄而上，临近四个域外强者所在的区域，而后全力开火。

楚风来了。看到炸弹能造成那种后果，他当然坐不住，他原本就想驾驶飞碟主动出击，现在更是激动，如果趁此机会将几个域外强者全部除掉，那可真是意外之喜。

“你这样做，会导致两种文明激烈碰撞，那种后果你承担不起，你将成为这个世界的罪人！”那个金发男子开口。他用精神力传音，能够传得很远，并超越声速。

“你能代表一种文明吗？这种威胁的话都能说出口，等你能活着降临再说吧。”楚风不屑。

“轰！”

同时，一道能量光束发射而出，像是一杆神矛般锋利而绚烂，向着金发男子飞去。

“哧！”

金发男子扇动羽翼，疾速避开。

他眼神森冷，盯着飞碟，再次大声喝道：“住手！你想挑起两种文明之间的战争吗？我们带着诚意而来，不是要征服这颗星球，而是要传播更为高端的文明，视这里为家园。”

楚风听后，心里非常不爽，呵斥道：“这颗星球曾经在宇宙星海中排在第十一位，从进化高度来看，那时远远超过你们各自的星球，凭你也配说带来更高端的文明？你们分明是想要夺走这颗星球上古时期的各种遗迹，促进你们各自星球的进化与繁盛。你们这帮强盗，这样说只会让人觉得恶心！”

这样的话语传出，让几个域外强者都惊怒交加。

在他们看来，这颗星球过去的确无比辉煌，震慑万域，但是那批缔造辉煌时代的人都被除掉了，这颗星球已经没落，现在这颗星球的人什么都不是。即便有昔日那批人的后裔，血脉也早已不纯正了。

“你这样的下等族群的人也敢这么对我们说话，一会儿我们降临，必然让你生不如死！”那个紫衣女子说道。她肤色白皙，长相美丽，的确是个丽人，说的话却很过分。

她高傲得过分，提及这颗星球上现在的族群，语气中充满不屑。

观看直播的人们听到这种话语后，心里充满愤怒和憋屈。人们感受到了域外生物高高在上的心态，他们视这颗星球上的族群为下等族群，实在太过分！

“是楚风！他怎么驾着一架飞碟上天了？”许多人听出那是楚风的声音，顿时惊诧不已。

“他们有什么可自负的，当年我们的星球排在第十一位，足以俯视他们的星球，估计那时他们的星球还是蛮荒之地呢！他们现在来侵犯我们，还这么高傲，楚风，除掉他们！”许多人愤怒地喊叫着，对着屏幕挥动拳头。

尽管他们知道自己的怒喊声楚风听不到，但他们还是借此表达心中的愤慨和憋屈。

楚风再次开口："地星辉煌时，你们的星球多半还很原始。你们现在一副牛气的样子，足以说明你们底气不足，这是心虚的表现。"

"你必死无疑！"紫衣女子指向飞碟的方向，修长的身躯颤抖着，白皙的面孔略微有些扭曲，咬牙切齿。

"该死！"那个金发男子扇动一双洁白的羽翼，也这么喝道。

现在，他们稍微放下心来，因为他们已经穿过了最危险的地带，距离地面不是很遥远了。

"轰！"

回应他们的是无尽的能量光束，楚风一直在开火，但是域外强者吃了教训，动用各种秘器进行防御，秘器不用催动，便能自动引走能量，帮他们挡灾。

神秘符文再现，交织在一起，可是，这一次神秘符文释放的大部分能量被那些秘器引走了。

"你们都死定了！"楚风不计代价地狂按飞碟中武器系统的按钮，让龙女很是心疼，那可都是不可再生的能源，用一点少一点。

海族虽然能驾驶这架在海底遗迹中发现的飞碟，但是无法有效补充飞碟后续需要的能源。

"轰轰轰——"

半空中，各种能量光束交织，令地星的守护符文不断复苏，那符文原本就是针对其他星域的生物的，现在更恐怖了。

"黑老大，蛤蟆，你们来操控飞碟，我出去收拾他们！"

楚风恨不得立刻除掉这些域外强者，他喊上金雕王，然后竟脱离飞碟，拎着禅杖出来了。

半空中，四个域外强者都陷入了危险的境地。

他们怎么也没有想到，在即将降临的时刻竟遇到这样的麻烦，实力远不如他们的生物居然敢截击他们。

"轰！"

虚空中，一道银色电弧浮现，打得金发男子一个踉跄，险些遭受重创。

接着，一个站在陨石上的域外强者怒吼起来。他实力太强，遭到了守护符文更为凶猛的阻挡，有一片符文笼罩着他，险些让他殒命。

“我来了，受死吧！”楚风大喝。他手持禅杖，运转大雷音呼吸法，神色庄严，而后猛力挥出禅杖。

高空中，一尊金身老佛浮现，口中发出诵经声，猛力向前拍出一只仿佛可以遮天蔽日的大手。

“轰！”

顿时，能量翻腾，佛光普照，虚空剧烈震荡。

事实上，这种攻击比热武器的攻击效果更好，能够引出更加惊人的针对外来者的防护力量。

前方，佛族的特殊能量扩散，引得无数符文亮起，神秘力量复苏，涌向敌人。

“咔嚓！”

域外强者的秘器有的碎掉了。

“啊——不！”那个紫衣女子尖叫。她被神秘力量压制，大口咯血，一时间竟披头散发，很是狼狈。

“轰！”

那金发男子附近更是有雷霆炸开，他的一条手臂直接断掉。

“啊——”他嘶吼着，目光森冷，盯着楚风。

可是，他们现在不敢发动恐怖攻击，因为释放出的能量越强，遭到的反噬就会越厉害。

“哈哈，你们几个想跑到我们的星球来逞威风，这就是下场！”楚风大笑。

他体内有黑白小“磨盘”，可以疯狂吸收能量，补充所需，哪怕刚才一击消耗巨大，他也很快能补充体力。

可以说，黑白小“磨盘”这种器物即便在域外，放眼星海，也是让人眼红的东西，非出过菩萨级进化者和妖圣的顶级道统，不可能传承下来。

“轰！”

楚风再次挥动禅杖，猛力攻击。

“啊——”那紫衣女子惊叫，狼狈逃窜，百般躲避，可还是无法避开，一条腿被佛光笼罩，遭受了重创。

接着，神秘符文蔓延，她的一双修长的腿都断了。

“不要啊，我恨！”她简直要绝望了，现实太残酷，跟她想象的完全不一样。

她以为自己能成功降临地星，开启各种遗迹，而后迅猛进化，获得成圣做祖的契机，现在看来，她根本没有机会做到这些，下场必定会很可悲。

“不要再进攻了，我们可以坐下来和谈。”她尖叫着。

“你还是跟黑冥鹏王和猛虎去谈吧！”楚风冷冷地说道，再次挥动禅杖。

这一次，禅杖引来神秘能量，将紫衣女子那里覆盖。

“啊啊——”她惊恐惨叫，脸色苍白，奋力挣扎。

但是，这根本没用，不一会儿，她就带着遗憾和无尽的恐惧，形神俱灭。

“啊——”

那两个神魔般的生物此时也在虚空中覆灭。

金发男子已然胆寒，根本反抗不了，虚空中浮现出的神秘符文仿佛可以毁灭一切。

最后，他凄厉号叫，彻底绝望，在虚空中逐渐消失。

全世界直播，所有看到这一幕的人都惊呆了。

第200章

决定

五个域外强者都死了，一个都没有活下来！

全世界陷入短暂的寂静中，很多人亲眼看到了这一幕，都被镇住了。

在此之前，人们猜测到种种可能，但就是没有想到域外强者会全部被诛灭。

那是一群几乎不可战胜的生物。在人们原本的预估中，这个世界将有一场非常大的动荡，届时也许会死很多人，没想到，楚风驾着一架飞碟冲上天空，主动进攻，居然造成了这种结局。

眼下所见到的景象实在具有颠覆性，五个可怕的域外强者都没能成功降临，全被除掉了！

“干得好！那几个域外的人倨傲而自负，视我们为下等族群的人，还没有降临呢，就想对付这个，对付那个，有这个下场也算是咎由自取。”

“楚神威武，能够除掉几个域外强者，真是大快人心！”

各地沸腾。

其实，那五个域外生物都非常强，有的如同神魔，居然站在直径数百米的陨石上降临；有的则如同神话中的天使，长有洁白羽翼。对很多人来说，这就是神祇！

然而，最终的结果是，他们都死在了楚风手中。

所有看到战斗经过的人此时都惊呆了，气势汹汹而来的五大域外强者都丢了性命，有些不真实。

各大财团的人吓得不轻，这样的楚魔王还真是疯狂，驾驶飞碟，闯上太空，主动去截击域外强者，一般人谁敢这么做？

现在，各大财团的人简直是谈“楚”色变，他们觉得，楚风就是一个疯子，绝对不能惹。

“老大，你太强悍了，直接把域外强者都给解决了。”杜怀瑾、欧阳青他们都目瞪口呆。

千普山，姜洛神也觉得不可思议，张开红唇，一脸惊容。

一名老者笑眯眯地道：“洛神啊，你年龄也不小了，跟楚风曾经那么亲密，要不要考虑一下啊？我觉得这个年轻人有点邪门，百战不殆，如果不趁现在抓在手里，以后说不准就没机会了。”

“我还不到二十三，怎么就年龄不小啦？”姜洛神翻白眼。

雷天城，玉虚宫之主和八景宫之主目睹这一战后，相当沉默。

地狱党和血魔党第一时间发表声明，称他们已经用实际行动做出了选择，会永远站在楚风这一边。

这实在是因为这两个组织的高层被吓坏了，连域外强者都失败了，他们再敢背叛的话，估计会死无葬身之地。

极地，元磁仙窟的人心情复杂，他们也是域外的人，看到楚风那么强悍地除掉了五个域外强者，心中滋味还真是难以说清。

元磁仙窟的人原本视后来的降临者为竞争对手，可看到他们惨死，却有兔死狐悲之感。

“还好我们早就降临了，想与我们动手，得靠真本领，没什么可担心的！”有人说道。

戚琳心情异样，她真的没有想到，每次有关楚风的消息都这么劲爆，这个人简直是不惊死人不罢休。

想到和楚风的赌注，她心头略乱，赶紧稳定自己的情绪，自言自语：“域外天骄、各地神子，甚至古皇朝的皇子都要来了，就看他能否继续所向披靡。”

有些星球的年轻天骄简直就是天选之子，强得离谱，即使同为降临者，她的父辈都在考虑，到时候是否要投奔百强星球的道统传人。

“这个楚风有点邪门，你们说，他以后该不会真能击败那些神子、圣女吧？”

“这颗星球终究没落了，气运已失，再也不可能诞生昔日那么强大的旷世人物。这个楚风虽然不错，但终究不可能跟那些神子、圣女相比，差距太大！”

这是极地一些人的态度。

即便同为降临者，身份也是有区别的，有些名震古今的星球走出的道统传人可称为天选之子，落后之地的降临者怎么可能跟他们相比？

不管怎么说，这一战影响巨大，楚风人气急升。

不久后，一架飞碟凌空而行，前往昆林山。

现在的昆林山属于共管区域，财团、玉虚宫、海族等一批势力都有代表在此。

当初，昆林山诸王境界跌落，无奈退走后，这里就被那些势力占据与接管了。

现如今老僧人、獒王等回来了，那些人依旧不愿退走，这几天都在与老僧人和獒王等讨价还价，想瓜分昆林山的利益。

老僧人实力很强，掌握金身罗汉级的呼吸法，但他脾气不错，没有大动干戈。

獒王是最早一批挣断了六道枷锁的绝世强者之一，现在更不用说了，不过也没有出手。

昆林山诸王没有下狠手赶人，导致那些人抱着侥幸心理，不肯从这里退出，希望能瓜分一些地盘。

不过，僵局很快被打破，不少人一阵慌张，准备立刻撤离。

“快逃啊！”

“怎么啦？”

“楚风来了，据悉要诛灭所有不肯退走的人。”

昆林山顿时大乱，僵局彻底被打破。

楚风从飞碟出来时，看到一道道仓皇奔逃而去的身影，一脸发蒙，甚是不解。

“各位，你们跑什么，坐下来聊一聊？”他在后面喊道。

“快跑啊，楚魔王来了！”一群人脸色煞白，亡命般奔逃，一个个像是急着要去投胎般。

獒王、马王、雪豹王、盘王等从山中走出，看到这一幕全都笑了。

“楚兄弟的招牌就是好用，你一露面，都不用多说，那些人就直接跑了，舍弃了昆林山的利益。实在是……威武啊！”

“楚兄弟真是越来越厉害了，名震天下，连域外强者都不是你的对手，痛快啊！”

“呼啦”一声，昆林山诸王都围了上来，众人相见分外亲热，这是共患难的交情。

多日不见，昆林山诸王都道行精进，很多人进化到了更高层次，不过终究没有人能挣断第七道枷锁。

老僧人那么厉害，也没能迈出那一步。

因为，陆地上目前的神圣花粉与神圣果实，只能促使生物进化到挣断六道枷锁的阶段。

老狮王看着楚风，神色复杂。老狮王是被降伏，给老僧人当坐骑而成为昆林山一员的。

老狮王当初所向披靡，是近乎无敌的存在，无论如何都没想到当日的楚风会有今天这么厉害。

昆林山很热闹，诸王推杯换盏，庆祝再次掌控了昆林山，更庆祝楚风回来了。

楚风终于见到了马王的女儿，身高足有两米！

马王光头锃亮，拉着女儿在人群中寻找楚风，吓得楚风扭头就跑。

“兄弟，你逃什么，我看马王的女儿很漂亮啊，我见犹怜。”大黑牛在后面喊道。

马王耳朵很灵，隔着很远就听到了大黑牛的话，立时怒道：“老黑，你什么意思？又想打我女儿的主意？我跟你拼了！”

“楚哥哥！”

楚风逃了出来，耳根刚稍微清净一会儿，一个声音突兀地响起，吓了他一大跳。他回头时，正好看到一个美丽惊人的少女向他跑来。

“你怎么在这里？”楚风诧异，这少女居然跑昆林山来了，那老道士应该就在不远处。

“我爷爷想进‘神祇之源’，我们来昆林山好多天了。楚哥哥，我特别想念你。”少女大眼眨动，相当妩媚。

这个少女虽然打扮成熟，异常美丽，但其实只有十二三岁，远没有成年。

楚风还真有点心虚，万一那老道士发现他孙女背着他来找楚风，这里肯定又会鸡飞狗跳。

突然，楚风听到了老道士的怒叱声，也听到了蛤蟆的大骂声。

“你个死老道，不知道大爷我是谁吧？昔日昆林山之主神仙姐姐的亲弟弟！你在这里跟我撒野？哎哟，死老道，真敢打我啊，我跟你拼了！”

远处，鸡飞狗跳。

楚风赶过去时，看到蛤蟆被打得鼻青脸肿，正对着老道士破口大骂，气得老道士一张脸像黑锅底一样。

“你再打我一下试试看？哎哟，你还真打啊。再敢动我，我让楚风找你孙女去！哎哟，疼死我了，哪来的死老道，怎么会这么厉害！”蛤蟆被收拾得很惨，但嘴上依旧不肯屈服。

老道士回头，正好看到他孙女拉着楚风走来，黑锅底般的脸顿时一沉，怒道：“小子，你还真和我孙女在一起啊，真让这只蛤蟆说中了。”

楚风觉得很冤!

“道爷，别来无恙。”楚风跟老道士套近乎，“一段时间不见，道爷越发有仙气了。”

“哪有什么仙气，这死老道刚才太不是东西了！”蛤蟆说道。

“砰！”

蛤蟆惨叫，又挨了一拳。

第二日清晨，一架飞碟腾空而去，楚风上路，去东海探真龙巢穴。同行的有黄牛、大黑牛、西伯利亚虎王、驴王、金雕王。

当然，也少不了蛤蟆。除此之外，蛤蟆以楚风的名义将少女请上了飞碟，而且给老道士留下一封信，告诉他少女跟着楚风走了。

它这是在报复老道士!

昆林山上，老道士暴跳如雷，而后一路狂奔，向东而去。但是，飞碟早没影了。

崂山，为道教发祥地之一，毗邻大海，在山上可坐看惊涛拍岸，潮起潮落。早在上古时期，就有一批方士在此研究长生之法。

远处，白浪拍打崖壁，碧波翻涌，波澜壮阔。

山上，松青柏翠，鲜嫩欲滴，如同碧玉打磨而成，伴着白雾，能量充沛。

天地剧变后，崂山越发不凡，山上的草木都在发光，无论是五彩的花朵，还是翠绿的藤蔓，都带着灵气。

如今，这里成为天神生物的净土！

道观古朴，有数十座，分布在不同区域。白雾弥漫，有一种缥缈出世之感。

某些灵峰上，千年道观若隐若现，伴着苍松与白雾，还有银瀑。

一些白鹤在不同灵峰间盘旋、起舞，让这里越发像仙家府邸。

一座不起眼的小道观前，一棵古松扎根崖壁上，如同虬龙蜿蜒，树皮开裂，松针稀疏，却蕴含着蓬勃的生机。

这棵古松通体银白，这是它的奇异之处，其松子有惊人的功效。它是目前崂山第一树，能让人挣断第六道枷锁。

林诺依站在古松下，身姿优雅，青丝扬起，面孔精致无瑕。她看着远处的大海，大海波澜壮阔，而她的心也有波澜。

“诺依，该做决定了。”一个外表看起来三十几岁的中年女子走来。

她面庞很美，双目深邃，穿着时尚的现代服饰，却留着古代发型，发丝间插着金步摇，垂下晶莹的珠串，熠熠生辉。

“那个人有天纵之资，而且来头甚大，出自一个进化皇朝。这种道统底蕴甚深，积累了数十万年甚至上百万年，俯瞰一方星域，绝世强大。”中年女子说道。

她在二十二年前降临，但并非栖居于极地，而是另有栖居之地，是天神生物背后的靠山之一。

此时，小道观中走出一个很英俊的男子，男子从外表看只有二十七八岁，眉心有一点殷红印记，带着一种妖异的气质。

他也来到古松下，眺望壮阔的碧海。

“诺依，那位进化皇朝的旷世奇才就在崂山的折叠空间深处，只要你接应他过来，这颗星球就是你们的了。”英俊男子说道，眉心那一点殷红印记发光。

不远处，那个被烧残了的老妪很恭谨也很安静地守在一旁，她只是英俊男子与中年女子的仆从。

“这颗星球曾经在宇宙星海中排位高得吓人，哪怕没落了，也有各种圣物在沙砾中发光，在废墟中横陈。很多年前，我们就发现你体内有一座能量塔，这是你的机缘，没有人可以取出来。现在你可以动用它，以它为桥梁，沟通折叠空间，构建一条安全通道。”

“进化皇朝的皇子英姿绝代，称得上天选之子，而你也是天选之女。接应他过来，只有他才配得上你。你们珠联璧合，这颗曾经在宇宙中排在第十一位的星球将成为你们两人的崛起之地。”

“诺依，早做决定！”

一男一女神色严肃，认真劝道。

林诺依看着碧海，“嗯”了一声。

远处一座灵峰上，有人在交谈并遥望这里，这些人都是天神生物的高层。

楚风他们驾着飞碟，快如闪电，从昆林山出发，飞渡长空，很快就到达东海之畔，而后开始降落。

龙女等在这里，她没有跟着去昆林山。

“龙女，我们到了！”楚风联系她。

海岸边，龙女出现，水蓝色长发披散，笑容明媚，体态婀娜。见楚风守诺前来，她很高兴。

“提前说好，你得确保我们的安全。”楚风道。他可不想在海里跟南域海老龙王决战，那不是他的地盘。

“你们是我东海的贵客，南域海龙族还不敢来东海放肆。”龙女微笑，让楚风他们放心。

“咦，这里接近崂山？”当飞碟再次起飞，凌空而过时，楚风看到了远处云蒸霞蔚的灵峰，那里能量强度高得惊人。

他想到了林诺依，此地是被天神生物占据的。

黄牛开口：“崂山当年应该有实力惊人的进化皇朝，有大能栖居在此，时常驾驶亚神兽拉的车遨游星海，去诸多星域做客。”

黄牛神情严肃，盯着崂山区域。

这是黄牛在自己所在的星球看到的前贤手札上记载的，在来地星前，黄牛做过一些功课，读过不少文献。

只是，黄牛那时还太年幼，所掌握的东西有限。

楚风不得不感叹，这颗星球某一历史时期真是太辉煌，强者如林，一些道统的成员都有能力遨游星海。

一颗星球上，许多进化门派的成员能随意行走在各星域，这得有多惊人，简直不敢想象！

再想想现在，地星没落，成为能量枯竭的废土，让人遗憾，让人叹息。

如今，在域外进化者的眼里，地星已经沦为蛮荒之地，剩下的人成不了气候，他们要来夺取这颗星球上最后的机缘。

“一座名山一条路，都说有些星域的生物会从特殊的古代路径降临，怎么还没有见到这样的生物？”大黑牛问道。

当年，在沃里斯山时，他们就讨论过这个问题。

西伯利亚虎王也心头一动，道：“对啊，不是有一个所谓的神吗，先是蛊惑迈德冈的席勒，又弄出一个神使亚曼，后来在紫旌山时又有一个神使埃布尔现身。那个所谓的神什么时候会出现？”

“以前我们以为他不是很强，应该很快会冒险闯关，现在看来此人不简单。”黄牛说道。

越是强大的人，越是难以降临到地星，受到的阻力和危险越大。

黄牛道：“相对来说，从太空中降临容易一些，而从各座名山折叠空间中的古代路径走出，难度更大。”

不过，地星在宇宙中的坐标几乎早已被域外的人遗忘，知道的人不多，大部分降临者只能借助一些特殊的古代路径。

毫无疑问，地星在辉煌年代开辟出的道路太多了，跟许多星域都有联系。

那是一段光辉岁月，但是，极尽绚烂过后就是彻底的黑暗，地星从此一蹶不振，那个时期天资绝顶的一批人都死了，整颗星球没落。

“我们早晚会走出去！”楚风站在飞碟中说道。

“没错，我们禽兽军团早晚要进军星海！”大黑牛说道。

“是圣人军团好不好！”

“是美女军团！”少女也来凑热闹，一脸笑嘻嘻的。

楚风他们对她来自哪颗星球很好奇，一直询问，没想到小丫头嘴巴很严，不肯细说。

龙女提醒楚风：“你接连除掉几个域外强者，这对你来说不是什么好事。”

“这不是没办法吗？他们要找我麻烦，我只是被动反击而已。”楚风摊手，一副无可奈何的样子。

飞碟远离嶼山，进入汪洋上空。

天地剧变后，折叠空间层出不穷，海洋也是如此，从一地到另一地远了差不多十倍，海洋面积因此扩大了近百倍。

大洋中出奇宁静，没有惊涛骇浪，也无狂风呼啸。天空中太阳高挂，在如镜的海面上映照出点点金光。

“到了！”龙女告知楚风他们。她负责驾驶飞碟带路。

“轰！”

飞碟降落，剖开海面，进入海底。

“我可不会水啊，龙女妹妹，一会儿你得照顾我！”蛤蟆跟龙女套近乎，脸皮相当厚。

它出生还不足一年，却死皮赖脸称呼龙女为妹妹。

“没听说过蛤蟆会淹死！”大黑牛说道。

事实上，蛤蟆眼中闪着兴奋的光芒。它出生时，第一形态为真龙，还曾变成鸟，后来才成蛤蟆。现在到了东海，临近真龙巢穴，它无比亢奋。

海底世界并不黑暗，竟然五彩缤纷，珊瑚发光，晶莹璀璨，宛若一簇又一簇火焰，跟过去完全不一样。

龙女微笑着告诉他们，珊瑚是很好的照明光源。

楚风他们都面露惊容，这是他们在天地剧变后第一次进入海底，看到的景物太美丽了。

珊瑚为光源，把海下映照得十分绚烂。

他们看到了贝壳搭建的房子，看到了鱼骨构建的庙宇，雪白如玉，神圣无瑕。

而且，海底族群太多，他们沿途看到的不少生物都闻所未闻，见所未见。

此外，他们看到了一些异树。异树扎根在海岭上，五颜六色，结出的果实也是各种色彩的都有，一看就是非凡品种，令人馋涎欲滴。

不过，那些异树都有海兽守护，有数百米长的鲨鱼，有小山般的海龟，更有长着鳞片的鸟，甚至有人形的怪物等。

不久后，他们更加震惊，因为他们竟看到了一座恢宏的海底城市！

第201章

海底文明

海底竟有城市，这让几人都惊诧不已，瞪大眼睛，凝视前方。

城市恢宏，设施完善。远远望去，那里一片光明，如果不仔细看，根本不会注意到这是海底。

因为，海水是透明的，而且海底光灿灿的。

城市内，数百米高的珊瑚为灯塔，鲜红晶莹，光辉四射。成片的贝壳建筑美轮美奂，简直是瑰丽的艺术品。至于一些宫殿，都是以珊瑚、玉石、鲸鱼骨搭建的，宏大而雄伟，看起来非常美丽，称得上鬼斧神工。

这简直像是一座神话城市。

楚风他们临近后发现，海底城市街道很平坦，城中非常热闹，街道两旁店铺林立，有各种各样的海底商品，比如稀珍材料，比如异果，比如在遗迹中发现的残破兵器，甚至还有一些类似飞碟的飞行器。

他们都大开眼界，这还是海底吗？怎么觉得这里更像是一个超级文明所在地？

“飞碟，那边的广场上有一架完整的飞碟，居然有人售卖飞碟！”驴王叫道，看向楚风，好像在问他：要买吗？

在这海底城市中，连飞碟都有人卖，的确比陆地上强。

楚风心动，真想购买一架，但是他知道，这东西价值惊人，估计他买不起。

龙女微笑道：“那是八爪大王的东西。上一次八爪大王发现了一座上古洞府，里面有三架飞碟，八爪大王自己用不了那么多，便拿出一架售卖。”

“八爪大王想要什么来换？”楚风问道。

“化龙果或者海神果，都可以。”龙女告知楚风。

楚风一听，顿时没想法了，那两种东西太稀珍，别说他没有，就是海族都采摘不到，据闻连南域海老龙王都在追寻，跟人开战呢。

蛤蟆鼓着眼睛，小声道："我们去抢！"

它目光灼灼，盯着海底城市，好东西实在太多了！

"怎么抢？我们现在在飞碟中，难道一会儿要进入海水里，然后跟人开战？"大黑牛睨视它。

其实，到了这里后，大黑牛也动心了，但是这是在海底，不是他们的地盘，不宜轻举妄动。

他们跟海族大战过，对海族没有好感，不过，他们虽然都可以长时间闭气，但是在海中战斗的话，还是会吃亏的。

龙女也提醒道："八爪大王可不好惹，进化层次极高，实力深不可测，你们最好不要生事！"

"我们怎么会做那种事！"西伯利亚虎王干笑着，并解释他们只跟南域海一脉有仇，不会在这里惹事。

城中，各种各样的生物很多，有数十米长的海蛇，有跟人类几乎一模一样的海人，有海猴子，有青铜虎，有直立行走的白壳乌龟，还有人鱼……

各个族群的生物都有，难得这些生物都能相安无事，和平共处。

"进化后，有了智慧的族群便不会相残。"龙女说道。

这里俨然已是一个成熟的社会，效仿人类的城市，但也有自己的特色。

飞碟在城市上方缓慢飞行，正对街道。龙女为了让他们了解海底世界，看清这座巨型城市，把飞碟的速度降得很慢。

"那是什么？"黄牛惊呼起来。能让黄牛这么失态的，自然是非同寻常的东西。

下方有一家很大的店铺，建筑材料讲究，以玳瑁老死后的壳为建筑材料，像一座宫殿似的。

店铺临街，地段很好，很多来来往往的海族生物纷纷在此驻足。

"哦，那是那家店铺的镇店之宝——一截扶桑树枝杈。"龙女答道。

"什么？！"蛤蟆蹦了起来。

大黑牛、西伯利亚虎王、驴王也都惊呼起来，睁圆眼睛，看着那里。

那里，一截枝杈金灿灿的，缭绕着光辉，带着蓬勃的生命力，像是由黄金铸成的。

“还等什么，那可是神树枝杈，去看看！”少女握着拳头，一副迫不及待的样子，漂亮的大眼睛中闪烁着光芒。

龙女告知他们：“别费力气了，那截神树枝杈中的能量早已被一只海蛤蟆吸干了，如今的扶桑树枝杈虚有其表。”

“什么，一只海蛤蟆，在哪里？我教训教训它！”蛤蟆怒道。

几人都无语地看着蛤蟆，对待同类都这么凶狠，这只蛤蟆真不是善类。

“看什么看，我不是蛤蟆，我是真龙，我是鲲鹏，我是麒麟，现在这个样子不过是我的表象，而非本质！”

“你们最好不要闹事，如今那只海蛤蟆已经进化为三足金蟾，实力很强，在一片海域中称王称霸，那家店铺是其在我们龙城的产业。”龙女道。

众人都无语，一只海蛤蟆都能称王称霸？

“三足金蟾，如果是纯血的，也算是亚神兽吧。”黄牛嘀咕着，深感意外。

“那扶桑树枝杈是在哪里得到的？”楚风问道。他还真想知道，那只海蛤蟆怎能如此神通广大。

须知，在很早以前他就听过扶桑树，连陆地上的一些财团都在积极探海，想要接近这棵神树。

然而，最终所有大势力都打退堂鼓，没有再继续。

龙女摇头，告诉他们事情没那么简单。

扶桑树在海中出现过几次，但是，每一次显化时间都不长，它扎根在一座岛屿上，是移动的，不在一地停留。

有一次，海中狂风大作，巨浪滔天，整片海域都跟着沸腾，发生了最强海啸。

那时，有人看到两个神秘强者在抢夺扶桑神树，但最终谁都没能奈何谁，而且都被神树的金光弹开。

不过，神树也有枝杈断落下来。

“那两个强者实力深不可测，最终各自带着一截扶桑树枝杈离开。”龙女讲述着。她有些感慨，那两个神秘强者太惊人，到如今都没有人知道他们是谁，最后去了哪里。

海蛤蟆比较幸运，捡到一小截金色枝杈，因此进化成为现在的三足金蟾，也算是一方霸主了。

楚风他们听得心驰神往，这海底世界的机会太多了，真要是能找到扶桑神树，估计他们都能迅猛进化。

不久后，他们来到了巨型城市的中心。这里是东海龙族的栖居地，建筑成片，有鱼鳞搭成的城堡，有海象牙修建的塔，有巨型贝壳堆砌成的宫殿……非常恢宏。

除此之外，这里有各种异树，异树被围了起来，成为花园中的点缀。

“我看到了什么？水盆大的珍珠，一颗又一颗！”少女惊呼。但凡女人都对这种亮晶晶的珠宝没有免疫力。

不过，那些珍珠的确大得夸张，搭建成的房屋洁白透亮，美得令人心醉。

不过，楚风他们只能走马观花，他们没有离开飞碟，因为他们虽然能闭气，却不适宜在深海久留。

“真是遗憾，原本我还想带你们去我家做客，尽地主之谊，现在看来有些不现实，我们直接去真龙巢穴吧。”龙女道。

“客气了，我们不是外人，不用如此。”楚风说道。

事实上，他觉得不虚此行，这次，他了解到了海底世界的秘密，见识到了海族文明。以前，他对海底世界可真是一无所知。

龙女道：“等寻到足够多的秘宝，建起真正的龙宫，我再请你们，那时应该就能彻底隔开海水，形成独立空间。”

飞碟疾速远去，片刻间而已，就到了目的地。

真龙巢穴所在地距离那座巨型城市很近，东海龙族在这里建城就是为了守着那上古真龙巢穴。

“轰！”

前方海水激荡，形成了一个巨大的漩涡，像是要将整片空间都吞噬进去，非常惊人。

“还真有海眼啊！”楚风发呆。

“上古真龙一脉的巢穴所在地，天啊，我真的来到这里了！”少女也惊呼起来。

但是，几人都皱眉，这地方能进去吗？是否会非常危险？

“可以进去，但里面很古怪。”龙女说道。

而后，在大黑牛、西伯利亚虎王等的惊叫声中，她驾着飞碟，直接冲进那巨大无比的海眼中。

天旋地转，他们觉得自己像是闯入了一片黑暗而混乱的星空。

很快，亮光又出现，整个世界都清晰了。

进入海眼后，他们所见到的一切都不同了，这里异常安静，一片死寂，所有的风浪与漩涡都消失得无影无踪。

“我怎么觉得不对劲？这里还是海底吗？分明是一个空间，为什么这片地带完全不一样了？”西伯利亚虎王狐疑。

龙女点头，告诉他们，闯进来后完全不一样了。

飞碟落地，而后龙女直接开启舱门，走了出去。

“咦，没有海水，这里是陆地？！”

海眼之下是陆地，没有一点海水，这让他们啧啧称奇。

红褐色的土地一望无垠，这是海底？怎么感觉像是一片干旱的高原？

“这里没有你们想象中的那么广阔，只是地面不平整，遮住了视线，看着像是与天相接，很广阔，其实不过百余里地。”龙女说道。

前行十几里后，他们看到了真龙巢穴！

那里白雾弥漫，巢穴中黑乎乎的，不时有亮光划过，穿透雾霭，尽显神秘。

难怪龙女说在真龙巢穴想要多少雷击木就有多少，还真没有说谎，因为，那巢穴就是用雷击木搭建而成的。

巨大的巢穴漆黑一片，雷击木很多，堆砌在一起。

“这就是真龙巢穴？我怎么觉得像是一个巨大的鸟窝啊？”驴王怪叫。

黑色的巢穴看起来很大，直径有十几米，的确很像鸟窝，跟他们先前猜测的完全不相符。

雷击木堆砌着，不时发出闪电般的光芒，白雾弥漫，景象惊人。

“你确定这是真龙巢穴，而不是一个巨大的上古喜鹊窝？”连楚风都有点怀疑了，这是真龙生活过的地方吗？

传说中的海底龙宫金碧辉煌，雕梁画栋，像神城般，而眼前所见简直就是一个巨大的鸟窝！

“说它是凤巢，我都能接受，说是真龙巢穴，我真有点看不懂。”楚风嘀咕着。

龙女道：“按照我们在上古遗迹中发现的文献记载，这里就是东海的真龙巢穴，是一处非凡之地，蕴含着大机缘。”

“唰！”

楚风没说话，双目突然发光，飞出两道金色光束。他动用了火眼金睛，要看透此地。

“嗯？”楚风被镇住了，动用火眼金睛后，他看到的巢穴完全不一样了，甚至整个海眼中的地带都神圣祥和起来，不再一片死寂。

他确信，这里就是东海龙宫旧址，是昔日的真龙巢穴所在地！

他看到了青铜墙壁，看到了玉质瓦片，也看到了雷击木上无尽的场域符文。这里曾被场域宗师布置过，真实面貌都被场域掩盖了起来，一般人根本看不透。

火眼金睛号称至强眼术，放眼宇宙星海，也是绝顶本领！这种眼术在过去都没有多少生物可以开启，在后文明时代就更不用说了，放眼各星域，也难以找出两三个。

楚风双目发光，凝视着这片表面看起来很荒凉的古地，瞬间便看出了究竟，自然大吃一惊。

这里是真龙巢穴无疑，比他想象中的更加非凡。

青铜墙壁斑驳，镌刻着岁月的痕迹；玉质瓦片暗淡，为灰尘蒙覆了无数年。这真龙巢穴哪怕是神异物质构建的，现在也倒塌了，成了一片废墟，到处都是断壁残垣。

这里当年应该气势磅礴，的确是海底龙族的栖居地，跟上古神话中的记载略像。

不过，这里跟上古神话中的记载也有区别，并非水晶龙宫，而是一座有很多建筑的城池，充满了神之气息。

粗大的青铜柱子高耸入天，像是撑天之柱，而那用来悬挂龙族战旗的旗杆上还有一面残破的旗帜。

楚风心头一惊，这东西不简单，甚至可以说绝对了不得，代表着龙族昔日的辉煌。

这可能是一件武器！

雷击木很多，就在城池废墟间。

城池依山而建，半山腰有一个古洞，那里雷击木很多，堆砌在一起，构成了真龙巢穴的一部分。

显然，城池是龙族重地，昔日间有重兵把守，栖居着各部人马，而那古洞才是真正的真龙居所。

楚风惊疑，这跟他想象中的不一样。

那城池的确很惊人，玉质瓦片，金砖铺地，像是神祇住所，但真龙似乎更喜欢住在雷击木堆砌而成的古洞中。

城中有山，有古洞，这就是东海海眼内的真实景象。

楚风双目金光大盛，扫视整片寂静之地，方圆百里尽入眼眸。

这里自成空间，隔绝开海水，宛若一片净土。

由于场域的存在，一般人看不到头顶的海水，只能看到这片红褐色的土地。

同时，楚风注意到，这里的地势与众不同，堪称不可预测的造化地势。

起码以他目前的场域造诣，他还窥不透这里的终极秘密。

在火眼金睛的帮助下，他可以看到那片废墟间腾起阵阵能量，看着像白雾，其实是对人体有益的一种能量。

楚风恍然大悟，所谓的仙气其实就是某些稀有的能量，它们腾起时，可以被人用肉眼看到，人们觉得神圣，而且自身被这种能量滋养，的确感觉浑身舒泰，有诸多妙处，于是就有了那种称谓。

“怎么样？”大黑牛问道。

楚风道：“这里很非凡，那个古洞可称之为仙土，但是我们多半进不去。”

他不是夸张，这地方确实地势惊人，一瞬间而已，他就看到了超凡之处。

而且，古洞里的能量很特殊，对身体有极大的益处。

楚风此刻百爪挠心，他真想将在昆林山山脚下得到的三颗种子放进真龙曾经居住的古洞中，看一看能否生长起来。

他可以肯定第一颗早已激活的种子能在古洞里生长，只是不知第二颗与第三颗如何。

“难，太难了，这片地带是场域宗师布置过的禁地，昔日多半有圣人栖居，我们想要深入简直不可能。”楚风摇头叹息。

“肯定有圣人，昔日的真龙绝对能达到那个级别。”黄牛点头。

众人听闻后，一阵沉默，都觉得遗憾。

“即便不能深入古洞，废墟边缘也无法接近吗？”西伯利亚虎王不死心。

“让我再看一看。”楚风说道。他还真没有什么把握，真龙等阶太高，那可是拥有远古最强血统的生物。

这片地带曾有场域宗师帮忙布置，哪怕后来在战斗中被毁得差不多了，外人也很难靠近。

而现在的楚风离场域大师的层次还有一段距离呢。

“能看到废墟中有什么圣树吗？”龙女问道。虽然她努力让自己保持平静，但楚风他们还是能够看出她心中的紧张以及眼中的希冀。

因为，她觉得这真龙巢穴中可能有化龙果，有无上圣树！

“没看到树。”楚风摇头。废墟中太残破，铜墙玉瓦都破烂了，哪里还有什么圣树？即便有估计也在那古洞中，那里像是充满了生机，不断向外喷出能量。

龙女很失望。

“不过，废墟中有草，特别是古洞那里，洞口附近有一大片。”楚风说道。只是，他看着那些草不算太特别，多为殷红色，没什么灿烂光彩。

要知道，他在海底看到的异树等都晶莹剔透。

“啊，那是龙血草！”龙女惊呼出声。

黄牛闻言，心头一惊。黄牛也知道那种草，对进化者来说，那可是好东西，能提升体质，促进进化者向更强的方向转变。

“八爪大王就是因为冒险闯真龙巢穴，意外活下来，并且得到了一株龙血草而崛起的。”龙女告知楚风他们，没有隐瞒。

事实上，楚风他们也曾听闻，冰雪消融后，有海族强者意外得到龙血草而实力大增。

黄牛道："相传，龙血草是沐浴过龙血的凡草蜕变而成的，是惊人的进化宝药，弥足珍贵。"

不过，黄牛又解释，那只是传说，人们更相信龙血草长在真龙巢穴附近，被真龙残留的能量滋养，所以才了不得。

过了一会儿，黄牛又说，龙血草虽然超凡，但在真龙巢穴出产的物质中，算不得顶级的东西。

黄牛道："真龙巢穴中一般会有逆鳞花，那才价值连城，甚至会有龙胎树，那就更惊人了，蕴含着真正的造化物质，一旦寻到，域外的各大圣地都要眼红。"

"我们去找吧！"蛤蟆叫道，鼓着双眼，盯着废墟。

几乎是同一时间，少女也开心地叫嚷着："冲冲冲！"

其他几人都翻白眼，真以为能走到古洞啊，那可是真龙的栖居地，哪怕真龙早已搬走，他们这个层次的进化者也没办法接近。

"唉，我知道八爪大王在哪里挖到龙血草了，就在废墟外，还真是幸运！"楚风叹道。

他动用火眼金睛观看地势，发现废墟外的地带有被人挖过的痕迹，那里曾经有龙血草。他甚至看到了一株干枯的龙血草，它没有被发现，无意间被折断了。

八爪大王没有火眼金睛，看不透这片废墟的真实面貌，很容易迷失，胡乱闯还能有所收获，只能说运气很好。

楚风在废墟间也看到了一些龙血草，但他觉得多半难以挖到。

"我去试试看！"楚风真不甘心，来到这里居然束手无策，只能尝试前行。

这不能怪他场域造诣不高，实在是因为这里乃圣人的地盘，等阶太高，不适合他们接近。

"你们在这里等我！"楚风不想其他人跟着他去冒险。

"楚哥哥，我要跟你共进退。"少女说道，一副娇柔甜美的样子。

她的确很美，虽然年龄不大，身高却足有一米七，身材绝佳，妖娆妩媚。

楚风在她脑门上敲了一记，道："别这么肉麻！"

随着接触与了解，楚风已经知道，这孩子可不是没脑子的"追星族"，她十分聪明，跟他套近乎完全是想跟着他进造化地。

“哎呀，别敲，好疼！”少女捂着洁白的额头，“哇哇”直叫。

“还是一起去吧！”大黑牛说道，不放心楚风。

龙女也开口道：“嗯，不能让你一个人冒险，你是我请来的，万一发生意外，我过意不去。”

蛤蟆仰着下巴，道：“这是我家的地盘，我肯定得进去，我是真龙，现在要真龙归巢了。”

“一只蛤蟆，乱认什么亲！”大黑牛很不厚道地说道。

“你这头该死的牛！”蛤蟆叫道，与大黑牛差点打起来。

最终，他们一起上前，接近废墟，楚风一路破解场域，没出什么事故。

他们很顺利地抵达了八爪大王曾经到过的地方，楚风祭出一些磁石，改变地势，顿时让真实景象浮现出来。

“啊，真有废墟，好辽阔！”

其他几人也能看到近前的遗址了，这里是龙族的栖居地，远古时代有很多强大的进化者。

楚风走过去，将那株折断了的龙血草捡起，又挖出干枯的根须。

“太可惜了，药性流失严重，仅残存部分。”黄牛叹道。这是可以让他们进化的奇草，极有灵气，可是已经干枯了。

“没事，还能留着炼药。”楚风说道。他盯着废墟，想着无论如何也要得到一根雷击木，不远处就有一根。

真要能得到雷击木，回头他就去紫旋山的八卦炉炼药，也许可以再次进化！

第202章

三大高手

雷击木通体乌黑，像是墨玉般，略微泛着光泽。雷击木上还有一根嫩枝，长有几片叶子。即便过了漫长的岁月，叶子依旧鲜嫩翠绿，带着生机。

此外，雷击木上有电光偶尔“哧”的一声冲起，这是遭到雷击后所承受的毁灭之力，后来植株未死，接着生长，滋生雷电。

雷击木蕴含着先天生机。

毁灭与新生共存，这就是它的奇特之处。

这种树木太稀有，一般遭到雷击后，树木就会死亡，哪里还能生长，寻遍名山大川也很难找出几棵。

起码，楚风费了很大劲在外面找了一大圈都没有发现。

而在这片废墟中，在真龙巢穴附近，却有那么一大堆，简直不可想象！

最近的一根雷击木距离边缘地带很近，但是楚风没敢轻举妄动，这是远古龙之神城所在地，地势特殊，场域恐怖！

“真龙巢穴，我来了！”蛤蟆腆着肚子，“呱”的一声大叫。这家伙居然胆大包天，散发出自己的气息，向前迈步。

“你给我老实点！”楚风想去抓住它。

“别动，我是真龙，这里是我的地盘，让你们见识一下什么叫天命所归！”蛤蟆叫道。

因为，它真的感觉很特别，远处的古洞中像是有什么能量在跟它共鸣，在呼唤着它。

现在它凭感觉迈步，想要跟那股能量交融，希冀能踏足古洞中。

楚风没拉住它，它“嗖”的一声就冲进废墟。地面上场域符文闪烁，它体内的血气溢出，原本躁动的古地顿时平静下来，没有发生危险。

后方，几人看得心惊不已，楚风更是不解，那场域符文对蛤蟆失效？

他皱眉，很快就意识到了，有些惊人的场域能刻下各种印记，比如某种生物的血液印记、精神印记。

这就意味着，构建场域的人在埋下磁石时，对一些族群可以进行有针对性的布置。

显然，对蛤蟆来说，这里近乎是坦途，没有什么威胁。

“哈哈——”蛤蟆大笑不止，回头睨视楚风，道，“我去夺机缘了，等成为逍遥境的高手，我收你为坐骑！”

楚风的脸顿时一沉，蛤蟆这家伙果然一直不服气，还想要收他为坐骑，实在太气人了！

“别嘚瑟，赶紧上前去采摘龙血草，再扔出几根雷击木！”西伯利亚虎王双眼放光，一脸希冀之色，喊道。

事实上，这个结果出乎所有人的预料，这只蛤蟆居然真的能进真龙巢穴？

“轰！”

这时，蛤蟆突然惨叫起来，因为那里发生了大爆炸，它浑身焦黑，上蹿下跳，快速往回逃。

“啊，救命啊！”

它的直觉告诉它，它要完蛋了。因为刚才的共鸣消失了，这里对它来说变得很危险。

几人脸色都变了，一阵惊悚。

楚风快速向废墟中扔出几块早已刻好场域符文的磁晶，接应蛤蟆，助它脱困。

“嗷！”蛤蟆大叫。

幸亏它走进去没多远，不然，它必死无疑。

“轰轰轰——”

蛤蟆很惨，几乎是 路被炸出来的，一条腿都差点断了。

蛤蟆十分郁闷，它身为神兽，神觉很是敏锐，有时候它的判断就是基于这种神觉。然而，今天一开始还不错，后来突然就变了。

“还是一家人吗？坑自己人，太不是东西了！”蛤蟆对着真龙巢穴愤怒地叫嚷。

“别叫了，你体内应该有龙血，但不纯粹，所以最后遭到了阻截！”楚风道。

他判断，这片地带曾经布下惊天场域，应该只有纯血真龙才可以平安进去，其他生物不行。

除非依靠场域手段来破解这里的场域。

楚风走过去，帮蛤蟆接骨。

蛤蟆顿时泪眼汪汪，道：“谢谢啊。”

但紧接着它又惨叫：“嗷，松手，快松手，我再也不敢说收你当坐骑了！”

不一会儿，楚风拍了拍手，站了起来，同时让蛤蟆靠后，他则来到废墟边缘，开始研究。

这很耗时，需要不断推演，最终楚风动了，进入废墟中。其他几人也跟着，协助他，听他命令，不断祭出磁晶。

但不久后，黑色能量光华迸发，他们被炸得灰头土脸，一路逃了出来。

不是楚风场域造诣不高，实在是场域宗师的手段太厉害。

他们只能庆幸这里已经残破了，不然进去就得死！

楚风很无奈，回想龙女送给他的那些海底石刻的内容。

有一位场域大师也曾经来过此地，想围绕真龙巢穴布置场域，借此地进化，但是失败了，垂死时留下一些石刻图。

楚风早已将海底石刻的内容记在了心中，现在认真思忖了很长时间，有了一些想法。

他再次尝试，结果这片地带又一阵鬼哭狼嚎。

“哎哟，疼死了，我不去冒险了！”

“兄弟，这次又走错了几步，引出了太阳火精，差点把我的一只牛角烧断！”

……

楚风不断试验，但是一次又一次被场域符文折磨得很惨。

“轰！”

接下来又发生了几次大爆炸，几人都伤得不轻，连龙女身体都出现了焦黑。

“楚哥哥，我不进去了，我都快要被炸死了！”少女狼狈不堪，满身都是被雷电轰击过的痕迹，神情紧张，心有余悸。

不过，楚风很投入，越来越有感觉，到了后来，他让所有人退后，自己一个人在这里研究。

最终，他成功闯了进去，扛出了一根雷击木！

此外，他拔出了几株龙血草，只是很可惜，这几株龙血草经过刚才的大爆炸，已经残缺不堪了。

“直接服食的话，估计没什么效果，统统拿去炼药！”楚风说道。他将雷击木与残破的龙血草都放进玉瓶中。

“走吧，这地方等阶太高，真龙栖居地不是目前的我们能够探索的，等有朝一日成为场域宗师，我肯定进古洞，将逆鳞花、龙胎树等都给带出来！”

那种东西对金身罗汉级进化者都有效，更不要说对他们了，一旦服食，足以成为这个世界上的绝顶高手。

其他人都觉得遗憾，空守宝地，却难以得到惊人的机缘，比如那龙血草，古洞前可是有一大片啊，可就是无法得到。

什么释放精神能量，隔空驭物，在这个地方都失效了，场域的威力无处不在。

“坑人的真龙巢穴！”蛤蟆最不甘心。

“快走，我们刚才闹出的动静太大，激活了这片废墟中的部分场域，我感觉很危险，稍微再刺激一番，肯定会惹出大祸。”楚风神情严肃。

他盯着废墟中那根粗大的青铜柱子，发现它变得晶莹灿烂，上面那面残破的旗帜居然猎猎作响，摇动起来。

“真诡异，龙族战旗在动。”黄牛嘀咕着。

“走，不能久留！”楚风说道，而后又嘀咕着，“这地方适合坑人，以后如果遇上域外的人，可以将他们引到这里来。”

楚风他们刚离开废墟，走到外面，就被人堵住！

“不错，你们倒是有些本领，我喜欢。”几道身影出现，开口说话的是一个身穿银袍，脸上挂着一丝冷笑的中年男子。

中年男子实力非常强大，散发出的气息异常恐怖，疑似挣断了九道枷锁！

“你是谁？”楚风问道。

“南域海的龙王，你们越界了！”龙女认出了对方，脸色变了。

“南域海老龙王？”楚风吃了一惊。

“不，我是南域海老龙王的结拜兄弟，我叫龙泽。”中年男子脸上带着淡淡的笑，透着强大的自信。他很威武，一看就是一个了不得的高手。

他身边的几个生物也都不是弱者，全都散发出惊人的气息。

龙泽又看向龙女，笑道：“侄女，你父亲在南域海缠住我大哥，怕我大哥来东海的海眼，不过，我是自由身啊。”

“龙泽挣断了九道枷锁，是南域海龙宫的二号人物！”龙女告知楚风。

楚风心头剧震，大洋中居然进化出了这个层次的生物，果然实力恐怖，堪比降临者。

不过，想到扶桑神树、龙血草等相继出现，他又释然了，目前海洋中的机缘的确比陆地上的惊人。

想跟海中扶桑神树比，只能等昆林山的蟠桃出世了。

“你就是连害了我两个侄儿丢掉性命的楚风？”龙泽背着双手，脸上带着略冷也略显残酷的笑容。

黑螣被楚风斩于太京山，黑螭则被楚风烧死在紫旌山，两者都是南域海老龙王的心头肉。

现在南域海老龙王的结拜兄弟、南域海另一条老蛟蛇龙泽出现，他自然想要对付楚风。

“刚才你们进真龙巢穴得到什么了，都交出来吧。”龙泽微笑道。

“你做梦！”楚风说道。他知道，妥协也没用，他跟南域海一脉的仇太深了。

显然，龙泽早就来了，守在这里，等着夺他们的机缘。

“呵呵，我可以饶你们不死，不过有一个条件，你们除了交出刚才得到的东西，还要再进真龙巢穴帮我采摘几株龙血草。”龙泽说道。

这完全是将他们当工具用，逼他们去送死，帮他得进化宝药。

龙女开口道：“龙泽叔叔，你过界了，这里是我们东海龙族的地盘，而楚风是我请来的贵客，你来东海海眼挑事，这很不对！”

“侄女，今天我不为难你，靠边站吧。”龙泽说道，而后又看了一眼楚风，道，“怎么，不服气吗？我知道你很厉害，挣断了七道枷锁，但那又如何？我可不是那几个无法发挥出真正实力的域外生物，今天我吃定你了，要么臣服，帮我采摘龙血草，要么立刻就死！”

龙泽以势压人，目露凶光。在他后方的几人也都目露凶光，盯着楚风。

“欺人太甚！”楚风看着龙泽。

“就是欺负你了，你能怎样？”龙泽哂笑，相当霸道。

“夜叉叔叔，将他们请走！”这时，龙女忽然开口。

“好！”远处，一道身影一闪，一个巡海的夜叉走来，通体泛着淡金色，皮肤如同金属般。

这个夜叉竟然也挣断了九道枷锁，是东海龙宫的绝顶强者，实力仅次于东海老龙王。

夜叉缓步而来，盯着龙泽，道：“龙泽，你还是走吧。”

“你不是在南域海吗？居然悄然回来了。”龙泽冷笑，而后又道，“我既然来了，就不会走，这个楚风我定要擒拿！”

随后，他神色不再严肃，看向夜叉，道：“夜叉兄，机会难得啊，这小子场域造诣不凡，赶他进真龙巢穴，让他去拼命，说不定真能采摘到几株龙血草。”

龙女沉下脸，道：“你以为我们东海的人和你们南域海的人一样吗？楚风是我的客人，夜叉叔叔怎么可能会那样做！”

龙泽微笑着，不看龙女，只是看向夜叉，道：“如何，夜叉兄？”

就在这时，不远处出现一道身影，与此同时声音传来：“南域海龙族好大的威风！”

来者是一个中年男子，已经挣断了八道枷锁，更为关键的是，他是人类高手，而非海族生物。

此时，无论是楚风，还是大黑牛等，都心惊不已，这海底世界还真是非同寻常，接连出现了三大高手，远胜陆地！

“一个人类高手，真是意外啊，不过你终究还是差了一个层次，想管我们的事，恐怕得将自己搭进来。”龙泽淡淡地说道。

同时，龙泽也有些惊讶，这个挣断了八道枷锁的人类男子是从哪里冒出来的？

“这么说，你执意要让楚风进真龙巢穴，为你采摘龙血草？”人类男子问道。

他看起来三四十岁的样子，穿着紫色的古代服饰，中等身材，长相一般，但是气场很强。

“是又如何？”龙泽面露轻蔑之色，他准备将这个人类男子也留下。

“打狗还得看主人呢，我蓬莱仙岛要保的人，你也敢动？”人类男子面露冷笑，道，“就是真的让他进真龙巢穴采摘龙血草，也轮不到你南域海龙族获取。”

蓬莱仙岛？当听到这几个字时，无论是夜叉还是龙泽都变了脸色！

楚风、黄牛、西伯利亚虎王等更是心中不能平静。

刚开始，楚风还对这个人类男子心有好感，毕竟同为人类，而且这个人类男子在为他出头，可是听到后面，他的脸色就不是多好看了。

因为，这个人类男子说话太不中听了，什么叫打狗还得看主人？这种说法也太不恰当了。

这时，人类男子看向楚风，道：“你能进真龙巢穴采摘出来几株龙血草吗？我这边有用。”

“进不去。”楚风回应。

人类男子顿时脸一沉，不再说话，而后冲龙泽挥手，让他离开，一副很不耐烦的样子。

人类男子虽然只挣断了八道枷锁，但因为来自蓬莱仙岛，让龙泽很忌惮，他竟真的迟疑着，准备离开这里。

楚风心里不爽，这些人将他当成了什么？

龙泽也就罢了，南域海龙族跟他有深仇大恨，注定不能善了。

可这个人类男子刚才竟那样说话，什么打狗还得看主人，现在又驱赶龙泽，留下楚风，该不会也想逼他进真龙巢穴吧？

楚风决定，他们再敢牛气，在他面前耀武扬威的话，必须给他们一点颜色看看，让他们知道他的厉害！

“你们怎么还不走？”人类男子抬头瞥了一眼龙泽几人，面露不悦之色。

龙泽原本的确想退走，可是听到这种话后，脸色顿时有些难看，这也太不给他面子了，蓬莱仙岛的人实在倨傲。

“请问，你是蓬莱仙岛的守护一脉吗？”龙泽开口。

那座仙岛出现后曾让海族的巨头们都心惊不已，那岛上竟生活着一群古人！

昔日，海族从未在海中看到过那座岛，可是天外的“魔方”落入大洋中后引发了各种巨变，神话中的蓬莱仙岛就是在那时初次出现的。

“问那么多干什么？”人类男子看了龙泽一眼。

龙泽说道：“我大哥是南域海老龙王，活了一千多年，如今道行精深，若是有化龙果，以后定会进化为蛟龙，一飞冲天。我大哥对蓬莱仙岛很尊崇，好几次跟我说，以后海中龙族与蓬莱仙岛必定会结盟。”

他抬出了南域海老龙王，他知道，蓬莱仙岛的人会明白他的意思。

南域海老龙王积淀足够深厚，随着天地逐渐复苏，扶桑、海神、化龙等海中神树不断出现，老龙王注定要崛起。

别看蓬莱仙岛很强大，海中的几位霸主以后绝对也是超强的存在，足以俯瞰天下，现在就有这种迹象了。

这些就是龙泽想要表达的。

人类男子道：“想崛起还是先得到化龙果吧，以此凝聚真蛟血脉，然后凭此血脉闯入远古真龙巢穴，那时才能看出谁能成就真龙体。”

他的态度有所缓和，因为他知道，如今的几位老龙王肯定有一两位能崛起，的确不宜得罪。

龙泽面露笑意，面子是互相给的，现在这样，总比他下不来台，被赶走要强，因此他也开始恭维蓬莱仙岛。

随后，他又重提想要擒拿楚风，而且南域海龙族一脉以后愿意送给蓬莱仙岛一颗化龙果。

“我大哥已经发现了化龙树，目前正准备接近它。”龙泽面露微笑。

龙女皱眉，她知道龙泽这不算是妥协，而是出于长远考虑，想代表南域海龙族跟蓬莱仙岛结交。

事情往往如此，有来有往，有共同诉求，才能成为利益共同体。

楚风也诧异，这龙泽原本脸色难看，都要下不来台了，可最终竟跟蓬莱仙岛拉上了关系，脸皮可真厚。

要说进海底探寻遗迹，寻找神树，蓬莱仙岛的古人肯定不如海族，但在岛屿上，他们自信难逢对手。

因此，蓬莱一脉也有过考量，觉得应该跟海族合作。

人类男子面露笑容，跟龙泽交谈，气氛相当融洽。

“你们为什么非要针对这个楚风？”人类男子问道。

龙泽道：“我大哥在世岁月漫长，一生子嗣不算少，但大多逝去了。天地剧变后，我大哥有三个子嗣还算成器，可是其中两个先后死在楚风手中，这简直就是在剜我大哥的心头肉啊。”

按照龙泽所说，南域海老龙王如果不是要追寻化龙果、海神果，无暇分身，早已登岸去对付楚风了。

“这样啊。”人类男子略微沉吟，道，“可是，这个楚风是人族，而且懂得场域，不是一般的阿猫阿狗。”

楚风脸色阴沉，从开始到现在，这个来自蓬莱仙岛的人类男子一直让他心中很不爽，这是怎么说话呢？

显然，人类男子很自负，有种优越感，没太将蓬莱仙岛外的人类当一回事。

龙泽微笑道：“我知道，打狗还得看主人呢。但是，我并不是要除掉他，蓬莱仙岛不是需要龙血草吗，让他进真龙巢穴采摘就是。”

楚风怒火中烧。

在此过程中，他没动手，不是他脾气好，而是他在布置场域，不动声色间将大黑牛、蛤蟆、少女等聚拢到了自己身边。

“蓬莱仙岛上，一草一木，一人一狗，无论什么都很值钱。”人类男子面露异色，随后看向楚风，道，“如果让你进真龙巢穴，你有几分把握采摘到龙血草？”

楚风心中很不爽，没搭理这个人类男子，现在他准备好了，测算出了真龙巢穴附近的凶险地带与相对安全的地带。

他暗中告诉龙女，可以用精神力跟那个夜叉传音，让夜叉远离这里，他准备激发场域。

龙女骇然，想要劝阻楚风，因为她深知蓬莱仙岛的可怕，那里有一批古人，以这个世界的正统自居。

如果楚风在这里除掉来自蓬莱仙岛的人，可能会出大事。

“放心，真龙巢穴的场域爆发，关我什么事，他命不好而已。”楚风暗中传音。

他被人一而再，再而三地轻视，什么“打狗还得看主人”“阿猫阿狗”的话都出来了，那来自蓬莱仙岛的人类男子还真当自己高高在上啊，而且现在居然跟龙泽合作，想让他冒死去真龙巢穴采摘龙血草。

依照他的性格，他怎么可能就这样妥协与低头？无论如何也要给这两人一点颜色看看。

“楚风，我在跟你说话呢，听到没有？”人类男子提高声音，略微沉下脸。他居然被无视，这让他心头不快。

“你算什么东西，敢在我面前耍威风！”楚风冷冷地道，而后对蛤蟆道，“开喷！”

“什么？”蛤蟆一时没反应过来。

“给我狠狠地喷他们啊。”楚风瞥了它一眼，道。

“喷他们？我一向很文明好不好！”蛤蟆生气了。

“还说很文明，口水都喷我脸上了。”蛤蟆的口水不小心溅到了大黑牛的脸上，大黑牛不禁在脸上狂擦。

“那边！”楚风让蛤蟆回头，喷向正确的人。

一时间口水四溅，像瓢泼大雨似的。

“该死！”龙泽和人类男子一个没留神，就被那倾泻过来的口水喷得满头满脸都是，气得七窍生烟。

人类男子原本就为楚风的话而生气，现在突然遭袭，更加生气了。

此时，龙女、大黑牛、西伯利亚虎王等都傻眼了，一脸发蒙，少女也张开小嘴，一副惊呆了的样子。

“找死！”龙泽和人类男子羞恼不已，全都目露凶光。

事实上，在此过程中，楚风带着几人都在倒退呢，准备激发这里的场域。

“你应该只是蓬莱仙岛的一个仆从吧？”最后关头，楚风问人类男子。

然后，他就带着一群人消失了，确切地说是钻进了玉瓶中，而且收起了那架飞碟。

同时，他引爆此地。

“轰隆！”

废墟中，一些纹路亮起，这片方圆百余里的地带剧震，而后能量交织，猛烈翻滚。

确切地说，是废墟中恐怖的能量溢出部分，在这片地带肆虐。

毫无疑问，真龙巢穴那里极其恐怖，别说是他们，就是再强大的生物来了都得死。

幸亏他们都在废墟外。

可即便如此，废墟中溢出的能量也拥有无与伦比的威力。

龙泽与人类男子惊恐万分，第一时间倒退，冲向远方，想要逃离这里。

他们反应极快，瞬间就远去，即将脱离东海海眼，然而在边缘地带，他们还是被能量浪涛拍中。

龙泽惨叫，大口咯血，他的那几名手下则连哼都没有哼一声，就丧命了。

人类男子也很惨，他论实力不如龙泽，自然受创更重。

能量乱流中，玉瓶疾速飞行，楚风以精神力驾驭玉瓶，他早已选好最安全的地带，一路冲向那里。

哪怕偶尔被能量扫中，他们也安然无恙，能量都被神秘的玉瓶挡住了。

路经边缘地带时，楚风看到那人类男子还没有死去，便驾驭玉瓶撞了上去，当场让他殒命了。

“砰！”

此时，龙泽惨叫，身体又一次被能量浪涛拍中，虽然脱离了海眼，冲进了汪洋间，却已经重伤垂死。

不久后，一架飞碟冲出水面，楚风在舱中抓着龙泽，一脸冷笑。

“你……”龙泽惊恐不已，没想到最后竟然是这么一个结果。

海中，能量波动很剧烈。夜叉吓得不轻，因为提前得到了龙女的示警，只是受了伤，没有死去。

“我们蓬莱仙岛的人呢？”海面上有一艘船，船上有人惊叫。

“真龙巢穴的场域爆发，他多半没有逃出来。”龙女将情况告知船上的人。

楚风不理会这些。

不久后，人们发现，楚风更新了美食排行榜。

“咦，楚风跑南域海去了？”

“天啊，真是一条蛟蛇！”

“这……疑似是南域海龙族的二号人物啊，居然被楚风更新在了美食排行榜上！”

人们第一时间发现了楚风在自媒体平台上更新的榜单，看到了他晒的照片，都被惊得不轻。

“嗷——”

南域海，一条老蛟蛇怒吼，掀起滔天巨浪！

第203章

不灭山

“南域海龙族的二号人物竟也成了楚风的食物，真是……太疯狂了，楚风的实力与胆魄不敢想象！”有专业人士站出，确认龙泽的身份，引发轩然大波。

上一次，冰天雪地过后，万物迅猛进化，也是在那时，人类与海族的谈判有了结果，双方约定不再大规模对抗。

当时，陆地的谈判者曾看到龙泽千余米长的蛟蛇躯在海中腾起，掀起滔天大浪，那可真是震撼人心。

现在龙泽竟然死了！

陆地上，无论是人类还是异类都被惊得不轻。

没人清楚龙泽的真正实力，但身为南域海龙族的二号人物，其身份就足以吓死人。

极地，元磁仙窟，一些域外降临者比本土进化者更清楚海中那几条老蛟蛇有多么强大。

戚琳大吃一惊，一群降临者的后人更是惊呆了。

“去查一查详细经过，查清楚龙泽到底是怎么死的。”

雷天城，玉虚宫之主最近心情很不好，因为陆通居然辞职，离开了玉虚宫。

他很愤怒，因为他知道陆通因何离去，他很想下命令将陆通给抓捕回来，让陆通明白玉虚宫没那么好脱离。

但是现在，他如冷水泼头，彻底安静下来，保持了清醒。

“又是这个楚风！”他自言自语。最近这个名字像是梦魇，总是出现，让他心神不宁，无比忌惮。

嶓山，峰青谷翠，千年道观坐落在灵峰上，白雾弥漫，仙鹤盘旋，银瀑垂挂。

林诺依站在山顶，一袭白衣猎猎作响。她也看到了楚风在自媒体平台发布的消息，此时，她面向汪洋，遥望东海方向，美目深邃。

昆林山，诸王都在通信器上给楚风留言。

“兄弟，独乐乐不如众乐乐，速回昆林山，我们也等着享受美味呢！”

千普山，姜洛神嘀咕着：“他还真是让人吃惊，刚对付完域外强者，就又跑到海里去了，还真是个……祸害！”

“洛神啊，你要想见他的话，我们送你过去。”一名老者笑眯眯的，突然出现在姜洛神面前，吓了她一大跳。

“老家伙，你想吓死我啊，走路都没有声音！”

此时，各大财团的高层都彻底服了，觉得楚风绝对不能惹，不然肯定要倒霉。

东海，一座小型岛屿。

这是一座荒岛，就在东海海眼附近，连龙女都感觉很奇怪，这座岛屿以前从来没有见过，不久前他们冲出海面，才意外发现的。

岛上没有植物，只有石头，有的石头有上百米高。

“这座岛屿像是从海中出来的，你们看，有些坑坑洼洼的地方还有海水呢。”黄牛指向一些地带。

几人在岛屿上转悠，面露异色，这地方有些古怪，岛屿深处莫名其妙地突然腾起阵阵白雾。

随后，他们都一个趔趄，面露惊容，因为岛屿在剧烈震动，像是发生了地震。

“轰隆！”

接着，岛屿中心地带，一座山拔地而起，起初很矮，但是一直在快速生长，渐渐气势磅礴。

“走！”龙女第一时间驾驶飞碟，载着几人腾空。这座岛屿太古怪了，毗邻东海的海眼，莫名其妙地浮现出来，现在居然有高山隆起。

几人在空中观看岛屿。

岛屿上渐渐白雾弥漫，彻底大变样，接连几座山出现，越来越高，最终超越了飞碟悬浮的位置。

直到很久后，岛屿上才恢复寂静。此时，中心地带大山足有七座，并排矗立着，黑乎乎的，都有数千丈高，被白雾笼罩着，看不透深浅。

“真是怪了，难道是我们触动了真龙巢穴，导致这座岛屿出现？”

楚风他们很好奇，想要探个究竟，最终飞碟再次临近岛屿，缓缓降落。

“这……”他们心惊不已，这还是他们先前待过的荒岛吗？

岛屿上依旧一片死寂，但是出现了很多树，不过，树上没有叶片，也没有嫩芽与花蕾，只有枯枝，有些甚至是腐烂了的枝杈。

同时，岛屿大了很多。

岛屿上影影绰绰的，不是石头就是枯死的树木，带着腐烂的气息，被白雾笼罩着，有些诡异。这是怎么回事？

楚风他们艺高人胆大，全都登上岛屿。

“这地方阴森森的，太阳都见不到，被白雾遮挡住了。我怎么觉得浑身冷飕飕的啊？”驴王一向胆子很小，此时不禁嘀咕着。

“楚哥哥，我跟你走一起！”少女也很不安。

“这是我们龙族的地盘吗？离海眼可是很近啊。”蛤蟆面露怀疑之色。

前行很长一段距离后，他们终于临近了那七座气势磅礴的大山。他们围绕着大山转，最后看到一条青石阶路通向山中。

“这是一个道统的入口区域！”

他们猜测，这座岛屿是上古一个道统的所在地，之前被海水淹没，而今再现人间。

又或许，岛屿以前隐藏在折叠空间中，如今才出现在世人眼前。

他们沿着青石阶路向前走去，很快少女尖叫，像树袋熊般挂在楚风的身上，指着前方，道：“鬼！”

“进化者怕什么鬼！”楚风将她扯下来。

不过，这个时候其他人也都倒吸了一口凉气，只见不远处一个骷髅嘴巴不断张开，像是在说话。

“这……”楚风心里都一阵发毛，这是什么情况？

“魑魅魍魉，敢吓唬爷，爷打不死你！”蛤蟆冲了过去，就要出手，因为它感应到那骷髅身上没什么能量。

“嗷——”

很快，它吓了一大跳，又跳了回来，因为从一块石头后爬出了一只骷髅蛤蟆。

“吓死爷了，怎么有这么大个的骷髅蛤蟆？”它怪叫着。

众人都觉得不对劲，向前望去，陆续发现一些生物，都是骷髅形态，但都可以动。

“这些东西都活着？”

这地方屏蔽人的神觉，让人感应没那么灵敏。

他们一路小心而谨慎地走在青石阶路上，觉得瘆得慌，有很多生物看起来昔日很强，但现在都成了诡异的能活动的骷髅，让人胆寒。

“见鬼了，我们踏足黄泉路了吗？”大黑牛惊疑不定。

黄牛小脸紧绷，仔细查看。

“有块碑，快看！”前方有一块石碑，上面刻着密密麻麻的文字。

然而，这上面的文字太古怪，楚风、龙女等都不认识。

“不灭山！”黄牛突然开口。

“什么？竟是这个地方！”少女也惊呼起来。

显然，黄牛和少女都震惊了，认出了这里是怎样的一个地方。

“怎么回事？”楚风吃惊地问道。

黄牛瞪大了眸子，而后无比激动，盯着石碑，又看着前方的七座大山。

很长时间后，黄牛才平静下来，看着楚风，道：“我找到了成圣做祖的契机，可能要跟你在此分开了。”

“啊？”楚风吃了一惊。

“这是妖族七十二圣地之一的不灭山！”黄牛告知楚风。

少女满脸羡慕之色，连连叹气，道：“放眼宇宙星海，这里都是十分强大的圣地！”

“既然如此，大家都留下！”蛤蟆叫道，生怕黄牛独吞机缘。

“这里只适合妖族，不适合人类。”黄牛摇头。

少女叹道："我真想变成妖族一员！"

楚风了解到，不灭山是妖族的地盘，哪怕在宇宙中都是一处传说之地，无数大妖都在寻找，却根本不见其踪影。

"各大星球上不是有很多圣地吗？"楚风问道。

"那不一样，在一些星球上，至强的几个道统都可以自称为圣地，意义不一样。"黄牛告诉楚风。

自古至今，妖族都在流传七十二圣地的传说！

不灭山就是其中一处圣地，在星海中消失了无数年，想不到在这里。

这种古老的圣地不是某一大势力，而是一处传承与磨砺之地。

"若是在这里败了，会化成骷髅，永远被禁锢在山间，但难以毁灭。如果在这里磨砺后成功崛起，则可以离开，筑下成圣做祖的无上根基。"黄牛告知大黑牛、西伯利亚虎王等，让其自己取舍。

不管怎样，黄牛要进山！

"楚风，就此别过吧，不知道多少年后才能再相见。"黄牛说道。

"啊？需要很多年？"这个消息对楚风来说太突然。

"我也去！"蛤蟆做出决定。

"同去！"大黑牛也很果断，而后看向楚风，道，"兄弟，就此分别，保重！"

接着，西伯利亚虎王、金雕王都表态要进入不灭山，就是驴王这个软骨头关键时刻也不含糊，表示就是死也要进山。

一刹那，楚风怅然，一群好兄弟都要走了，不知道多少年以后才能相见，甚至有可能再也见不到了。

相处了这么长时间，同甘共苦，经历了很多次生死考验，就这样马上要分开，楚风心中非常失落，非常不舍。

但是，他不能阻止，不灭山对黄牛、大黑牛等来说是一处无上圣地，能改变其人生。

按照少女所说，这种地方如今找不到几处，都早已与世隔绝，或者被最强大的道统垄断了。

说是有七十二圣地，但哪里能找到那么多，对眼下的异类进化者来说，这里就是最高殿堂！

“不灭山到底牛不牛气，仅从流传于世间的只言片语就能看出。”少女说道，精致的小脸上写满了羡慕。

依据一些古代文献与强者手札上一鳞半爪的描述，不灭山可以培育出妖圣！

有这一句话就足够了！

妖圣是什么层次的生物？妖圣可俯瞰星海，横扫对手，绝对强大至极，却能在这里培育出来，太震撼人心了。

临别时，黄牛跟楚风说了很多话，大黑牛、西伯利亚虎王、驴王等想到自己即将告别楚风，告别这个世界，也很不舍。

不灭山看着是七座黑色大山，但毫无疑问，远比想象中的要广袤，肯定有折叠秘境。真要进去，不知道会是怎样一片地带。

“我跟你说一说后面的路。”黄牛也略感怅然，因为不知道自己还能否从不灭山走出来。这里面一定非常恐怖，满山的骷髅生物就是最好的证明。

“我等你成圣做祖，到时候我们一起遨游星海，领略宇宙中各族的辉煌，跟所谓映照诸天的强者一战。”楚风说道。

这颗进化文明曾经高度发达的星球没落到今天这个地步，沦为蛮荒之地，楚风一直想探寻隐秘，走出这颗星球。

“放心，兄弟，我们会活着出来的，说好的一块对付神子、圣女呢，这是约定，不过现在只能让你先大展身手了。”西伯利亚虎王咧着大嘴说道，有意冲淡离别的伤感。

然后，黄牛严肃起来，跟楚风讲述进化道路后面的一些事，让他留心与注意。

“枷锁，注重能量的积累，从囚徒而自由。”黄牛概括他们目前所处的境界。当然，这不包括蛤蟆，因为蛤蟆一出生就没有所谓的能量枷锁。

但是，很多族群的生物前期宛若处于牢笼之中，首先得挣脱出来。

在挣断一道又一道枷锁的过程中，锁在生物体内的各种形式的能量会释放，同时一些特殊的能力会开启。

“逍遥，也就是小妖。进入逍遥境后，首先要磨灭在枷锁境获得的各种能力，纯化自身，接着要重塑，系统而精准地学习某一种或几种能力，也就是秘技。”

依照黄牛所说，现阶段他们所获得的能力是杂乱的，根本不具备系统深入学习下去的可能。所以到了逍遥境，需要纯化自身，将那些所谓的特殊能力都磨灭，转化成能量。

当然，也有例外，在枷锁境开启的特殊能力有些绝对值得保留。比如楚风的火眼金睛，这种特殊的本领即便寻遍星海，放眼古今，又有几人能开启？

但一般来说，这些能力哪怕十分神通广大，留下一两种就足够了。

“枷锁境的根本就是积淀能量，成为自由身。逍遥境则是先将自己纯化成一张白纸，只保留能量，然后在上面‘作画’。究竟是勾勒出一株路边的野草，还是泼墨成一幅气吞山河的江山社稷图，那就看个人的才情了。”

楚风听到这里，遐想联翩，但也觉得可惜，一身特殊能力都要磨灭，重新塑造？

“没什么可惜的，比如你所掌握的雷电、火焰等，一些进化门派藏有秘技，研究得更深入。”

黄牛又举例，哪怕是肺部养出庚金剑气的人不多，但一些道统依旧有这种稀有的秘技。

楚风点头，彻底了然。

总的来说，枷锁境开启的能力过多过杂，到了逍遥境后将磨灭干净，进行重塑，而后精研。

“逍遥境，有人在体内描绘出一轮骄阳，璀璨照天下，日积月累，终究无敌于天下。也有人只温养一粒沙，看似渺小而卑微，可最终也能成为菩萨级进化者，以沙开界。”黄牛简单举例。

至于各域共尊与祭拜，可以映照诸天的强者，外人很难知晓他们在逍遥境是如何起步的。

黄牛告诉楚风，在逍遥境修炼要看个人才情，但某些烙印于血肉中的东西也非常重要。

黄牛一口气说了很多，将自己所知道的都告诉了楚风。

其间，楚风也曾提问：各种能量体如彼岸花、金莲等是怎么凝成的？

“到了逍遥境后，各种秘技都阐释得很清楚，现在不用理会。”

这种回应让楚风皱眉，到时候他得学到相应的秘技才行。

黄牛即将进入不灭山，能培育出妖圣的圣地肯定不缺少秘技。可楚风去哪里学？难道他要逆着域外生物的路径，闯到他们的星球上去学？

黄牛提醒道："呼吸法是根本，在不同的境界，呼吸法会有不同的体现。呼吸法现在刚揭开神秘面纱的一角，当中甚至藏着秘技！"

之后，黄牛又提到大力牛魔拳和蛟魔拳，这就是秘技，到了逍遥境，这些拳法会蜕变，演绎出神妙之处。

虽然心中怅然，但最终黄牛、大黑牛、西伯利亚虎王、驴王等还是大步向不灭山走去。

黄牛等还能活着出来吗？毕竟不灭山是培育妖圣的地方！

"别伤感，肯定能再相见，大不了我不上山，就在山脚下蹲着，等小黄感悟后，让小黄传给我。"大黑牛没羞没臊地说道。

"说得太对了！"驴王举蹄子赞成。

"同意！"西伯利亚虎王也是毫无节操可言。

"楚风回去吧，养得白白胖胖的，以后给我当坐骑！"蛤蟆一走进山就开始向楚风叫板。

"给我教训它！"楚风喊道。

"好嘞！"大黑牛、西伯利亚虎王等一起冲了上去，接着黄牛也加入。

离别的伤感被冲淡了，黄牛等一路打闹着，一起进入不灭山。

楚风在后面喊，让黄牛等不要立刻去磨砺，等他炼好药，过段时间送来，增强实力后再深入。

"不灭山什么都有！"黄牛说道。

楚风离去前，带走了不灭山山脚下的一块石头。按照黄牛与少女所说，想要再回来，若是手中没有不灭山的石头，多半寻不到此地。

"你怎么不去？"楚风问龙女。

"我海人的血统更多一些，也是人族的一种。"龙女无奈地道。

她有龙族特征，比如水蓝色发丝中有一对龙角，但是她从来不能化形成蛟蛇，一生下来就是人形。

楚风恍然大悟，道："怪不得我用火眼金睛看时，你不是蛟蛇……"

他很快闭上了嘴，说漏了！

龙女脸色难看，盯着他一句话也不说。

对此，楚风能说什么呢？他急忙顾左右而言他，接着跑路。

楚风在东海做客，向龙女了解海族，也问及蓬莱仙岛的事，知道了不少秘密。

"海族之所以进化层次更高，缘于域外'魔方'降落，像是刺激了大洋，让一些圣树不断出现。"这是海族的共识，自从"魔方"降临后，大洋就不一样了，像是打破了某种平衡。

"没落星球的自我保护？"

无论是海族还是楚风，都做出了同样的猜测，陆地上如果发生变故，被强大的力量干预，多半也会剧变！

各方都认为，陆地早晚会有变故，平衡会被打破，剧变不远矣！

"蓬莱仙岛是神话传说中的海外三仙岛之一，正是'魔方'落入大洋后，它才出现在世间。"龙女道。

蓬莱仙岛上的古人实力深不可测，以正统自居！

"在那些人看来，他们是这个世界真正的主人，这个观念有点可怕。据闻，那岛屿上有一些支派的少主要出来。"

海族对蓬莱仙岛的古人一开始有怀疑，认为他们是降临者，但是后来发现他们真有可能是遗族。

最终，楚风离开，因为少女的爷爷在海面上狂奔，竟然一路追到了东海，要跟楚风算带走他孙女的账。

"小子，别让我逮到你！"

同时，为避免受刺激过度的南域海老龙王找上门来，楚风也得选择回归陆地，他要去紫旌山炼药，以再次进化。

嵲山，眉心有一点殷红印记的男子正在对林诺依讲一些秘密。

"这次天地剧变之后，你们算是第五代进化者，我们这批降临者则可以归为第四代……"

那个留着古代发型的中年女子也开口道："一切都准备好了，诺依，可以接应进化皇朝的那位皇子过来了。"

（本册完）

《异人崛起9》即将上市！敬请关注！